Boris Simon

Les chiffonniers d'Emmaüs

Nouvelle édition, revue par Isabelle Simon

Nouvelle préface de l'abbé Pierre

ÉDITIONS MICHALON

35, rue Berger – 75001 Paris
ISBN : 2-84186-221-6

À mademoiselle L. Coutaz
à qui ce livre, comme Emmaüs, doit tant.

À Henriette Simon, dont le soutien constant
a permis notamment l'écriture de ce livre.

« Ce qui m'a attiré à Emmaüs
n'est pas son actualité,
mais ce qu'il y a là d'éternel.»
Boris SIMON

Préface

Aujourd'hui, cinquante ans exactement après sa première publication, il était urgent et nécessaire de rééditer ce livre auquel je tiens tout particulièrement.

Écrit à nos côtés à partir de 1952, bien avant « l'insurrection de la bonté » et sa médiatisation, quand nul ne connaissait ni Emmaüs ni l'abbé Pierre, ni ne semblait ou ne voulait connaître la misère, c'est le livre de l'aventure inconnue, fondatrice, le livre des catacombes.

Sa sortie en février 1954 avait par hasard coïncidé avec mon premier appel public de révolte, après la mort de froid d'un bébé dans un bus désaffecté, puis la mort de froid d'une femme devant le théâtre du Châtelet, où j'ai crié : « Mes amis, au secours ! »

Ce livre pionnier a aussitôt connu de multiples rééditions et traductions qui ont permis de rendre le message d'Emmaüs intelligible au monde entier. Puis il a directement inspiré, sous le même titre, le très beau film de Robert Darène sorti en 1955.

En cette année 2004, dont l'actualité fait hélas un triste anniversaire, il répond plus que jamais, comme je l'écrivais déjà en 1970 (préface de l'édition de poche), à une demande évidente.

Les nouvelles générations, plus encore qu'alors, choquées ou victimes de la misère, cherchent des repères qui puissent mobiliser leur cœur et donner un sens noble à leur vie.

J'ai vu dès 1954 que ce livre a fait surgir des vocations, éveillé des consciences, suscité des volontés d'actions.

Vu l'essor international d'Emmaüs, mon vœu a été entendu. Et c'est à la lecture de ce livre que l'actuel président d'Emmaüs France est venu me voir pour s'engager.

Mais nous avons, en permanence, besoin d'autres volontés d'agir. Malgré les prises de conscience et le travail accompli, la misère est encore là, partout visible : manque de logements accessibles, chômage, fin de droits, mort de froid ou de chaud, solitudes et leur discrète cohorte de suicides, alors que nul ne peut dire : « Nous ne savions pas. » La tâche est immense et permanente.

À ceux qui demandent et trouvent assistance dans nos communautés, ce livre rappellera le message d'origine : « Moi aussi j'ai besoin de toi. »

Ce récit fidèle leur dira de quelle lutte souterraine est né Emmaüs. De quoi sont capables les plus seuls et les plus démunis, et quelle vraie joie est la leur de retrouver un espoir et une dignité qu'ils croyaient perdus.

Boris Simon n'était pas de ceux qui se protègent contre l'invasion de la misère des autres. Dès notre rencontre, à peine convalescent, il a spontanément proposé de venir s'installer quelque temps à Neuilly-Plaisance. Pour avoir très tôt connu l'exil, puis la précarité de la vie après l'angoisse de multiples opérations et de longues années en sanatorium, il était bien placé pour recueillir nuit après nuit les témoignages des premiers « compagnons » d'Emmaüs au retour de leur virée sur les champs d'épandage ou à la chine.

Puis il m'a soumis son long reportage. Par respect pour leur pudeur il a accepté de le réécrire, sans changer les faits, sous la forme de ce roman émouvant où se mêlent les désespoirs, les violences, mais aussi les rires, et sur lequel le temps n'a pas de prise.

Il était urgent de redonner leur rôle à ces premiers « personnages » si actuels. Ils n'étaient pas, comme les 4 000 compagnons en France qui poursuivent les mêmes combats en 114 communautés, des anges, ne se considéraient pas comme donnant des leçons, aussi ressentaient-ils que, à partir et dans l'au-delà de leurs souffrances, ils montraient à tous, en toutes sociétés, le secret de la vraie vie : s'éveiller chaque jour en pensant : « Et les autres ! »

Merci à l'éditeur pour la nouvelle diffusion de ce message. Merci à chaque lectrice, à chaque lecteur que ce livre éveillera, de faire vivre, en acte, cette lumière.

Abbé Pierre
Décembre 2003

Avant-propos

Vous nous avez dicté ce témoignage, compagnons d'Emmaüs, dans la bise des champs d'épandage, ou sous la lampe tempête d'un vieux wagon embourbé dans un chantier de construction. Nous avons aussi essayé de transcrire votre histoire terriblement réelle, familles abritées sous une tente ou dans une roulotte, en attendant l'heure d'habiter la maisonnette que vous bâtissez avec l'aide des compagnons. Mais en citant les faits, les anecdotes, les paroles, nous avons dû, par respect pour des vies privées, faire les transpositions nécessaires. Ce fut là notre tâche la plus délicate : être vrai tout en évitant qu'on puisse identifier certains personnages, pour d'autres, au contraire garder leur figure exacte, faire des synthèses entre mille cas, tirer du provisoire la signification profonde, rendre plausible ce qu'on a appelé le « miracle » d'Emmaüs.

Avons-nous réussi à préserver l'essentiel ? Tel qu'il est, voici votre livre, ni roman, ni chronique littérale. Qu'il aide à mieux faire connaître cette aventure dont la densité humaine, la richesse spirituelle et la portée sociale ont déjà suscité l'intérêt du monde entier. C'est une histoire de larmes, de sang et de courage, le récit des actes de foi d'un homme et d'un groupe aux prises avec les hontes et les misères engendrées par la guerre, l'alcoolisme, le manque d'espace vital et toutes les injustices sociales. (Et racontant cela, un écrivain soucieux de bon goût se fût peut-être senti gêné de faire du mélodrame ? La vie elle-même, et surtout celle des pauvres, a un génie particulier pour se transformer en mélodrame.)

Pourquoi « Emmaüs » présente-t-il un intérêt unique et exerce-t-il cette fascination sur le cœur de tant de Français et d'étrangers ? D'abord, par son rôle de centre d'accueil des solitaires désespérés, des hommes qu'a frappés le malheur, et par le « mécanisme » (né des circonstances) de ces sauvetages. À Paris, et dans la banlieue, bien d'autres œuvres existent : asiles, refuges, hospices, foyers, institutions, où de nombreuses détresses trouvent accueil, l'asile de Nanterre est une ville de 5 000 assistés. Mais ce salut extérieur et provisoire ne modifie pas la vie profonde de l'homme secouru : bien rares sont les « œuvres », laïques ou religieuses, qui lui restituent de réelles raisons de vivre et de reconquérir sa dignité.

« Emmaüs » lui offre cette chance. Les pauvres d'Emmaüs se secourent les uns les autres, formant une communauté de travailleurs libres et égaux. Voilà l'un de ses grands secrets. La peine ensemble, la vie ensemble, l'espérance, le risque quotidien, le salut ensemble. Ne rien devoir à personne. Ici pas d'employés au service d'assistés. L'ancien député a pratiqué la biffe avec l'ex-bagnard. Les distinctions de races, de religions, de conceptions politiques disparaissent dès l'entrée.

Et le compagnon voit directement le résultat de son dur travail de chiffonnier : son bénéfice est la possibilité d'accueillir un nouveau camarade désemparé, et de loger une famille sans abri. Rien ne s'y fait qu'avec le cœur. Ainsi l'homme qui était une épave devient un sauveur : cette phrase clef est illustrée par le cas du clochard Djibouti.

Ce ne fut pas pour avoir été recueilli au foyer que cet homme dur éprouva de la reconnaissance, mais parce qu'on lui donna la possibilité de *s'acquitter*, par son travail, par ses propres bienfaits envers plus misérable que lui. Rien d'autre, vraiment, ne peut redresser un homme déchu que de sentir qu'on a besoin de lui, – qu'il est nécessaire.

La seconde et la plus importante raison d'exister d'Emmaüs est le sauvetage des sans-logis. Aujourd'hui, enfin, le scandale a crevé au grand jour. Mais, pendant des années, il fut une honte secrète. L'opinion mal informée somnolait, les pouvoirs élaboraient sans hâte de magnifiques projets.

Les spécialistes imaginent des plans ; les urbanistes, les légistes, les grands administrateurs voient loin et grand : ils travaillent sur le papier ; ils ignorent la nécessité d'abriter, le soir même, une famille qui erre sous la pluie, et dont l'enfant va mourir de froid. La vraie source des grandes réalisations sociales, c'est celle des larmes : larmes de deuil, de honte, d'indignation, de désespoir.

Le fondateur d'Emmaüs et ses compagnons, ayant eux-mêmes souffert, ont vu les larmes des « crève-dehors », des jeunes familles « sans-rien ». Ils se sont jetés au-devant de ces détresses, les ont prises en charge, sans plans : leur force est d'avoir agi.

Accueillir d'abord, pourvoir ensuite. Et toujours la solution, toute humaine ou providentielle, est intervenue. Cette audace, cette violence sacrée, est la même que celle qui anima saint Vincent de Paul. Seuls, des hommes de grande foi pouvaient s'enfoncer dans l'horreur de certaines réalités sans perdre cœur, et confiants en un soutien surnaturel, y puiser des ressources de force, et même de joie – de vie.

On est parti de rien en répondant au jour le jour, sans plan préconçu, aux besoins les plus urgents et maintenant, c'est plus qu'une provisoire solution d'appoint que les chiffonniers-bâtisseurs apportent au tragique problème du logement. La création des premières « cités d'urgence » doit donner l'impulsion, un peu partout en France, à des initiatives semblables grâce aux ferveurs et aux générosités que cet exemple a réveillées, et parce que les hommes d'État ont enfin compris ce devoir national.

Racontant une action en devenir comme la vie même, ce livre ne peut être que dépassé par les multiples développements des communautés ; il reste donc inachevé : la sève qui anime Emmaüs est d'une poussée si forte que l'écorce craque : le décor, en quelques mois, a déjà changé... Nous avons raconté les premières étapes de cette création, celles de la « période héroïque » : l'accueil des premiers sans-travail et des premiers sans-logis ; l'ouverture, sans ressources, des premiers chantiers ; au plus profond de la détresse, la quête du Père dans la rue ; puis la solution apportée par la « chine » et la « biffe » sur les champs d'épandage ; le « Quitte ou double » et la célébrité ; enfin, l'extension progressive et parallèle de la récupération et de la construction.

Le déroulement de ces faits présente le caractère, à la fois *imprévu et inéluctable*, des grandes créations auxquelles collabore quelque chose qui dépasse l'homme individuel – et même l'humain.

En mettant en scène le créateur d'Emmaüs, nous avons dû vaincre ses scrupules ; il était impossible de taire le rôle personnel du Père sans fausser l'ensemble. Nous avons essayé de présenter ses actes avec la plus fidèle vérité, et de citer textuellement ses paroles.

Ce livre aura atteint son but, s'il parvient à mettre en lumière ces deux faits qui font scandale au XXe siècle : la misère de millions d'êtres, et le courage de quelques-uns qui se sont engagés à la partager, pour mieux la combattre, et la détruire.

B. S.

1952-1953

I

Une lumière au bout de la dure montée

I

Les crève-dehors. Djibouti, clochard.

1950. Cette nuit de novembre était froide, et Djibouti se dit qu'il allait attraper mal, s'il continuait à dormir sur des sacs et des vieux journaux dans le cagibi à bois, au fond de cette courette humide comme un puits, qui sentait le moisi et l'urine, entre des immeubles déclarés insalubres du quartier Saint-Paul.

Quatre heures du matin. Il se dirigea en frissonnant vers les Halles et fut embauché par un grossiste fromager pour décharger un camion de cageots de « Brie ». Il travailla une heure. Le patron lui donna un billet de cent francs [1] et un fromage. Djibouti s'éloigna en silence.

– Pourrait dire merci, grogna le patron.

Non, dans ces cas, Djibouti ne disait jamais merci. Il avait donné son travail, il avait reçu son salaire. Il se sentait quitte envers tous et n'avait à gratifier personne d'une reconnaissance gratuite. Ainsi on reste libre. La liberté et la justice, deux mots que Djibouti se répétait de temps à autre pour se donner la force d'aller un peu plus

1. Il s'agit naturellement de « francs légers ».

loin. Il se mêlait peu au monde de clochards, de mendigots, de pouilleux, d'ivrognes, que sa situation sociale l'obligeait à fréquenter à La Mie de Pain, à L'Armée du Salut, ou au Refuge de la Croix-Rouge, et les autres l'appelaient le « Sourd-Muet », « l'Ours » ou le « Philosophe ».

Sa philosophie se réduisait à quelques propositions amères qu'il gardait d'ailleurs pour lui seul et qui se résumaient ainsi : on ne refait pas sa destinée à quarante-huit ans, même si, sous des apparences de mendiant, on a gardé sa dignité, symbolisée par la présence, dans sa musette, d'une brosse à dents, d'un savon et d'un nécessaire à coudre. Même si on se garde propre, si on se rase presque chaque jour, même si on ne se saoule jamais, on n'en reste pas moins hors de la vraie vie, hors de l'espérance, parce que jamais personne n'a besoin de vous. Le tout est de s'adapter au manque d'espérance. De se débarrasser de ce luxe : l'espérance. Quand on n'a que soi-même, ça ne fait pas une compagnie bien intéressante. On se garde vivant et c'est tout, on s'enfonce dans la vie à reculons, et même on ferme les yeux pour ne pas trop se souvenir. Le grand secret est de tuer en soi toute exigence. Reste la jouissance amère de la liberté. Mais la liberté, qu'en faire sinon l'offrir, la donner, l'aliéner pour quelqu'un qu'on aime ? Et si l'on n'a personne à aimer ? Reste aussi l'indéracinable obsession de la justice universelle, mais c'est devenu un rêve de maniaque qu'on savoure sans en être vraiment dupe.

En buvant son noir au comptoir d'un petit bistrot, Djibouti sentait la douleur de ses reins, et dans ses membres fatigués le besoin d'une nuit de bon sommeil dans un lit. Il décida de commencer ce jour-là la « tournée des curés », de tirer la sonnette d'un presbytère à l'heure du crépuscule, quand la soupe est prête, et que le prêtre ne peut vous renvoyer à la nuit glaciale. Pour midi, il lui restait, outre le fromage, une boîte de « Quaker Oats » et du thé.

Djibouti n'était pas un clochard de vocation, mais c'était un homme usé. Il paraissait dix ans de plus que son âge. Une cicatrice lui barrait en biais le visage, de la mâchoire gauche à la tempe droite, et lui écrasait le nez. Fort, lent, sauvage, il souriait rarement. La profonde balafre accentuait son air soucieux et même hostile. Non, Djibouti n'était pas beau, mais ses yeux bleus avaient une expression sérieuse, inquiète, de timidité quasi puérile, et inspiraient confiance.

Cette cicatrice : un souvenir d'Afrique. De 1930 à 1935, il avait roulé au service d'une compagnie franco-éthiopienne de transports routiers, de Djibouti à Addis-Abeba (de là son surnom). Quelques jours après l'occupation de la capitale par les Italiens, il avait été, par hasard, témoin d'une scène atroce : deux sous-officiers ivres avaient lié un indigène à un pilier et passaient son corps nu à la flamme d'une lampe à souder. Fou de rage, Djibouti était intervenu, s'était battu ; un coup de sabre-poignard lui avait déchiré la figure.

De retour à Paris, il acheta un camion et travailla pour divers entrepreneurs. Puis il se maria et commença à bâtir à Villeneuve-Saint-Georges. Il ne passa que deux mois dans sa maisonnette. À la déclaration de la guerre, son camion était réquisitionné et il partait pour l'Alsace.

Au stalag, une lettre de sa femme lui apprit que la maison avait été démolie par un bombardement américain. Elle lui demandait une procuration pour vendre ce qu'il en restait. Ce fut la dernière lettre qu'elle lui écrivit. Dans le train du retour, Djibouti pensait que tout n'était pas perdu : il avait quarante-trois ans, se sentait le courage de repartir à zéro, de retrouver sa femme, de lui pardonner si elle avait fait une bêtise ; avec le prix de la propriété, il achèterait un autre camion. Il ne retrouva jamais sa femme. Les voisins lui apprirent que des Allemands avaient logé dans la maison et qu'un enfant était né en 1943 : quant à ce qui restait de la maison et du jardin, elle avait tout liquidé avant de disparaître. Il ne restait à Djibouti que sa prime de démobilisation en attendant le problématique pécule du prisonnier.

Il s'embaucha comme chauffeur dans une entreprise de travaux publics. Pendant un mois, il conduisit d'Orléans à Paris, un camion de 15 tonnes à pleine charge.

Il faut raconter cela tout uniment, comme lui-même l'a raconté. Mais sait-on si le départ de sa femme, la ruine de son bonheur, l'obsédaient la nuit sur la route, si, dans sa cabine, il étouffait de désespoir, si parfois inconsciemment ses mains se crispaient sur le volant ? Il ne buvait jamais. Toujours est-il qu'une nuit pluvieuse, près d'Étampes, il dérapa, percuta une 201 Peugeot tuant une femme et une petite fille ; lui-même fut retiré de la cabine avec une jambe brisée. L'enquête lui reconnut des circonstances atténuantes, mais le mauvais état de la chaussée n'expliquait pas tout dans cet accident ; pendant deux mois, à l'hôpital, il essaya de comprendre comment il avait pu, une fraction de seconde, perdre les pédales : un étourdissement, une perte très courte de conscience. Le médecin qui l'examina lui fit tendre le bras et grommela : « Possible que vous n'étiez pas ivre, mais votre père, hein ! n'était-il pas alcoolique ? »

Ne pouvant plus rouler, Djibouti travailla deux mois comme mécanicien dans un garage. Depuis son accident, outre qu'il était devenu légèrement boiteux, un tic lui secouait parfois le visage, un tremblement impossible à maîtriser s'emparait de ses mains. Son patron le soupçonnait de boire. Or Djibouti restait sobre et fumait peu. Mais ses mains devenaient de plus en plus maladroites. Craignant d'être renvoyé, il prit les devants, s'embaucha comme emballeur dans un grand magasin. Puis il tenta sa chance comme aide-garagiste, enfin comme manœuvre dans une entreprise de déblaiements et de constructions de garages (on ne construisait guère que ça, à Paris). Mais il ne parvint pas, malgré sa bonne volonté, à s'adapter au rythme rapide des chantiers. De plus en plus oppressante depuis sa sortie d'hôpital, il éprouvait une sorte de nausée devant la complication de vivre, une immense fatigue devant le devoir de lutter. Chercher du travail, entreprendre des démarches, pourquoi ? Il se sentait devenu tellement « en dehors », tellement étranger !

Un jour, rentrant à l'hôtel, il trouva ses affaires sur le palier, la porte fermée à clé ; le patron ne louait plus au mois, mais à la nuit. Il comprit alors que le plus simple était d'accepter une vie larvaire d'assisté social : il s'inscrivit au chômage et parvint, en été, à faire quelques économies pour l'hiver, couchant soit dans les refuges gratuits, publics et privés, de la capitale, soit plus simplement à la belle étoile.

Il connut alors la paix désolée des lentes vadrouilles solitaires, musette au flanc avec sa provision de flocons d'avoine, de thé, de fruits et de légumes à demi pourris, ramassés sur les carreaux des marchés et aux Halles. Une fois par semaine, une soupe à la Mie de Pain ou à l'Armée du Salut.

En été, la banlieue offre au sans-abri plus de refuges que le centre. Mais, pour qui connaît un peu la périphérie de la capitale, c'est pendant l'année entière que toute une population fait sur la « ceinture verte » du camping-pas-pour-le-plaisir, sous une tente plus primitive que celle des Esquimaux ou des Fuégiens. Ils sont plusieurs milliers de campeurs de ce genre derrière Aubervilliers, dans ce qui reste de la zone, dans les terrains en friche de Bagnolet, entre de petits jardins à Saint-Ouen, dans le creux d'anciennes carrières à Romainville, au revers des talus du canal Saint-Martin, sous les platanes de l'Île de la Jatte, dans les casemates face au square Victor, à deux pas du ministère de l'Air : tribus d'Arabes, sous des gourbis faits avec de vieux sacs et des ficelles ; familles de chiffonniers dans des clapiers ; nomades professionnels dans des roulottes aux roues cassées ; vagabonds solitaires sous des buissons où ils font cuire leur cuisine du soir entre trois pavés.

L'été, Djibouti hanta les berges des faubourgs, solitaire et taciturne, ne frayant pas avec les groupes de vagabonds.

En hiver, il revint vers le centre, et s'initia douloureusement aux refuges clandestins de Paris ; la quête du sommeil gratuit le mena derrière les magasins prospères de la rue Saint-Honoré, dans des corridors profonds, noirs, puants comme des couloirs d'égouts, encombrés de cageots, de caisses, de ballots de papiers pourrissants, et grouillants de rats. Il découvrit le grenier d'une vieille maison, rue de la Huchette, réduit sans air, sans lumière, où il se sentait étouffer, qu'il quittait en hâte au petit jour. Et le métro, bien sûr, où on peut tirer quelques heures de sommeil au chaud, mais avec le danger d'être réveillé par deux flics en civil. Et cette chambre du Passage-de-l'Avenir, sans fenêtre, ni électricité, où un copain de rencontre l'entraîna, un soir, que louaient 10 ou 12 chanteurs de rues, chiffonniers, artistes déchus, camelots à la petite semaine, où ils couchaient sur des journaux, se serrant pour profiter de leur chaleur animale...

En février 1949, il se fit arrêter pour un vol de poisson aux Halles, tira un mois ; puis il s'achemina vers l'asile de Nanterre, immense caravansérail de cinq mille assistés. Là, il connut une sorte de sécurité veule dans l'oisiveté, fit la connaissance de Sébastien, un ancien professeur un peu loufoque qui répétait à mi-voix : « La vie, ça n'est pas ça, ça ne peut pas être ça, se terminer comme ça... La vraie vie est ailleurs. Sinon, au secours, nous sommes trahis... » Les autres haussaient les épaules, mais Djibouti comprenait cette angoisse, ce désespoir qui cherchait en vain une issue et lui livrait les éléments de sa propre philosophie, son rêve d'un monde de vraie liberté et de vraie justice.

Quand il sortit en mai, Djibouti emporta cette parole au fond de lui... « La vraie vie est ailleurs, mais peut-être pas loin : en nous. » Il avait connu la vraie vie auprès de son amour, de sa femme, avant la guerre. La vraie vie est dans l'amour, mais tout ce bonheur était derrière, irrécupérable. S'il avait été un intellectuel, peut-être Djibouti se serait-il tué ; mais il manquait de cette imagination qui dramatise la vie. Traînant la jambe, au jour le jour, talonné par quelques instincts essentiels (manger, avoir chaud, dormir) dont la satisfaction suffisait à occuper son esprit, pendant deux ans il marcha, s'arrêta, dormit, regarda, mangea, se priva, parla peu, dit rarement « merci » parce qu'il ne demanda jamais rien contre rien, et jouit confusément de sa liberté. Mais deux détails le différenciaient des autres traîne-savates innombrables de la capitale : d'abord sa propreté dans la misère (une brosse à dents est un accessoire rare dans la musette d'un clochard). Puis Djibouti ne se saoulait jamais, il restait lucide.

Donc, ce jour de novembre, il avait décidé d'entreprendre la « tournée des curés ». Il répugnait à larmoyer, mais il se sentait si fatigué ! Il espérait un repas, un lit, peut-être une recommandation pour une Œuvre. À la première sonnette qu'il tira ce soir-là, un jeune prêtre vint ouvrir. L'ayant écouté, il lui dit qu'il ne pouvait le loger, mais décrocha son téléphone. Puis :

– Vous irez à Emmaüs, dit-il ; voici l'adresse et prenez ceci pour le métro et l'autobus.

Djibouti songea un moment à s'offrir une soupe avec ce billet de cent francs. Pour le gîte, il se débrouillerait... Ce fut la proximité de la station de métro qui le décida à tenter l'aventure.

Une heure plus tard, à la nuit, Djibouti atteignit le numéro indiqué ; c'était dans une cité de la banlieue-est, au bout d'une avenue montante, parmi les villas, un portail grand ouvert [2]. Au fond de la cour, un grand bâtiment se dressait ; aucune animation. De la lumière derrière un rideau rouge au premier, et au ras du sol, sur la gauche, des rayons filtrant en éventail, dans le brouillard.

Djibouti s'appuya contre la grille pour souffler un peu. La montée avait été dure et sa jambe mal rafistolée faisait mal.

Un panneau de bois, fixé au grillage, annonçait : « Emmaüs, foyer d'action sociale et de rencontres internationales ». Ces mots définissaient et résumaient l'histoire de la Maison... Une histoire toute récente commencée trois ans plus tôt. À son histoire future, Djibouti allait participer.

2. Il s'agit aujourd'hui du Centre Emmaüs, 38, avenue Paul-Doumer à Neuilly-Plaisance. Les noms des lieux ont été volontairement omis ou modifiés dans les éditions précédentes. Nous pouvons leur restituer ici leur nom véritable : ainsi avec certaines transpositions de détail, « Clos-Fleuri » est en réalité la cité des Coquelicots et la Maison de la Barrière celle du Pont, à Neuilly-sur-Marne, la « Hêtraie » se trouve à Pontault-Combault, les terrains d'épandage à Bois-l'Abbé et à Noisy-le-Grand, etc.

Le contraste entre l'aspect des lieux décrits dans le livre et leur visage actuel démontre la force de vie d'Emmaüs.

2

Les crève-dehors. La famille sous la bâche.

Tout contre le grand mur de Citroën, la petite Mme Vatier, enceinte de quelques mois, attendait son mari ; près d'elle, sa fillette de dix-huit mois reposait dans une poussette.

– Il m'a dit qu'il avait besoin de la chambre ce soir... fit-elle.

L'homme serra ses gros poings, songeant : « Tout recommence. » Il dit doucement, sans conviction :

– Il fallait rester quand même, m'attendre.

– C'était bien mon idée, Marcel, il n'avait pas le droit de me mettre à la porte. Mais je suis descendue cinq minutes acheter du Nestlé pour Noëlle, et quand je suis remontée, nos affaires étaient sur le palier avec la petite qui pleurait dans la voiture, la chambre fermée à clé.

– Le salaud ! Tu ne l'as pas payé, au moins ?

– Si, dit-elle, il avait gardé mon manteau en gage.

Le crépuscule d'octobre envahissait la rue avec un léger brouillard pénétrant.

– Viens, Germaine, on va s'installer rue du Commerce. J'ai touché la paie. Ça va s'arranger.

Il embrassa la jeune femme et se pencha sur la poussette :

– Hein, Bout-de-chou, que ça va coller ?

Ils passèrent quatre jours à l'hôtel, rue du Commerce. Puis le patron leur a dit que le voisin, un représentant, s'était plaint que la gosse pleurait la nuit. Il « avait besoin » de la chambre. Ils allèrent à un petit hôtel de la rue de la Convention, mais en voyant la petite voiture, la patronne fit la moue :

– Pour vous trois ?

Elle soupira, baissa la voix :

– Je comprends bien, mais le patron ne veut pas de ménage avec enfants. Ou alors, pour une nuit, une chambre à huit cents francs.

Ils ont encore dormi dans un lit cette nuit-là. Au matin, avant d'aller au travail, l'homme mit la grosse valise en consigne dans un café, et la femme marcha tout le jour en poussant la voiturette. La pluie ne se mit à tomber que vers le soir.

Elle alla encore attendre à la sortie de l'usine.

– Écoute, lui dit-elle, avec gêne, une femme m'a parlé d'une Œuvre où je pourrais aller avec la petite.

– Et moi alors ? On se séparerait ?

– C'est à cause de Noëlle... quelques jours.

– Bon, j'irai à l'Armée du Salut.

Il a honte, l'ouvrier, il n'est pas un clochard, ni un mendiant ; il n'aime pas les refuges, les asiles ; il n'aime pas recevoir la charité. Il ne vit avec sa femme et son enfant que le soir et la nuit, et maintenant il faudra se séparer aussi la nuit. Il le faudra parce qu'on est le 7 du mois et que la paie est entamée de plus de la moitié. Alors, pendant trois jours, ils ne se sont revus que quelques heures le soir, dans un bistrot, et ils devaient se séparer vite, parce que l'Armée du Salut ferme tôt la porte.

Le troisième jour, la femme a dit :

– Je ne retournerai plus à l'Œuvre.

– Pourquoi ?

– La directrice m'a dit que je devrais mettre la petite au dépôt.

– Au dépôt de l'Assistance ? Non.

– Remarque qu'elle m'a expliqué gentiment que je pourrais reprendre Noëlle quand je voudrais, qu'elle serait bien soignée, que...

– Non, dit l'homme... non.

Le dépôt... Où l'on laisse l'enfant comme un colis à la consigne... Les journaux ont rapporté ce fait : une maman, avant de confier ainsi son enfant à cette institution, lui avait coupé l'orteil avec des ciseaux, pour le reconnaître, dans sa peur qu'on ne le lui change...

La question était simple : trouver une chambre sans l'enfant, ou rester dans la rue avec lui. Ils préférèrent la rue, allèrent sonner chez un prêtre qui leur conseilla un asile tenu par des religieuses. Mais il n'y avait plus une seule place libre ; on leur indiqua un autre refuge... Finalement, ils dormirent sur les quais.

Le dimanche, il fit beau, un soleil tiède, presque printanier : ils passèrent leur journée sur l'herbe d'un talus, dans un terrain vague, près de la Porte de Versailles. Des avions passaient, descendaient sur le champ d'Issy-les-Moulineaux. D'immenses bâtiments en construction offraient au soleil leur façade blonde creusée d'alvéoles noirs, et l'homme pensa que lorsque ces bâtiments seraient terminés, ils n'auraient pas non plus le droit de s'y nicher : trop cher. Et dans Paris, des milliers et des milliers d'alvéoles vides, des dizaines de milliers de chambres vides pourraient les accueillir cette nuit : une chambre, une chambre, une chambre ! Mais cette nuit, ils ne dormirent pas dans une chambre...

En revenant de la promenade, Marcel repéra une palissade au pied du talus du chemin de fer, près de la place Balard. Il ne leur restait que quatre mille francs pour finir le mois. Il fallait jouer serré. La nuit sera tiède, on pourra dormir dehors, derrière la palissade, sous un buisson. Là, ils seront ensemble. Ils coucheront sur la dure, dans leur manteau et la couverture, l'enfant dans la voiturette, mais ils seront ensemble, après toutes ces nuits de séparation. Cette idée de passer la nuit à la belle étoile fit un peu peur à la jeune maman : et si la petite allait crier ou prendre froid, et si les agents venaient leur coller un procès-verbal ? Mais lui, au contraire, le projet l'amusait ; il lui rappela ses nuits de camping, avec les copains des auberges de la jeunesse, il y a dix ans.

– On dira aux agents qu'on fait un pique-nique. On est libre, non ?

Mais soudain :

– J'y pense pas, dit-il, pardonne-moi : toi ça te fera du mal, la dure.

– Non, t'inquiète pas pour moi.

Ils ont donc « pique-niqué » sur le talus, et la petite dormit bien dans sa voiturette jusqu'à une heure.

Marcel prit dans ses bras la jeune femme et lui reparla à mi-voix d'un vieux projet d'aller passer les quinze jours de congés payés à Bourganeuf chez la maman Vatier, que Germaine ne connaissait pas encore.

– Tu verras quelle bonne femme c'est, une maman à l'ancienne, elle habite une petite maison minuscule avec un jardinet, un clos avec une chèvre. Quand j'étais gosse...

Deux ans auparavant, lors de leur mariage, il lui avait écrit qu'ils avaient trouvé un petit logement meublé, ce qui était la vérité : un logement sous-loué à son copain Claude. Celui-ci s'était marié à son tour, six mois après, les Vatier avaient pris une chambre d'hôtel. Mais pour ne pas inquiéter la maman, on avait continué à lui donner l'adresse de Claude. Et jamais Marcel ne lui avait raconté les étapes de leur périple de garni en hôtel, d'hôtel en chambre d'ami, un calvaire de plus en plus haletant depuis la naissance de Noëlle, lutte de plus en plus angoissante pour l'abri de chaque nuit, avec la paie risquée, si vite à bout. Et de savoir que des milliers de camarades se trouvaient engagés dans le même infernal circuit, que cette condition inhumaine était en fait presque normale pour le petit ouvrier, ne pouvait constituer un grand réconfort. Au contraire.

Comment la pauvre vieille maman Vatier dans sa maisonnette de Bourganeuf aurait-elle pu comprendre cela, et pourquoi la troubler, la rendre malade d'inquiétude ? Chaque année, ils projetaient d'aller passer près d'elle les congés payés, mais ne s'y étaient pas encore décidés.

– Cette année, c'est sûr, on ira.

Germaine se laissa aller à rêver avec son mari. Ils étaient bien sur le talus, à la belle étoile. Vers minuit, un train passa lentement, à quelques mètres au-dessus d'eux. Puis, ils s'assoupirent. Pas pour longtemps... Un chien errant se mit à aboyer de l'autre côté de la palissade, dans la rue. Marcel se leva, jeta un caillou par-dessus les planches. Mais l'enfant réveillée ne cessa plus de pleurer. Elle avait faim, mais comment lui chauffer un biberon ? Comment faire du feu sans attirer l'attention ?

Alors, la maman prit la petite contre elle, et, pour la première fois, pleura. Ces larmes surprirent Marcel. D'habitude, elle était si courageuse et confiante. Il lui toucha timidement l'épaule, mais elle le repoussa :

– Je repars, je repars demain pour Abbeville... Je n'en peux plus.

Il ne répondit pas, alluma une cigarette. Peut-être avait-elle raison ? Peut-être vaudrait-il mieux qu'elle retournât chez ses parents, des bourgeois, même si elle ne s'entend pas très bien avec eux (à cause précisément de ce mariage). Au moins, là, elle et la gosse seraient à l'abri... Et le second aurait une naissance normale. Il dit :

– Bon, fais comme tu penses, Germaine.

Elle l'appela alors : « Marcel, viens », et l'enlaça de sa main libre et pleura contre lui. Lui, la rage lui donna soudain des idées, des tas d'idées : demain, il n'irait pas au boulot, il irait à la mairie et réclamerait un toit, qu'ils se débrouillent pour lui trouver une chambre. Il irait râler à la préfecture, à l'Hôtel de Ville, il irait à la rédaction de l'*Huma* pour qu'on parle de son cas, il irait trouver les curés. N'importe qui. Il irait dans les bureaux, dont il a horreur, dont il a peur ; mais il en a marre : une chambre d'où on ne se fasse pas vider au bout de trois jours, et qui ne vous coûte pas les trois quarts de la paie de la journée.

Elle ne repartit pas pour Abbeville, elle ne voulut pas le laisser seul ; ça aurait été lâche. Lui, il alla effectivement à la mairie... On prit son nom, on lui dit que pour lui accorder une inscription sur la liste de priorité, on prendrait des renseignements et qu'on lui écrirait. Il apprit ainsi qu'il y avait à Paris 64 000 prioritaires pour 900 logements.

Il retourna à l'usine l'après-midi. Là, comme il parlait de son affaire à son copain Claude, celui-ci proposa de lui vendre une bâche de camion.

– Tu l'installerais dans un terrain vague, comme une tente... Tu serais chez toi. Avec de la paille par terre, bien fermé, on n'a pas froid. La preuve, les Arabes campent comme ça vers Aubervilliers.

– Mais ma femme est enceinte, et ma gosse n'a pas deux ans...

Il hésita, puis il acheta la bâche.

– Écoute, lui dit le copain, je peux t'indiquer un coin où tu serais tranquille, et pas loin de l'usine. En vélo, tu y es en vingt minutes.

Un terrain désert, bosselé de monticules crayeux et creusé de fondrières, d'anciennes carrières à ciel ouvert avec des buissons d'aubépines, çà et là un arbrisseau.

Au loin, alentour, les cultures des grands maraîchers, des villas, et quelques grandes H.B.M. en construction.

– Je ne veux pas voir de maisons, disait la femme, et je ne veux pas qu'on nous voie.

On entendait le bruit des autos sur la route à trois cents mètres de là, mais du seuil de la tente, ils ne voyaient que des broussailles sur des pans de craie, et un petit arbre debout sur la crête, se découpant sur le ciel, aussi isolé, en apparence, que sur le sommet d'une dune, quelque part au bout du monde.

Ils vécurent là treize mois.

La femme faisait les repas sur un petit réchaud, ils s'éclairaient avec une lampe-tempête et dormaient sur la paille. Ils allaient chercher l'eau et les provisions au carrefour. La tente était si basse qu'ils ne pouvaient y tenir debout. Les pluies de novembre transformèrent les abords du campement en un marécage laiteux. Marcel acheta au marché aux puces un petit fourneau. Une idée commençait à l'obséder. Un jour qu'il écrivait à sa mère : « Chère maman, nous avons maintenant notre petit chez nous, encore bien modeste, une seule pièce... Je pense agrandir... », il s'interrompit brusquement : « Pourquoi je ne pourrais pas bâtir ? »

Cela devint pour lui une idée fixe : construire une maisonnette bien à eux, d'où personne ne pourrait les expulser, où ses enfants auraient la sécurité d'un abri... Il s'informa d'abord auprès de quelques copains.

– Tu crois au Père Noël ? Si tu penses qu'un ouvrier seul, avec sa paie, peut construire... Avant de poser ta première brique, il te faut, outre le prix du terrain, une centaine de mille francs pour la viabilité et encore... Et puis sur ton coin, il est interdit de bâtir : c'est la « ceinture verte » comme ils disent. Cherche ailleurs.

– Alors, je peux crever sous une tente, et pas vivre dans une maison ?

– C'est comme ça... Cherche un autre terrain, si tu as de l'argent.

– J'ai pas d'argent. On m'a dit que le Crédit foncier accordait des prêts ?

– Oui, mais quelles garanties ?

– Ben, mon travail, ma paie ?

– Tu peux en soustraire beaucoup sur ta paie ?

Marcel Vatier, sans renoncer à son idée, en remit l'exécution à plus tard.

Un matin de décembre, par une journée de belle neige glacée qui anoblissait ce décor sauvage, Mme Vatier partit pour la maternité du XVe, elle y mit au monde une petite fille qu'ils prénommèrent Lucette.

Ils passèrent Noël sous la neige. En fondant sur le toit, elle traversait la bâche et s'égouttait lentement sur la paille. Lucette prit froid. Malgré les soins que prit Marcel pour boucher les trous au ras du sol, des filets d'air glacé voletaient autour de la caisse à savon où reposait le bébé.

Le jeune docteur que Marcel amena tout effaré dans leur tanière diagnostiqua une pneumonie et ordonna le transfert immédiat à l'hôpital. Le bébé y mourut deux jours après. Ses parents souhaitèrent enterrer le petit dans le cimetière de leur banlieue, mais durent renoncer au transfert du corps pour lequel on leur demandait 30 000 francs.

Le bébé fut mis dans la fosse commune...

Le printemps ranima ce coin perdu. Les méchantes broussailles d'aubépines se transformèrent en bouquets splendides et le petit arbre maigriot sur la crête se couvrit de fleurs roses.

– Regarde, Germaine, s'il est beau et fier : c'est un pêcher, il nous donnera peut-être des fruits.

Et cette pensée en amena une autre :

– Je vais nous semer un petit jardin, qu'en penses-tu ?

Mais sa femme haussa les épaules. Elle était devenue indifférente à bien des choses, taciturne, d'humeur de plus en plus difficile, et négligente dans sa tenue, dans le ménage, elle qui avait été si soigneuse.

Parfois, elle disait d'une voix morne que ça ne pouvait durer, qu'elle ne voulait pas que « Noëlle fasse comme

Lucette » et qu'elle allait l'emmener avec elle, à Abbeville. Mais elle ne pouvait se décider à partir, et restait de longues heures à rêvasser.

Marcel voyait s'éterniser cet état de choses, qu'il avait bien cru provisoire, et son caractère aussi avait changé. Il rentrait hargneux, parfois ivre, des querelles éclataient qui terrifiaient la petite Noëlle.

Un soir d'octobre 1951, Germaine était allée avec l'enfant jusqu'au carrefour, remplir ses deux seaux à la fontaine. Un curé lui avait proposé son aide. Elle était si fatiguée, il avait un si bon visage avec sa barbe, qu'elle avait accepté... Il avait pris les deux seaux.

– Vous habitez par là ? avait-il demandé, surpris, en montrant le chemin vague où ne se voyait aucun toit.

– Oui.

Elle l'avait laissé venir jusqu'à la tente ; c'était la première personne, après Claude, le camarade de Marcel, et le docteur, qui voyait leur misérable abri. Depuis longtemps, Germaine avait cessé d'avoir honte, et devant ce prêtre, tout à coup, elle se sentait en confiance... bien qu'elle pensât que le Bon Dieu, la Sainte Vierge et le reste, choses bien anciennes, bien lointaines, trop belles n'avaient de sens que pour les heureux, les riches et les enfants, et que tout cela était corrompu. N'est vraie que la souffrance des pauvres.

– Vous vivez là ?

Elle raconta tout et comment leur amour mourait.

– On s'aimait tant autrefois, Marcel et moi, et maintenant...

Elle éclata en sanglots.

Le prêtre ne fit pas de discours... Il l'écouta avec une attention si tendue, avec une telle chaleur dans ses yeux noirs que, pour la première fois depuis dix mois, Germaine sentit fondre sa sauvagerie et sa haine des hommes, de la vie et de Dieu.

Soudain l'Abbé dit :

– Il faut qu'on vous tire de là...

Il laissa sa carte. Ce n'est que quand il fut parti, qu'elle lut que ce prêtre était député... Un député ! Elle n'en crut pas ses yeux ; elle commença sérieusement à espérer. Pour Marcel, au contraire, le titre de député n'avait aucune valeur d'efficacité, encore moins que sa qualité de prêtre. « On sait ce qu'ils valent tous. » Il haussait les épaules quand elle répétait :

– Tu n'as pas vu ses yeux, sinon tu aurais confiance comme moi...

– Un curé comme les autres... Et son foyer Emmaüs, ça doit être comme ailleurs : un lit pendant trois jours, et puis après : va crever dehors !

3

La maison trop grande.
L'auberge de jeunesse.

Un matin d'octobre 1947, une auto portant cocarde tricolore s'arrêta devant la maison déserte.

– Mais c'est une ruine ! murmura le prêtre qui descendit de la voiture avec une demoiselle à cheveux blancs.

– L'agence ne nous avait pas laissé espérer autre chose, dit-elle.

Un arbre tombé avait défoncé la grille rouillée, les ronces et l'ortie ont envahi la cour. Par ses yeux crevés, la pauvre bâtisse condamnée, autrefois belle maison bourgeoise, regardait en ce matin d'automne brumeux ces visiteurs avec une expression si pitoyable que l'Abbé serait tenté de sourire. Comme vers les hommes perdus, il se sentit attiré par la misère de cette maison. En vérité elle implorait, la demeure déchue, qu'on l'arrachât à cet abandon, à cette mort lente des choses délaissées, qu'on lui rendit une vie, un destin, une âme. Autrefois... Autrefois demeure d'aises et de plaisirs, de rendez-vous de famille, d'amis ou d'amoureux ? Dans le parc, des enfants jouèrent près du bassin, des jeunes filles se balancèrent à l'escarpolette sous les grands acacias, par les beaux dimanches d'été, des dames en falbalas prirent le thé, les hommes fumèrent un cigare avant d'aller faire un billard dans le pavillon à gauche de la cour. Les vestiges de cette époque, la cheminée en marbre, les lambris, suggéraient des épisodes tranquilles, heureux et certes le logis ne s'attendait pas au nouveau destin, au genre de service qui lui serait affecté par cette demoiselle à cheveux blancs et ce petit abbé qui forçaient difficilement sa grille défoncée, en ce matin d'octobre. Il ne prévoyait pas qu'à la famille bourgeoise succéderait une communauté de chiffonniers.

Les *visiteurs* s'avancèrent au milieu de boîtes de conserves, de chiffons, d'immondices de toutes sortes, vers le perron recouvert de gravats, passèrent sous des madriers qui soutenaient le balcon lézardé du premier étage. Le rez-de-chaussée, par son aspect de corps de garde rappelait les séjours successifs des groupes de soldats, allemands, américains, et de F.F.I. : boîtes vides, couvertures moisies en loques, amas de planches, de papiers. Au plafond, des lattes éclatées laissaient bâiller un trou par lequel l'eau gouttait.

Puis, par un escalier inquiétant, les visiteurs s'aventurèrent au premier étage ; ici des champignons poussaient sur le plâtre des murs aux papiers arrachés, l'eau suintait, descendait du toit directement par des fentes. La pourriture avait travaillé le bois des poutres et des lambris. La salle de bain, dont on retrouva la baignoire à la cave, était elle-même transformée en baignoire : l'eau y atteignait une hauteur de dix centimètres.

Enfin, ils descendirent vers le parc : disons plutôt vers la jungle. Sous les grands feuillages dorés, un fourré de ronces, d'orties, de chardons au milieu desquels des boîtes de conserves (encore !) accrochaient de pâles rayons de soleil. Une pièce d'eau scintillait sous une couche de feuilles mortes.

Ce rayon de soleil semblait plaider, en l'embellissant, pour ce paradis pitoyable. Ce qui acheva peut-être de décider les futurs locataires : deux beaux pommiers leur tendaient leurs derniers fruits magnifiques, comme s'ils avaient attendu cette visite avant de les laisser choir, parmi les autres, sur le tapis multicolore de la pelouse jonchée de feuilles et de taches de soleil.

Et les visiteurs acceptèrent l'humble hommage de la propriété.

Le soir même, le bail fut signé.

La première apparition du locataire de la bicoque sans espoir ne déçut pas la curiosité des voisins. Par une belle après-midi de l'été de la Saint-Martin, ils l'aperçurent, juché sur le toit de la maison : un petit homme maigre, à barbe noire, en bras de chemise et pantalon de treillis, agrippé d'une main aux ardoises et de l'autre nettoyant les chéneaux encombrés de feuilles mortes. Un homme, certes, différent à la fois du député et du curé selon l'image traditionnelle. Et dès lors les coups de marteau annonçaient la présence du « Castor », lorsque au retour de Paris, il dépouillait la tenue de l'Abbé et les soucis du représentant de la nation pour n'être qu'un homme qui rebâtissait son logis.

« Et tout a commencé, dira le Père, parce que la maison était trop grande... »

Un bureau lui suffit, avec un coin pour dormir. Mais que de pièces vont rester vides, alors que des multitudes manquent du minimum d'espace couvert indispensable pour vivre humainement ! Certes, il ne prévoit pas d'emblée que, par sa grandeur même, cette maison va servir d'appât aux détresses des sans-logis des environs. Il pense seulement, ce premier jour, à faire partager l'aubaine à la famille d'un ami, conseiller de la République, en quête d'un appartement. On lui cédera le rez-de-chaussée ; quant au parc, aux dépendances, quel lieu idéal de réunion pour les groupements d'ouvriers, les jocistes, les scouts, qui cherchent dans la banlieue un centre de rencontre et de récollection hebdomadaire.

Mais d'abord, rendre la maison habitable.

Au sortir de la Chambre, le Père passe chez les entrepreneurs, les maçons, les menuisiers, achète des planches et des outils, et les coups de marteau ébranlent le vieux logis et en font fuir les souris. Mademoiselle, la secrétaire, l'aide dans ces aménagements. Au deuxième étage, sous les combles, il établit des cloisons, et crée ainsi six petites chambres pour que les familles ouvrières qui viennent aux week-ends de retraite puissent y passer la nuit. Avec cet enthousiasme du bâtisseur qui est l'un des traits de son caractère et qui s'exprimera plus tard avec tant d'ampleur, le Père se propose d'aménager un réfectoire, une cuisine, de construire des pavillons, une chapelle. Pour l'ameublement il fait la tournée des marchés aux puces, des magasins d'occasions, des brocanteurs, y achète tables, chaises, lits-cages, fourneaux, qu'il transporte dans sa Citroën à cocarde de député, ficelés sur le porte-bagages.

Et pendant près de deux ans, cette maison connaîtra une vie paisible : à demeure n'y séjournent que le conseiller de la République au rez-de-chaussée, et l'Abbé au premier étage. Du samedi au lundi, des groupements prennent possession de la propriété. Accaparé par les travaux parlementaires, le Père leur laisse la libre disposition des lieux. Jeunes foyers fêtant un baptême, chorales mettant au point leur répertoire, séminaristes ou députés venant se mettre au vert, groupes d'ouvriers discutant de problèmes sociaux, adolescents de Charenton, de Montreuil, qui plantent la tente dans le parc.

Le jardin potager porte des fruits, la cour est fleurie de lys et de rosiers, et rien ne laisse présager les bouleversements qui vont bientôt transformer la vie paisible de la propriété.

Voyant monter ces pèlerins hebdomadaires vers ce lieu de réconfort spirituel et physique, à l'écart de la ville, le

Père songe à ce village vers lequel cheminaient, quittant Jérusalem, deux disciples brisés par le grand échec. Dans l'humble auberge d'Emmaüs ce fut pour eux, par delà le désespoir, le rendez-vous avec l'espérance. De même ici, ce pourrait être pour quelques-uns, dans ce coin de banlieue, un rendez-vous avec la paix et la joie.

En donnant à la Maison le nom symbolique d'Emmaüs, le Père ne pense qu'au salut spirituel, et au réconfort provisoire que le séjour peut offrir à quelques uns. Mais il s'agira bientôt du sauvetage de vies en danger. Comme des milliers d'autres, désemparés, sans logis, sans travail, sans courage, Djibouti rôde à travers Paris fatigué d'espérer et de désespérer Comme des centaines d'autres, la famille Vatier se terre sous sa bâche sur une litière de paille et de boue. Ce foyer n'a pas encore été baptisé par des larmes. Mais voici au printemps 1949 le premier hôte permanent : un homme d'une quarantaine d'années, à cheveux tout blancs, doux et taciturne, le premier malheureux recueilli, Bastien, l'ancien bagnard. Les gestes de ses mains sont encore maladroits car ses poignets portent sous les bandages les plaies, mal cicatrisées, d'une récente tentative de suicide...

L'été venu, la maison inscrite sur les listes de l'OCCAJ, se prépare à accueillir les jeunes hôtes qui, de France, d'Europe, de toutes les parties du monde vont converger.

Président du comité exécutif du Mouvement universel pour une confédération mondiale, l'Abbé veut donner aux adhérents internationaux de ce mouvement la possibilité de séjourner à peu de frais à Paris. Il achète à crédit des baraquements d'anciens prisonniers à Saint-Denis et avec Bastien les remonte en hâte, les disposant en carré autour d'une roseraie, qui deviendra le « Cloître Fleuri ».

Vers le foyer Emmaüs devenu une plaque tournante de l'amitié internationale, les premiers jeunes hôtes étrangers arrivent en vélo, ou en auto-stop : Finlandais, Autrichiens, Mexicains, Grecs, Hindous... Ils ont entendu parler le

Père, en Afrique, en Amérique, à travers l'Europe, dans maints congrès ou conférences. Ces grands garçons s'installent pour une nuit, ou pour une semaine, dans les lits à double étage des dortoirs, plantent la tente dans le parc, ou couchent à la belle étoile. Certains soirs, ils sont cent cinquante qui parlent, chantent dans toutes les langues. Cette merveilleuse ambiance de jeunesse et d'amitié enchante l'Abbé qui a connu jadis la ferveur des camps routiers et qui, surtout, voit que ces garçons ont compris qu'ils sont responsables à leur mesure de l'avenir du monde.

Ils viennent dire que la jeunesse de leurs pays croit l'esprit de fraternité assez fort pour vaincre l'esprit de haine.

Ce ne sont pas des techniciens politiques. Ils rêvent d'une assemblée des peuples dont l'efficacité serait plus rapide, plus réelle que celle de l'O.N.U. parce qu'elle s'appuierait sur de tout autres bases : l'Abbé a exprimé à plusieurs reprises (et en particulier dans la préface d'un ouvrage sur Gandhi et Tolstoï de A. Kaplan), la déclaration des principes d'une réelle entente mondiale :

« Les maîtres professent que ce qui compte au terme de la vie, c'est la communauté tout entière, l'univers en sa plénitude, mais tous, ouvertement ou en secret, pensent que c'est par le sacrifice des autres, que cela doit s'accomplir.

Pauvre et hardi, qu'un homme (le Christ, Tolstoï, Gandhi) se lève et sans trembler rappelle que la joie universelle s'engendre par le sacrifice de soi et non par celui d'autrui, on le raille, on l'insulte, on l'incarcère, et pour finir on ne se croit délivré de lui qu'en le faisant tuer...

Ce n'est pas de ce qui différencie les hommes et les peuples que la guerre naît, mais de ce qu'ils ont de *semblable et de faux*...

Ce n'est pas de la violence mobilisée pour changer autrui que la paix peut éclore, mais de la violence à soi-même, de la mise réelle de soi-même (et ce ne peut aller sans violence) au service véritable du bien de tous...

Abnégation des personnes et des nations...

Recherche du service, non du gain..

Consentement à la limitation mutuelle des souverainetés et d'abord des souverainetés économiques, territoriales, idéologiques... »

Au lendemain de la catastrophe, il paraissait réalisable, ce rêve ; quelques années ont suffi pour que les élans généreux s'engluent dans la mauvaise foi et la rouerie des diplomaties au service des intérêts nationaux ou des idéologies intransigeantes...

Mais, en cet été 1949, lorsque l'Abbé s'assied au coude à coude dans le beau décor de la roseraie ou près du feu de camp dans le parc, entre un étudiant tchèque et un jeune Hindou, et qu'il leur parle, il pense qu'il réalise ce pourquoi il a été amené ici : il pense que cet idéal de paix, qui anime ses jeunes compagnons, suffit à donner une âme à cette maison, dont le souvenir sera emporté par chacun comme un symbole. Pourtant, ce n'est pas la seule confiance en un idéal de fraternité universelle qui fera Emmaüs, mais la réalité de la souffrance.

Et la souffrance ne cesse de rôder autour du foyer. Elle va y faire bientôt des incursions brutales.

Premières pluies d'automne : les jeunes remettent sac au dos, repartent un par un, ou par groupes, à moto, à vélo, à pied, vers les quatre coins du monde. Sur les cendres du feu de camp, la pluie s'égoutte et la roseraie du Cloître Fleuri perd ses pétales... Bastien le solitaire remet en ordre les baraquements, ratisse les feuilles mortes dans la cour et les allées, transporte sur la brouette des pierres et de la terre et des graviers pour égaliser le terre-plein. Des éléments de baraques, poutres et panneaux, en vrac, à terre, attendent leur destination : l'Abbé veut en faire une chapelle au fond du parc... Mais Bastien ne peut mener à bien ce travail tout seul... Parfois le Père vient lui donner un coup de main quand il a une heure de liberté. Le sol au fond du jardin est « pourri » : gravats et plâtres ; il faut assurer les fondations sur des pilotis, enfoncer des barres de fer sur lesquelles on bétonnera.

Un samedi après-midi, Bastien voit approcher un homme fort, jovial, d'une quarantaine d'années, en habits de bel aspect...

– J'ai proposé au Père, dit-il, de l'aider dans ses travaux, nous sommes voisins ; comme je travaille de nuit une semaine sur deux, je pourrai venir ces semaines-là pour la demi-journée si vous voulez.

– Bon.

– Je m'appelle Mathieu.

Bastien n'est pas curieux. Il lui est indifférent de savoir ce qu'il « est dans la vie » cet homme qui vient offrir à Emmaüs son aide bénévole : l'essentiel est qu'il ne soit pas manchot.

À quelques jours de là, un pas sur le gravier : Bastien voit approcher un jeune d'une quinzaine d'années l'air exténué, tête nue sous la pluie, sans manteau, frissonnant dans sa veste trempée ; ses souliers, son pantalon, sont couverts de boue glaiseuse, comme s'il avait marché à travers champs.

– Qu'est-ce que tu veux ?

– Voir le père aubergiste...

– Le Père va partir pour la Chambre... Il n'aura pas beaucoup de temps...

Le Père a pris le temps de l'écouter, lui Bastien, il prendra aussi le temps d'écouter le jeune Étienne, qui vient de se sauver d'une maison de correction. Il avait volé un vélo, il y a deux ans. Depuis huit jours, il erre dans la banlieue, mangeant des fruits tombés dans les vergers, dormant contre un coin de mur. Il est orphelin, il n'a pas d'argent, il ne sait où aller ; mais il ne veut pas revenir à la maison de redressement...

– Si on me ramène, je me sauverai encore...

– Comment es-tu venu ici ?

– Autrefois j'avais ma carte d'Ajiste. En passant j'ai vu le panneau. J'avais trop envie de dormir. Je n'ai pas d'argent, mais je peux travailler...

Le Père songe un instant.

– C'est donc par hasard que tu es entré ?

– Oui.

– Dis-moi, Étienne, pourquoi m'as-tu raconté ton histoire ? Ta fuite de la maison de redressement ?

Le gosse se trouble et balbutie :

– Je ne sais pas, c'est vrai. Je ne sais pas pourquoi.

– Je ne te demandais rien. Tu aurais pu me demander simplement un lit...

– Oui, mais je n'avais pas d'argent.

– Tu dois avoir faim. Bastien va te donner à manger et des couvertures... Attends un instant Je vais essayer d'arranger ton affaire. Tu dépends du tribunal de V. ?

– Oui...

– C'est le juge N... qui t'a jugé ?

– Oui. Vous allez le prévenir ?

– Je le connais. Attends, ça doit s'arranger... Ça sert quelquefois d'avoir été député.

L'affaire a été réglée par téléphone en deux minutes :

– Je crois que la meilleure solution est que vous le gardiez avec vous, mon Père, a dit le juge du tribunal d'enfants. Là, je suis tranquille. Mais officiellement, je ne sais rien, je vais faire continuer quelque temps les recherches... par exemple vers Bordeaux. Le temps d'un classement de dossier...

Au début de novembre parut Djibouti.

4

Djibouti et Bastien. L'homme de la cité Rambaud.

Maintenant qu'il était arrivé à l'étape, Djibouti appuyé à la grille, dans le calme de l'avenue silencieuse et sombre, prenait conscience d'une fatigue immense. Avant de franchir le seuil inconnu, il sentait l'usure de son corps, comme rarement il l'avait éprouvée à Paris, dans le mouvement de la rue qui distrait toujours un peu. Ici, au bout de la route, dans la nuit froide, on semblait loin de la vie : trop de silence, trop de paix. Il était rendu... rendu... rendu à lui-même.

Être rendu à soi-même, cela fait peur, cela donne le vertige. Le front appuyé aux barreaux glacés, Djibouti vidé de toute force et frissonnant de fièvre, se laissait envahir par un désarroi paralysant, par le dégoût de devoir encore mendier un gîte, une assiette. Cette nausée, ce sursaut de dignité, cette répugnance impossible à vaincre, parfois lui faisaient préférer la belle étoile à un lit. Mais il avait froid, il avait faim et sommeil. Et les élancements de sa jambe... il fallait encore accepter le lamentable rôle de celui qui reçoit au lieu d'être celui qui donne, privilège du riche.

Dans cet état de torpeur, il entendait vaguement une voix qui chantait dans le sous-sol de la cave, une voix jeune, un peu traînante : *« Étoile des Neiges... sèche tes beaux yeux... »*

Djibouti se secoua, se redressa, rectifia sa tenue, c'est-à-dire qu'il remit sa casquette droite, rabattit les revers de son col de manteau : il détestait donner l'impression de négligence d'un déchu, et surtout quand il se sentait particulièrement désemparé, au bout de son rouleau, comme ce soir...

Il répétait : « Emmaüs ». Le nom l'avait obsédé le long de la route, dans le métro et dans l'autobus : ça lui rappelait quelque chose, de très lointain, d'un peu mystérieux, comme tout ce qui venait de l'enfance et de la religion. C'était peut-être un asile dans le genre de l'Armée du Salut, avec cantique avant la soupe ; mais en serait-il ce soir le seul pensionnaire ? Tout semblait si désert. Seule cette chanson inattendue :

Et quand les beaux jours refleurirent...
Il s'en revint au hameau...

Par un escalier qu'il découvrit sur la gauche du bâtiment, il descendit vers cette voix de gosse...

Un sous-sol cimenté, une première pièce sombre : on distinguait une table et des chaises, la lumière passait par la porte du fond, d'où venaient la voix et une odeur de graisse.

– Bonsoir, dit Djibouti.

– Bonsoir, répondit le petit Étienne qui coupait les pommes de terre.

L'huile grésillait dans une poêle, sur une petite cuisinière dont le tuyau s'échappait par le soupirail.

– Je viens de la part de...

– M'en fous, dit Étienne. Vous voulez voir le Père ?

– Je voudrais dormir : il y a de la place ?

– Y en a toujours. Le Père ne va pas tarder à rentrer... Mais Mademoiselle est là, sa secrétaire.

Djibouti haussa les épaules. Étienne le regarda, plissa le front, et sourit :

– Vous n'avez pas mangé ? dit-il.

– Non.

– Bon. Prenez un verre en attendant. Le dîner n'est pas prêt. Une cigarette ?

– Non, dit Djibouti.

Il s'assit. Il remarqua dans le fond mal éclairé de la pièce trois lits de camp et une paillasse à terre.

– Tiens, justement le voilà, s'écria le gosse.

L'éclat des phares d'une auto frappa l'escalier, les pneus crissèrent sur le gravier de la cour.

– Venez, dit Étienne.

Deux lits de fer, sur le toit de la traction avant, étaient ficelés au porte-bagages. Un petit abbé barbu et voûté, en béret, en blouson de cuir sur la soutane, défaisait les nœuds.

– Tu arrives bien, Étienne, dit-il ; j'amène les lits pour Mohamed et son copain.

– Père, un visiteur, dit Étienne.

– Je viens de la part de... commença Djibouti.

Le Père le regarda. La lumière des phares éclairait par-dessous le visage du vagabond, accentuait son dur relief. Ses yeux rencontrèrent le regard du Père, et il sut qu'il serait accueilli dans la maison.

– Attention ! dit le prêtre, le lit va glisser... Veux-tu prendre le coin ? On va les porter au sous-sol.

Quand les lits furent mis en place :

– Merci, dit-il, et il tendit la main à Djibouti. Excuse-moi de t'avoir embauché d'emblée...

C'est ainsi que Djibouti entra dans la communauté d'Emmaüs.

Le lendemain matin, il revit le Père au moment où celui-ci repartait pour la Chambre.

– Tu veux nous quitter ? lui demanda le Père. Tu sais où aller ?

Djibouti haussa les épaules.

– Tu peux rester si tu veux. Tu nous rendrais service en donnant un coup de main aux camarades, ils t'expliqueront...

Cette journée-là et les suivantes, Djibouti travailla avec Étienne et Bastien aux fondations de ciment d'un pavillon entre la cour et le parc, et s'installa auprès d'eux dans le sous-sol. Deux Arabes travaillaient au dehors et ne rentraient à Emmaüs que le soir. Djibouti ne vit le Père que deux ou trois fois dans la semaine, au passage ; mais peu à peu, la pensée de cet homme qui l'avait accueilli si simplement par ce tutoiement de camarade, avec cette confiance spontanée, commençait à occuper son esprit. Étienne et Bastien lui parlaient peu d'eux-mêmes et longtemps il ignora leur histoire, mais, le soir, ils lui expliquaient le Père :

– Pour lui, disaient-ils, le pauvre type en vaut un autre ; et d'ailleurs il n'y a pas de pauvres types pour lui. Notre passé ne compte pas, il ne demande pas qu'on lui mente.

Je resterai une semaine, s'était dit Djibouti. Mais en voyant approcher le délai, il se sentait saisi d'une angoisse. Pour la première fois, la solitude lui faisait peur. Et il y avait autre chose... Si peu qu'il ait vu le Père, cela lui faisait de la peine de le quitter. Il lui arrivait souvent de songer que par son travail, il lui rendait service, qu'il serait content en voyant avancer le terrassement, et que lui, Djibouti, n'était pas entièrement son obligé.

Il savait qu'il n'était pas un ouvrier rapide ; le geste un peu mou, parfois maladroit, depuis sa captivité et son accident ; mais si on ne le bousculait pas, il allait au bout du boulot. Et, bien que le terrassement ne fût pas sa spécialité, il s'y donnait avec cœur. Bastien non plus n'était pas un nerveux, ni un bavard. (Étienne c'était autre chose, encore un peu chien fou.) Ils étaient libres, sans contrainte, sans peur du lendemain. L'équipe s'entendait bien, et Djibouti se dit : « Pourquoi ne pas rester ? »

Le samedi après-midi et le dimanche, des groupes venaient s'installer, soit à l'auberge, soit dans les chambres du deuxième étage réservées aux ménages. Ils avaient des réunions dans la salle du petit pavillon à gauche de la cour.

– Des ouvriers chrétiens, dit Bastien.

Pour Djibouti ces deux mots paraissaient mal s'accorder :

La religion lui semblait une affaire de bourgeois et de paysans simples, de femmes et d'enfants, de naïfs exploités par l'Église. L'existence même d'un prêtre comme le Père était déconcertante : homme d'un esprit supérieur chargé de hautes fonctions, spécialiste de problèmes sociaux, accordant sa politique avec sa foi et sa charité, et très humain, très simple, très proche des « petits » : un sincère.

Un soir qu'ils étaient couchés sur leur paillasse, dans leur sous-sol, pendant qu'Étienne dormait, Djibouti entendit Bastien sangloter. Celui-ci était rentré ivre, d'une ivresse taciturne et douloureuse. Dehors, la pluie crépitait sur le gravier de la cour. Et à travers ce murmure, Djibouti percevait le bruit de la machine à écrire de Mademoiselle à qui le Père, dans le bureau, dictait son courrier.

Djibouti ne put supporter ces lourds sanglots, étouffés sous la couverture, cet atroce remous dans les profondeurs d'une douleur que le vin n'avait pu apaiser.

– Hé ! Bastien...

L'autre ne répondit pas. Mon mal est à moi. Mes morts, mes remords, je ne les distribue pas aux copains comme on offre un verre ou une cigarette. Si j'avais su, je serais resté en Guyane...

– Hé, Bastien...

– Fous-moi la paix !

Et puis, après un silence, Bastien a laissé se crever la poche d'horreur...

– Tu veux savoir comment ça s'est passé... Comment j'ai tué mon oncle ? ...

Djibouti prit peur...

– Ne raconte pas si tu veux… je te force pas…

Mais il était trop tard. Bastien voulait maintenant se délivrer du vieux cauchemar. La vois rauque et balbutiante arrachait des bribes incohérentes du passé de douleur, de folie et de sang.

… Des champs de lin, des hectares de champs de lin et de betteraves, là-bas, dans le Nord, près de la frontière belge, une propriété dont Bastien, orphelin à quinze ans, sera propriétaire à sa majorité… Au mur du vestibule pend le revolver de son oncle le douanier, un gros revolver noir. Lucie… Lucie, la jeune fille de Gravelines, que Bastien aime et veut épouser. Les dunes désertes et venteuses où les jeunes gens se retrouvent par les belles soirées d'été. Et cette femme, cette horrible femme vulgaire et rapace, une veuve avec deux garçons que le vieil oncle a épousée. Elle hait Bastien, le futur maître de la propriété, elle s'installe dans la maison avec son père et sa mère, et tous haïssent Bastien. Leurs calomnies, leurs intrigues pour provoquer une rupture entre les jeunes fiancés, pour éloigner Bastien, pour l'éloigner définitivement. L'accident, la chute du madrier… Elle seule avait pu imaginer cette tentative de meurtre, elle ou l'un des siens. Alors Bastien révolté a pris peur et il a voulu faire peur : il a décroché et armé le gros revolver. Non, non… je le jure, ce n'est pas sur lui que je voulais tirer : pourquoi aurais-je tiré sur mon oncle ? … Le procès, les faux témoignages, la condamnation, le départ pour Cayenne. C'est un vieil homme qui revient du bagne après vingt ans. Il retourne dans le Nord, mais Lucie est mariée. Désemparé, désespéré, renonçant par dégoût et fatigue à faire valoir ses droits sur ses terres, sans appui, sans conseiller, devenu un intrus pour tous, il a échoué à Paris, s'est enfermé dans un petit hôtel de banlieue proche d'Emmaüs et a ouvert son rasoir. Le patron, par hasard, est intervenu à temps. Ne sachant que faire, il a téléphoné au Père qu'il connaissait. Le Père est accouru, et a offert à Bastien de rester à Emmaüs. Les blessures se sont cicatrisées, et peu à peu Bastien a repris courage et goût de vivre : le travail, l'amitié du Père, les responsabilités qu'il assume dans l'entretien de l'auberge et de la propriété, tout cela lui apporte un peu de paix. Mais certains soirs, le désespoir remonte et le serre à la gorge et il se débat dans le noir, sous les couvertures...

La régulière pluie nocturne... À l'étage supérieur, le cliquetis de la machine à écrire et la voix au Père comme un apaisant chuchotement...

Bientôt tout fit silence. Son travail d'homme politique terminé, le Père priait pour ces douleurs toutes proches ; lorsqu'il avait pris en charge ces malheureux corps et âmes, il avait tout simplement continué la mission qui lui avait été révélée dans son enfance.

En songeant à Djibouti ou à Bastien, le Père revoit en esprit l'homme de la cité Rambaud, à Lyon. Un vieux, très vieux souvenir. C'est le même visage plein d'une force flétrie, les traits vieillis prématurément révèlent une volonté latente qui ne s'est pas usée lentement, mais a fléchi tout à coup, sous le choc du désastre : le regard n'implore pas la pitié. L'homme, au fond de lui, n'a pas pris encore son parti de la déchéance. Il brûle de la fièvre des pauvres mal adaptés à leur misère, et qui ne sont pas humblement reconnaissants pour le service reçu, mais exigent de s'en acquitter en retour par un autre service. L'assisté réclame le droit d'être bienfaiteur à son tour, de rendre bien pour bien.

L'Abbé revoit la scène. Il a douze ans. Son père, ce dimanche-là, l'a pris par la main, de l'autre il tient une petite valise. Chaque dimanche, il s'absente ainsi et le petit Henri, intrigué, n'a jamais osé l'interroger sur ses mystérieuses absences.

Son père a rendez-vous avec la misère. Comme la soierie, la misère est une des plus illustres spécialités de Lyon.

Dans les taudis infects de la Croix-Rousse, dans les réduits sans fenêtre, où les docteurs, les sœurs infirmières, osent à peine pénétrer, des hommes et des femmes solitaires, rejetés sans espoir des hôpitaux surpeuplés, des familles entières pourrissent dans l'ombre, le froid et la faim.

Mais pour lutter contre tant de détresses, Lyon, berceau du christianisme social, voit se multiplier les œuvres de charité.

Parmi celles-ci l'œuvre des hospitaliers-veilleurs rassemblait à l'origine des hommes qui veillaient la nuit les pauvres gens morts solitaires, sans famille. Cette tradition s'étant perdue peu à peu, les hospitaliers (parmi lesquels se rencontrent des industriels comme le papa de Henri, des patrons de soieries, de hauts fonctionnaires de la cité) consacrent incognito plusieurs heures chaque dimanche au soin des miséreux.

Naturellement l'enfant ignore tout cela. Il ignore même ce qu'est la misère. Il n'a pas encore regardé face à face un vrai pauvre.

– Où allons-nous papa ?

– À la cité Rambaud, dans le quartier des Brotteaux.

Autour d'une église, un groupe de maisonnettes construites par un prêtre pour de vieux ménages de travailleurs. N'ayant d'autre lieu de réunion, les hospitaliers ont coutume d'accueillir là, dans une salle de réfectoire, les pauvres de la ville, chiffonniers, mendiants, clochards.

Non, jusqu'à ce jour, le petit Henri n'a jamais eu de contact réel avec la misère. Le dimanche, dans un coin du porche de l'Église un mendiant lui sourit, le remercie lorsque, sortant de la messe, il lui fait la charité de quelques sous ; le sourire et le « merci » du vieillard font partie, à titre d'émouvants accessoires, de son existence d'enfant riche. Mais a-t-il jamais joué, parlé avec un gosse de pauvre ? Est-il jamais entré dans un logis de pauvre ? A-t-il même jamais pénétré au cœur d'un quartier populaire de sa ville ? Il sait vaguement que le monde des malheureux existe, mais pour lui la notion de malheur se confond inconsciemment avec celle du mal : idée confuse, rarement exprimée, plutôt respirée dans tout milieu bourgeois où la bienfaisance existe sans doute, mais reste enclose dans des principes de suffisance, qui peuvent se résumer ainsi : la fortune est la sanction naturelle (et quasi providentielle) des profondes vertus d'une famille et d'une classe, la fortune confère la dignité, attire la respectabilité. Par sa fortune, se juge la valeur d'un homme. Un pauvre est un homme atteint de quelque tare, sinon de quelque vice. Les miséreux, ceux dont l'enfant a pu saisir au passage le regard traqué, constituent une humanité différente de celle dont il fait partie, et proche de l'animalité, dangereuse, menaçante : des loqueteux, on peut s'attendre à tout : au vol, au rapt, au meurtre ; des loups sous des apparences d'hommes.

Et soudain, le voici au milieu de ces miséreux ; ils sont une quarantaine, dans cette salle, hirsutes, patibulaires, avec leurs vêtements en loques, et malodorants. Dans quel horrible piège son papa s'est-il fourvoyé ?

Mais, comme inconscient du danger, son père leur parle, à l'aise. Il leur parle comme à des êtres humains, leur sourit, leur serre la main. Heureusement, dans son désarroi Henri reconnaît quelques messieurs qu'il a vus à la maison, des personnalités considérables de la ville. Jamais il n'eût imaginé qu'ils puissent compromettre leur dignité avec ces gueux.

– Allons, Henri, ne rêvasse pas ; veux-tu chercher de l'eau dans ce broc ?

Dehors, dans la cour, sous le ciel de printemps, pendant que se remplit le broc à la fontaine, Henri croit comprendre pourquoi ces messieurs sont là, quelle passion entraîne son père, vers ces rencontres : que c'est bon d'être bon ! Et un prodigieux intérêt pousse l'enfant à revenir vite, pour aider, pour participer à son tour à la bonne action, pour jouer son rôle de petit riche secourable...

Son père s'est transformé en barbier : en bras de chemise, protégé d'un tablier et armé d'une paire de ciseaux, il taille la barbe d'un vieillard dont le cou est emprisonné dans une serviette. Henri est tenté d'abord de croire à une scène de théâtre, à un jeu, et il sourit, lorsque soudain ses yeux rencontrent ceux du vieux. Et ce regard n'exprime pas un amour reconnaissant, de la déférence émue pour tant de bonté : c'est un regard à la fois craintif et insolent, presque méchant, exigeant. Un regard qui réclame ce service comme un dû, une réparation de justice. Que de fois, Henri devait rencontrer ce regard à la fois craintif et exigeant de la souffrance.

Rien n'indique si son papa a vu, lui aussi, ce regard farouche ; il parle avec sa douceur naturelle, tout en s'activant à son travail de barbier. Mais l'homme ne se détend pas, n'esquisse pas le sourire qu'attend l'enfant. Et il semble à celui-ci que c'est son père maintenant qui est le pauvre, l'humble serviteur qui ne veut pas mécontenter son maître. Son père va-t-il recevoir ce sourire du misérable, un mot de satisfaction, de reconnaissance ? Mais l'autre se tait et son regard reste glacé... Les ciseaux voltigent autour du visage ingrat.

– Comme ça, ça peut aller ? dit le coiffeur improvisé.

– Non, encore un peu sur les côtés, grogne l'homme.

L'enfant a entendu parler, à l'église, du « prochain ». Il faut aimer le prochain, c'est un grand commandement. Ce personnage étrange, il ne l'a en fait jamais rencontré, en dehors de sa famille. Mais cet homme est aussi son prochain qu'il faut aimer. Et les autres mendiants alentour, sales, pouilleux, qui bavent, qui sentent le vin, le tabac, l'urine, ils sont le prochain, l'image du Christ. Il ne s'agit plus d'un jeu. C'est, pour son esprit, un scandale qu'il ne peut éluder.

Et maintenant le clochard a pris apparence humaine. Un visage d'homme apparaît sous le rasoir, et à mesure que la transformation s'opère, le regard de bête traquée s'adoucit, prend une assurance apaisée. Le père défait la serviette. L'homme se lève. Il sourit enfin, tend la main, d'égal à égal et dit :

– Merci, Monsieur, qu'est-ce que je peux faire ?

– Pourquoi ? demande le père déconcerté.

– Ben... pour vous rendre service à mon tour.

– Rien, merci, je ne sais pas...

Sur le chemin du retour, envahi par une sorte de vertige, de nausée devant l'infini de la charité en action qui le tente et l'épouvante, l'enfant marche en silence près de son père. Celui-ci avance lentement, les traits tirés par le mal atroce qui l'emportera bientôt.

– Tu as vu, dit-il, cet homme voulait s'acquitter à tout prix du petit service que je lui ai rendu. Et j'ai été maladroit. C'est si difficile d'être digne d'aider ceux qui souffrent !

Il ajoute ce mot qui donne l'explication de ce désarroi qu'il ramène chaque fois à la maison après ces séances à la cité Rambaud :

– On n'est jamais quitte avec la misère. On fait semblant de faire quelque chose. Il faudrait l'assumer complètement, s'y enfoncer dedans corps et âme, comme un grain de blé dans la terre noire.

5

Le Kangourou. La chapelle.

– Il y a de l'embauche ?

– Je ne suis pas le patron, répond Étienne à ce nouvel arrivant, quinze jours après la venue de Djibouti. Il faut que tu voies le Père.

– Où qu'il est ?

– Chez le pape, à Rome.

Louis le Kangourou n'est pas méchant, seulement un peu vif. Il n'aime pas qu'on se fiche de lui : depuis son dernier séjour en prison, il est devenu hargneux. Il se dit que lorsqu'on a fait vingt ans de boxe, c'est bien dommage de ne plus avoir l'occasion de mettre sa science en pratique pour initier les jeunes au respect. Ce point de vue, mal compris par des agents de police, l'a mené en cellule à Pontoise. Il en sort. Il ne faut pas se moquer de lui. Mais Étienne ne plaisante pas. Il regarde tranquillement le camarade déchu et répète :

– Le Père est à Rome, je te dis ; va voir Mademoiselle, sa secrétaire.

Le Kangourou est resté à Emmaüs. Quand le Père est rentré de Rome, où il avait été reçu en audience privée par le pape, Louis le Kangourou lui a raconté son histoire.

– Il faut que je vous dise, Père...

– Si tu veux ; mais je ne te demande rien.

Oh ! comme il a besoin qu'on le prenne au sérieux, le pauvre gars désemparé. Pour lui comme pour bien d'autres qui viendront chercher secours à Emmaüs, la déchéance s'est accomplie simplement, une chute quasi naturelle : l'inadaptation sociale, cette maladresse des pauvres à vivre, le vin et le sinistre coup de pouce de la guerre, de la captivité qui détruit le foyer : la même chose que pour Djibouti. Pourtant, au départ, Louis le Kangourou avait aussi ses chances, qu'il tenait de ses biceps de poids moyen honorable, pas d'un pauvre petit boxeur de quartier, non, les journaux l'avaient cité deux fois, l'un même avait écrit qu'il avait le « swing sec et un jeu de jambes de kangourou ». Ça ne veut rien dire, mais Louis a gardé ce surnom et il conserve dans son portefeuille ces deux coupures jaunies, vieilles de vingt ans. Il n'a pas fait longue carrière à Paris, surtout à cause d'une petite femme qu'il aimait trop pour un sportif ; il est allé en province servir de partenaire aux poulains locaux. Puis la guerre, la captivité. Au retour, il avait perdu sa petite amie, et son fameux jeu de jambes. Il a rôdé de salle de boxe en salle de boxe, pour servir encore d'entraîneur aux jeunes, puis pour balayer, entretenir le matériel et respirer encore l'odeur de poussière, de cuir, de sueur des sporting-clubs. Et progressivement, pour « entretenir la forme », il s'est mis à se doper : un verre d'alcool, puis le litre de rouge. On l'a mis à la porte des salles d'entraînement, le Kangourou déchu. Il rôdait dans les cafés de sportifs, retrouvant les vieilles « gloires » de sa génération ; il n'avait pas d'autre famille que ces anciens fils du noble art devenus comme lui « disponibles ». Une bagarre où Louis a assommé son partenaire, s'est battu contre les agents comme un furieux : six mois de prison. À quarante-trois ans, avec sa voix rauque, son nez écrasé, tout rouge, ses paupières épaisses et son front bas sillonné de profondes rides douloureuses, il paraît plus vieux que son âge ; mais il tient toujours en réserve une grande force dans les muscles, dans son corps alourdi qui a gardé malgré tout, malgré l'alcool, la nostalgie de l'effort, le désir de servir.

– Oui, reste avec nous, dit le Père. Mais, écoute : pour tes camarades, pour le petit Étienne, pour nos amis qui habitent ici ou ceux qui viennent le samedi et le dimanche, je te demande de ne pas paraître quand tu as bu.

– Je vous promets, Père...

– Non, ne promets rien. Mais je te le demande, fais un effort, sinon je ne pourrais te garder à la maison.

– Je suis un peu dur, songe le Père en le quittant, mais il le faut pour la discipline de la maison...

Et cette idée le frappe : ce mot de « maison » qu'il vient d'employer tout naturellement selon son habitude, il a pour cet homme, comme pour Bastien, pour Djibouti et le petit Étienne un sens non pas symbolique, mais très concret : pour eux, pas d'autre refuge en ce monde. Emmaüs est ainsi devenu le centre chaud, presque familial, de cette communauté en germe. La maison assume dès maintenant sa nouvelle destination imprévue : foyer pour quelques hommes frappés par le malheur... pour ces quatre-là et pour deux Nord-Africains dont le regard brûle d'un désespoir digne, d'une immense capacité de souffrance, de privation, de gratitude, deux de ces innombrables hommes de couleur perdus à Paris, et « qui, pour les tauliers, sont des vaches à traire quand ils ont un peu d'argent, du bétail à abattre quand ils sont pauvres »...

Malgré le froid, le Kangourou n'a gardé que son maillot sur le torse nu, il brandit la masse et han ! l'abat sur le pieu de fer.

– Han ! pour les gueules de vaches !

Le Père est parti avec Étienne et Bastien chercher du ciment, Djibouti scie des planches près des dortoirs de l'auberge. Seul le voisin mystérieux, M. Mathieu, travaille avec le Kangourou, en ce samedi après-midi. Quelques jeunes venus pour une réunion chantent dans la salle de l'auberge de jeunesse...

– Han !... le choc de la lourde masse contre la barre éclate dans l'air immobile et glacé, comme un coup de fusil.

– Han, pour les salauds de C.R.S. !

Le pieu s'enfonce dans le sol mou : pilotis pour les fondations de la chapelle. Mathieu, à quelques pas, déblaie le terrain à la pioche. Kangourou accompagne chaque coup d'une dédicace vengeresse :

– Han, pour les vaches d'agents du XVe...

– Han, pour les gardiens de Pontoise...

– Han, pour les flics...

Cela entretient l'enthousiasme. Mais ça donne soif. Le Kangourou s'arrête. Ses bras, son torse fument.

– La pause. On va prendre un verre, monsieur Mathieu ?

M. Mathieu ne répond que par un grognement. Pourquoi cet air renfrogné ? Kangourou hausse les épaules, crache dans ses mains, et reprend son étrange litanie.

– Han, pour les gueules de vache !

Mademoiselle vient faire un tour et leur apporte une bouteille de bière. Kangourou, bien sûr, préférerait du vin, mais, par politesse, il boit sans grimace. Puis il reprend la masse, et :

– Han, pour les sales flics !...

Mathieu n'a pas soif, il emplit la brouette de gravats et s'éloigne.

Alors, Mademoiselle, à mi-voix :

– Dites, Louis, ça ne doit pas lui faire plaisir à Mathieu, ce que vous dites en tapant sur le pieu.

– Pourquoi ? Il aime les flics ?

– Il en est un !

(Quelques mois après, Louis, Étienne et Bastien, aidaient l'agent de police expulsé de son logement avec ses deux gosses, à construire une maisonnette sur le premier terrain déniché par le Père.)

Un camion a enfin amené les briques. Quand à la fin de l'après-midi, le Père est rentré, tout heureux, il a regardé le tas informe des matériaux, poutres et panneaux de bois, sacs de ciment, briques, qui vont devenir sa chapelle...

L'indemnité parlementaire ne suffisant pas pour tous les achats, il était allé « taper » le président de la République et le président de l'Assemblée, qui lui donnèrent chacun 5 000 francs, et d'autres parlementaires que, aime-t-il à dire, « je ne nommerai pas pour ne pas leur attirer d'histoires avec leur parti qui les accuserait de "cléricalisme" ».

Et lorsque l'équipe a commencé à poser les murs, le Père, les manches retroussées et la truelle en main, a murmuré :

– Il y a là des briques qui vont prier pour tous les partis de France...

Sur l'un des montants du mur, se lisaient des initiales et une date, grossièrement gravées au couteau...

Un homme venu un dimanche avec un groupe de récollection est allé vers le Père après la messe.

– Père, a-t-il balbutié, j'ai été prisonnier six mois à Saint-Denis, et ces initiales sont les miennes que j'ai gravées là-bas en 1942.

L'autel est fait de trois blocs épais sciés par un charpentier communiste dans le tronc d'un acacia du parc. Les grosses fibres de l'écorce font contraste avec le grain lisse du bois, une décoration à la fois simple et raffinée.

Et de cet autel, chaque matin, le Père dira dès lors aux compagnons présents et absents :

– *Ite missa est,* allez, accomplissez votre mission.

Au plus pauvre des hommes est assignée chaque matin sa mission de sauvetage, de lutte contre des misères plus grandes que celles dont il a lui-même souffert et qu'il a pu surmonter.

Peu avant Noël, voici venir la première famille sans abri.

6

Bâtir.

« Non, on ne peut pas nous faire ça, ce n'est pas possible de mettre à la rue une famille avec des enfants. »

Une petite lettre de huit lignes : la catastrophe de l'expulsion quasi immédiate frappait à leur tour les gérants du Paris-Hôtel, – une modeste façade au carrefour de la route nationale, à deux kilomètres d'Emmaüs ; et dans leur désarroi, ils oubliaient qu'ils avaient dû souvent (malgré eux, bien sûr), mettre des locataires à la rue et refuser une chambre de l'hôtel surpeuplé à des familles errantes.

– Non, « il » ne peut pas faire ça, répétait la femme.

– Tu sais bien qu'il n'y a pas de contrat, répondait Raoul son mari.

– Va au syndicat, consulte un avoué...

Mais aucune démarche, aucune consultation, ne put apporter le moindre recours contre ce fait : Raoul n'était même pas locataire de l'hôtel dont il tenait la gérance, mais employé de son propriétaire qui l'*autorisait* à occuper un logement de trois pièces, pour lui, sa femme, les grands-parents et trois enfants.

Avec le problème du logement se posait aussi celui du gagne-pain, du jour au lendemain. On n'avait aucune économie.

– Ce n'est pas possible, répétait Jeanne, l'esprit engourdi par ce malheur sans issue.

Puis elle poussa son mari à aller voir le propriétaire à Clichy, pour tenter de le convaincre :

– Explique-lui, il comprendra...

Le propriétaire comprenait parfaitement la situation de son gérant mais n'y pouvait rien : il avait décidé d'agrandir le Paris-Hôtel, de le transformer en un établissement chic, et d'en prendre personnellement la direction. Il laissait à Raoul un délai de huit jours.

– Je pourrais loger dans deux chambres...

– Impossible, je fais évacuer tout, pour les travaux...

Dès son retour, Raoul courut au Bureau de placement et laissa son nom au service de logement de la préfecture. « On vous écrira s'il y a quelque chose... » La grand-mère ne cessait de gémir, de sangloter. Le sixième jour, Raoul fit enlever ses meubles par un brocanteur, ne gardant que des paillasses, engagea ses bibelots et des bijoux au Mont-de-Piété. Au matin du huitième jour, la grosse voiture du propriétaire s'arrêta devant la porte. Il dit un peu sèchement :

– J'ai convoqué les peintres et les maçons pour demain matin. Avez-vous trouvé quelque chose ? Non ?

Il donna cinq billets de mille francs. Marcel prit deux chambres à l'hôtel voisin...

– On ne pourra pas payer plus de cinq jours, gémissait sa femme. Et après ?

Mettre le grand-père et la grand-mère à l'hospice, les gosses au dépôt, aller à l'Armée du Salut ?

Dans l'après-midi, comme elle racontait son cas à la crémerie, l'une des clientes, qui faisait des lessives dans le quartier d'Emmaüs, parla de la grande bâtisse de l'Abbé.

Le lendemain soir, la famille couchait à Emmaüs.

– Pour quelques jours, Monsieur l'abbé... (Ils y vécurent onze mois.)

Le Père les aida à s'installer dans le petit pavillon à gauche de la cour, lieu où, en attendant l'achèvement de la chapelle, il disait la messe. Il dut transporter l'autel dans un autre coin de la demeure.

Peu après, Raoul obtint un emploi dans le service d'entretien du métro.

Pendant tout l'hiver, Djibouti, Bastien, le Kangourou et le petit Étienne terminèrent la chapelle, surélevèrent la cour du Cloître Fleuri, démontèrent de nouveaux baraquements à Saint-Denis, et, les ayant transportés en éléments détachés, construisirent de nouveaux dortoirs et des chambrettes.

On bâtit un petit pavillon sur fondation de ciment, en « demi-dur ». Le Père n'avait encore en vue que l'élargissement du centre d'accueil pour les groupes et les ménages venant en retraite le samedi et pour les jeunes ajistes en été.

Or des éléments de baraquement et des matériaux divers restaient en surplus.

– Père, dit un jour Mathieu, l'agent de police, il vous reste des éléments de baraques en trop : voulez-vous me les céder ?

– Pourquoi ? Tu veux construire ?

– J'ai reçu mon congé, le propriétaire ne renouvelle pas le bail. J'ai pensé que si je trouvais un bout de terrain pas trop cher...

Le Père demanda à Raoul, l'ancien gérant d'hôtel, si cette solution l'intéressait aussi : construire sa maisonnette, avoir son jardin.

– Mais, Père, comment payer ? Et où trouver un terrain !

– Ne t'inquiète pas : l'indemnité parlementaire va nous être utile, tu rembourseras à la longue.

On consulta une agence qui proposa un terrain dans la commune même, à trois kilomètres d'Emmaüs, au lieudit la Barrière.

Ainsi naquit presque fortuitement le premier chantier

qui n'était, sous une forme réduite, qu'une préfiguration des cités futures.

Lors de cette entreprise, le Père fut trop absorbé par ses tâches parlementaires pour y consacrer beaucoup de temps ; mais il donna l'impulsion, fit les plans, déposa une demande de permis de construire, avança les capitaux et demanda à ses hommes du foyer d'aider les deux familles à la construction.

Il restait à effectuer à Emmaüs même, et surtout à l'auberge de jeunesse, bien des travaux d'aménagement et d'entretien auxquels se consacraient surtout Bastien et Étienne. Mais lorsqu'ils en avaient le loisir, ils rejoignaient Djibouti et le Kangourou sur le chantier de la Barrière.

Le terrain à bâtir était une parcelle de prairie en friche bordée de haies d'aubépine entre des jardins maraîchers. Le nom du lieu venait d'un passage à niveau ; à 300 mètres de là passait une voie secondaire, reliant à la grande ligne l'Arsenal et les usines au bord de la rivière. Souvent, pendant les pauses, en se redressant, les reins endoloris, les hommes regardaient passer les lents convois de minerai et de machines. Plus loin, entre les toits de villas et des verdures, on découvrait un coin de rivière où glissaient des péniches, et des bateaux de pêcheurs.

Le premier coup de pioche fut donné en avril, avant d'avoir reçu le permis de construire ; théoriquement la viabilité du terrain, c'est-à-dire les installations préalables de l'eau, de l'électricité, des W.-C., est exigée avant l'édification d'une maison. Mais les compagnons entreprirent tous les travaux parallèlement. Pendant que des ouvriers spécialisés les aidaient à l'adduction d'eau et d'électricité, ils creusaient les fondations et cimentaient les murs de la cave. Raoul et Mathieu venaient travailler le soir après le travail ; parfois la traction du Père surgissait au tournant de la route ; accompagné d'un ami architecte, il donnait les directives et empoignait la pelle, la pioche et le marteau.

Pour garder les outils contre le vol des rôdeurs, Djibouti proposa de coucher la nuit sur place sous une tente. Les deux mois qu'il passa sur ce chantier apportèrent l'apaisement à son amertume chronique, – et autre chose que l'apaisement. En bordure du terrain, au milieu de la haie d'aubépine toute fleurie, un arbre se dressait, un petit peuplier que Djibouti, du seuil de la tente en avril, regarda se couvrir de feuilles. Lui qui avait renoncé à s'intéresser au monde extérieur, qui s'était appliqué pendant des années à étouffer tout sentiment, il éprouvait chaque matin, en s'éveillant, un plaisir émerveillé à écouter bruire les feuilles du jeune arbre sur sa tête. Puis le vent tombait, le chuchotement devenait imperceptible, un remorqueur hululait sur la rivière, une corne d'auto sonnait loin sur la route. Et soudain les petites feuilles mobiles s'animaient à nouveau, lapant la brise légère comme fait la langue des petits animaux en buvant.

Un matin, il trouva un chiot de quelques semaines, tremblant encore sur ses pattes, errant entre les murs de soubassement de la maison, un bâtard de berger et de chien courant, à longues oreilles avec une tache noire sur l'œil. Il le nourrit, et la bête s'attacha à lui d'une adoration éperdue. Djibouti demanda au Père de le garder et l'appela « Finaud ».

Dans le soir d'été, le corps rompu de fatigue après le dur travail de construction, Djibouti cuisait son repas sur un feu entre des moellons, puis s'asseyait sous l'arbre, le chien à ses pieds, et regardait la nuit tomber sur la vallée. Les lumières s'allumaient le long de la rivière dans les villas et les guinguettes. Des lueurs rouges dansaient derrière les noires verrières des usines. Djibouti se sentait enfin en paix avec lui-même. Cette liberté dont il ne savait que faire quand il errait seul dans Paris, il l'avait librement liée, il l'avait offerte. Que le Père lui demande plus, Djibouti lui donnera davantage. Certains soirs, sous l'arbre frissonnant, près du chien, tant de sécurité lui apportait un malaise ; il éprouvait soudain une mauvaise conscience d'être ainsi à l'écart de la vie, à l'abri de tout tourment, comme s'il avait besoin de s'acquitter de cette paix, de la mériter par plus de travail.

Un matin, au début de juin, un nouvel homme recueilli par le Père arriva sur le chantier avec Bastien, Mathieu et le Kangourou, un grand gars silencieux de trente-trois ans qui dit s'appeler Baptiste. Qui était-il ? D'où venait-il ? Il parlait peu et selon la règle, personne ne lui posait de question sur son passé.

Quinze jours après son arrivée, assis à l'ombre des murs de la maison qui s'achevait, les hommes terminaient le repas. Baptiste tendit le doigt vers le convoi qui passait lentement sur la ligne de chemin de fer, s'éloignant de l'usine.

– Des jeeps, dit-il. Et des auto-mitrailleuses... À deux par wagon, ça fait bien 200 qui passent depuis une demi-heure.

Puis après un silence :

– Une jeep de guerre, ça coûte plus cher qu'une maison : c'est tout un village qui passe, une petite ville de 3 000 habitants...

– Il en faut aussi des jeeps et des auto-mitrailleuses, dit Mathieu.

Baptiste n'ajouta rien, s'enfonçant dans un silence lourd.

Quelques jours après, au moment où les camarades se préparaient à revenir à Emmaüs, Baptiste dit qu'il préférait rester sur le chantier, et qu'il dormirait à la belle étoile près de la tente de Djibouti.

– Je peux te faire une place dans la tente, dit celui-ci.

– Non, j'aime pas dormir enfermé, même sous une tente.

Il s'étendit dehors, enroulé dans une couverture. Le cinquième jour, à la nuit tombante, assis côte à côte près du petit arbre chuchotant, le chien à leurs pieds, les deux hommes se taisaient, aspirant la puissante odeur de la prairie fleurie et des jardins voisins, l'œil errant sur la vallée paisible sous le grand ciel où s'allumaient les étoiles. Baptiste fumait une cigarette. Il dit pensivement :

– C'est la première fois de ma vie que je construis.

– Moi c'est pareil, dit Djibouti.

– Non, c'est différent, parce que moi, jusqu'ici, je n'ai jamais appris qu'à faire le contraire : à démolir, à détruire. À détruire et à tuer. On ne m'a pas appris d'autre métier depuis l'âge de quinze ans, quand j'étais enfant de troupe. J'avais vingt-deux ans à la débâcle. Le maquis, puis le bataillon F.T.P., l'Alsace, l'Allemagne, l'Occupation. Tu me diras que j'aurais pu me faire démobiliser, mais je le répète, je ne savais rien faire d'autre que de me bagarrer, j'étais dans l'engrenage. L'Indochine, ç'a été le bouquet.

« Je ne veux pas discuter s'il y a des guerres justes ou injustes, je me fous de la politique mais, maintenant je sais, je sais dans ma peau, que la guerre est le plus grand mal. Haïr et tuer. Essayer de haïr le plus possible parce que nos adversaires nous haïssent et nous tuent, haïr pour avoir plus de courage pour se jeter d'un avion en parachute, pour détruire, pour tuer là où nous sommes tombés... On nous donnait beaucoup d'argent, des décorations. Et l'argent partait vite contre de l'alcool, de la drogue et des femmes. J'ai attrapé le paludisme, alors je n'ai plus été un tueur assez efficace et le mécanisme qui m'avait appointé pour tuer m'a rejeté. On m'a rapatrié. À Marseille, nous avons été reçus avec la fanfare : c'était la gloire ; on était des héros, on nous utilisait pour recruter d'autres gloires à quatre sous, et après ça... merde. Je suis allé dans ma famille en Normandie ; mes frères qui s'étaient enrichis à millions avec le marché noir, pendant toute l'Occupation m'ont dit : « T'avais qu'à faire comme nous. » J'ai cassé la vaisselle... et suis parti pour Paris. La prime mangée, j'étais une épave. Il n'y avait qu'une issue, c'était de me tuer moi-même. Une dame de la Croix-Rouge m'a donné l'adresse du Père. Auprès de lui, peut-être, je peux apprendre à faire quelque chose d'utile, à construire au lieu de détruire... à aimer... »

Il alluma une cigarette et eut un petit rire pour cacher la gêne de s'être ainsi livré :

– Je te raconte ça...

– Je comprends, dit Djibouti.

À l'ouest, par-delà le faîte des collines noires piquetées de lumières, la grande lueur au ras du ciel de Paris, et une sourde rumeur. Des grillons chantaient dans la prairie autour des deux hommes silencieux, et sur leur tête la brise tiède, par légères rafales, chuchotait dans le jeune peuplier.

– La paix... murmura Baptiste. Avant, je croyais qu'être un homme c'était être plus fort que les autres, c'est ce qu'on m'avait toujours appris... Dans la conversation que j'ai eue avec le Père, le premier jour de mon arrivée, il m'a dit : « La force, oui, pas pour dominer, mais pour protéger, pour défendre la justice et la vérité, au service de *tous* », c'est parce qu'on ne comprend pas cette parole si simple et si vraie qu'il y a tant de malheur dans le monde.

Au début le plan prévoyait la construction à la Barrière de deux chalets en bois, avec deux logements de deux chambres, en éléments de bois préfabriqués sur soubassements de pierre, avec toit de tôle, de neuf mètres de long, six de large. Mais, alors que le pavillon pour Raoul et Mathieu se trouvait presque achevé, le Père parut sur le chantier, un plan nouveau en main.

– Il nous reste encore des panneaux et des matériaux,

dit-il. Quel dommage de ne pas tout utiliser, le terrain nous permet d'agrandir la construction.

Depuis le début des travaux, le bruit s'était répandu que ce que ni les pouvoirs publics, ni les grosses entreprises ne parvenaient à faire : construire à bon marché, l'Abbé le réalisait avec ses compagnons ; de nouvelles familles s'étaient adressées à lui. Ainsi l'équipe se mit à creuser des fondations nouvelles pour une façade de vingt-deux mètres, pour cinq logements. Les frais nouveaux absorbèrent toutes les maigres possibilités du budget du Père. Un matin de juin, Baptiste et Djibouti virent approcher du chantier un engin étrange et cocasse, une vétuste Mona-6, un cabriolet avec plate forme, haut sur ses roues à rayons, traînant une remorque. L'engin s'arrêta, le Père en descendit :

– Père, et votre conduite intérieure ?

– Vendue ce matin, échangée contre ça, affaire excellente : voyez ce style, le plus beau est que ça roule ! Pour compléter l'ensemble, il n'y manque que la cocarde du député. Ça fera sensation devant le Palais-Bourbon. Mais, pour parler sérieusement, la plate-forme nous permettra de transporter du matériel.

Si le véhicule archaïque et brinquebalant faisait la joie des députés lorsque le Père le garait dans la cour du Palais-Bourbon, il rendait surtout de grands services au chantier.

Un matin, le Père vient dans sa Mona chercher Djibouti, Baptiste et Bastien pour effectuer un transport de matériaux. Au retour, sur sa plate-forme, s'entassent des briques, sur lesquelles sont assis les deux hommes hâves, mal vêtus ; la voiture bruyante traverse ainsi Paris, passe vers midi place de l'Opéra. Là, un embouteillage l'arrête à l'angle du terre-plein où deux agents règlent la circulation, le moteur cale, Djibouti descend, tourne la manivelle. L'esplanade est dégagée devant la voiture, mais celle-ci ne part pas et bloque la voie. Derrière, un long convoi corne, s'énerve... Un agent siffle et s'approche du curieux véhicule, le sourcil froncé.

Soudain, il aperçoit avec stupeur la cocarde du député sur le pare-brise, croit à une supercherie, le visage barbu de l'Abbé lui sourit :

– Qu'est-ce que c'est, cette plaisanterie ? Vos papiers...

L'Abbé sort sa carte. Le visage de l'agent s'illumine. Ses yeux vont de la carte de l'Abbé à sa Légion d'honneur, puis à la cocarde du tacot :

– Ah, c'est vous l'Abbé député de Nancy, permettez-moi de vous serrer la main, depuis le temps que je voulais vous connaître. Moi je suis de Toul.

Son camarade sur le terre-plein, les passants et les automobilistes qui pestent à l'entour, le voient avec étonnement saluer, puis serrer avec un grand sourire la main de l'étrange automobiliste.

Et le moteur démarre, par miracle, comme si la voiture comprenait qu'il ne fallait pas gâcher, en s'attardant, l'humour de la situation.

Un matin de juillet, l'équipe vit venir deux jeunes gens à la peau brune :

– Nous sommes deux étudiants hindous qui venons passer quelques jours à Emmaüs. Le Père nous a parlé du chantier, que faut-il faire ?

Trois jours après, un Danois, un Belge, un Australien et deux Anglais se mettaient aussi à l'œuvre.

Les hôtes estivants, ces braves et solides garçons aux jambes nues, arrivaient à l'auberge comme l'été précèdent. Le Père leur parlait de la construction en cours, aussitôt ils proposaient leur aide, consentant à sacrifier les randonnées dans Paris pour se mettre sur le chantier aux ordres des anciens clochards devenus ouvriers spécialisés, qui leur répartissaient le travail.

De jeunes représentants de quatorze nations travaillèrent, cet été-là, aux maisons de ces cinq ménages français.

Il ne restait qu'à poser le toit quand parut un vérificateur officiel, mètre en main.

– La façade légalement autorisée doit avoir neuf mètres... Or je constate que la vôtre en a vingt-deux.

– C'est vrai, répond le Père, dans l'enthousiasme nous avons utilisé tous nos matériaux disponibles. Nous ne pensions construire d'abord que pour deux ménages, mais entre-temps d'autres familles sans logis sont arrivées... Alors nous avons fait le plus grand possible, c'est-à-dire quinze chambres...

– Mais le ministère n'admettra pas...

– Écoutez, dit le Père conciliant, ces familles quitteront les lieux je vous assure... si on veut bien les loger au ministère...

Le contrôleur replia son mètre, et partit. Furieux ou touché par la grâce ? Qui sait ? Aucune autre escarmouche n'empêcha l'achèvement, l'aménagement du logis et l'installation en septembre des cinq familles. Et sur la même parcelle on mit en chantier trois nouvelles maisonnettes.

L'expérience prouva qu'en partant de presque rien on pouvait réaliser ce qui paraissait impossible : bâtir pour neuf cent mille francs, en quelques mois, un bâtiment de quinze pièces, avec les commodités indispensables. Qu'attendait-on, quand des familles erraient dehors, que des enfants mouraient dans la rue, et que tant d'hommes et de jeunes étaient prêts à se mettre au travail pour les sauver ?

7

L'afflux des sans-logis.

En juin 1951, eurent lieu les élections législatives. Le Père refusa les apparentements, ce qui entraîna son échec.

Il décida alors de se consacrer entièrement à Emmaüs.

Mais l'indemnité parlementaire supprimée, la petite communauté allait se trouver sans ressource régulière. Restaient l'aide des amis d'Emmaüs et l'auberge de la jeunesse : on ferait popote commune. Mais voici qu'au moment même où la sécurité matérielle faisait défaut, de plus en plus nombreux les appels au secours assaillirent la Maison. La première construction entreprise allait attirer bien autre chose que des difficultés administratives sur la pauvre petite équipe.

Le Père l'écrivit plus tard : « Ce qui brutalement, affreusement, s'abattit sur eux, parce qu'ils avaient ainsi bâti ce fut le suppliant aveu, le cri désespéré qui, de toute une région immense, dès lors convergea vers eux, de la multitude inconnue de ceux dont la vie est rendue pire que toute mort par les conditions où il leur faut se tapir. »

Un homme est tassé dans le fauteuil, dans le bureau du Père. Il sanglote, il balbutie :

– Nous n'en pouvions plus...

Michel travaille dans la même équipe d'entretien du métro que Raoul, l'ancien gérant, qui lui a dit :

– Le Père peut t'aider, va le voir.

Michel est fort, jeune, il a vingt-six ans, il est marié depuis trois ans, il a un enfant, une femme gentille, une chambre rue du Temple – tout ce qu'il faut théoriquement pour être heureux. Seulement, dans cette chambre, ils vivent à neuf. Une seule chambre, presque entièrement occupée par deux grands lits, et par un matelas à terre. Pas d'évier. Dans l'un des lits Michel, sa femme, leur enfant Daniel ; dans le second : le père, la mère, et la sœur aînée de Michel, divorcée, avec son petit garçon. Il y a encore la jeune sœur de la femme de Michel, Cécile, qui a quinze ans et son frère dix-neuf ans. Tous deux couchent sur la paillasse. La mère est impotente, une sciatique la tient au lit nuit et jour. Elle ne peut plus supporter les pleurs du petit Daniel la nuit et se plaint du matin au soir. La femme de Michel passe ses journées avec elle pendant que les autres vont au travail. Et quand l'infirme ne gémit pas, elle est hargneuse, tyrannique et maniaque. Elle ne permet pas qu'on ouvre la fenêtre, et l'odeur de la chambre est irrespirable parce qu'elle ne se lave pas, ne change pas son linge. Autrefois on avait organisé des « tours » pour le ménage et la lessive, il y avait un semblant d'ordre et de discipline dans la communauté familiale. Maintenant tout va à vau-l'eau. Quand les jeunes rentrent le soir, ils ne se parlent pas ou alors on se dispute, des scènes éclatent, pour des prétextes stupides et chacun hurle qu'il va « foutre le camp » ! Mais on reste, on est pris au piège, parce qu'on n'a pas d'argent à dépenser pour une chambre d'hôtel. Le père, lui, est mou, taciturne, toujours à demi ivre.

Michel, en rentrant du travail, embrasse sa femme, le petit, lance un : « B'soir » à la ronde et demande à sa femme de l'envoyer en commissions. N'importe quoi. Il se sent un peu lâche, mais il ne peut pas respirer l'atmosphère pourrie de cette tanière où il deviendrait fou à son tour.

Il se demande comment sa femme peut résister. Il prend par la main le petit Daniel et ils vont jusqu'au bout de la rue, de vitrine en vitrine. Puis il prend un verre et rentre lentement : les autres auront fini de manger quand il reviendra. Il préfère manger froid, à part, plutôt que supporter les discussions avec son père ou son beau-frère.

Si elle peut résister, la petite Mme Michel silencieuse, si elle paraît si calme dans cet enfer, c'est parce qu'elle espère, parce qu'elle garde un rêve vivace : elle voit un coin, une chambre où elle serait seule avec son enfant et son mari, une chambre dont elle pourrait fermer la porte à clé. Comme elle astiquerait, soignerait, aimerait ce logis où tout serait propre, où tout serait à elle, à Daniel et à son mari. On n'y verrait pas la saleté des autres, on n'y sentirait pas les odeurs des autres, on n'entendrait pas les paroles bêtes, les bruits affreux des autres. Mais ce rêve ne tient pas devant l'horreur de ce qui est. Oh ! comme on arrive à haïr le père et la mère de son mari, comme on souhaite les repousser loin pour qu'ils n'empiètent pas sur votre solitude et n'infectent plus l'air que vous respirez. Oh ! comme cela transforme en bête haineuse, criminelle en pensée, de se sentir chaque jour menacée, attaquée, détruite dans sa solitude... Une chambre si possible isolée, sans voisin, voilà le rêve de la petite Mme Michel, une cabane entourée d'un jardinet et le silence autour, le beau silence de la paix de Dieu et, par les fenêtres ouvertes, de l'air pour Daniel, et des fleurs partout. Alors, ah ! alors on demandera pardon à la mère de Michel d'avoir autant désiré sa mort ! Alors, on demandera pardon au Bon Dieu d'avoir jeté le crucifix à la poubelle, d'avoir blasphémé, d'avoir maudit la providence qui n'aime pas les pauvres gens.

Et un soir, son rêve ne put la protéger plus longtemps : elle s'est mise à trembler, à crier, à briser les vitres toujours fermées de la chambre, et à hurler par la fenêtre. On l'a maîtrisée, on l'a emmenée à Sainte-Anne.

Dans le bureau d'Emmaüs, le jeune ouvrier, tassé dans le vieux fauteuil, sanglote. L'Abbé a déjà vu pleurer des hommes ; mais ces larmes-là sortent d'une douleur si noire qu'il en restera longtemps obsédé.

– Ce n'est peut-être pas grave, dit-il, une dépression nerveuse passagère. Elle ne restera pas longtemps à Sainte-Anne. En sortant, qu'elle vienne s'installer ici, il y a des chambrettes au deuxième étage. Et plus tard... on verra quand notre construction sera terminée.

Le Père pensait que ce n'était qu'un cas isolé. Il ne prévoyait pas encore où allait mener le chemin sur lequel il s'engageait...

C'est dans l'autobus de Vincennes que Mme L., entendit parler d'un prêtre qui avait recueilli deux familles, et qui construisait.

Elle aussi raconta, dans le fauteuil du Père : ils étaient partis, elle, son mari et ses trois enfants en A.O.F., pleins d'espoir, avec un contrat d'exploitation de bois. Ils avaient au départ vendu leur mobilier, espérant, selon la promesse de la compagnie, faire fortune là-bas. Les deux plus jeunes enfants étaient tombés malades ; et l'un mourut de dysenterie. Alors la maman prit peur pour les deux autres et revint. Son mari continua à travailler en Afrique pendant quelques années et, chaque été, revenait à la métropole. Elle s'était installée à l'hôtel. Or, depuis trois mois, plus de nouvelles, plus d'envoi d'argent. Elle avait écrit, sans réponse : enfin, une lettre récente de la compagnie lui apprenait que son mari était malade, intransportable pour l'instant. Ainsi, ne pouvant plus payer sa chambre, elle dormait depuis huit jours, avec ses deux enfants dans un garage de Neuilly-sur-Marne, dans un coin que le patron lui louait 3 000 F par mois.

– Ça ne peut pas durer, parce qu'il y fait glacial ; nous couchons à même le ciment. Mon petit est malade, et je dois évacuer les lieux. Père, vous pouvez me procurer un abri. Nous savons que vous avez logé deux familles, vous pouvez nous trouver un refuge aussi.

– Ô mon Dieu ! pensa le Père, cette logique de la confiance... C'est vrai que j'ai logé deux familles : il n'y a pas de raison majeure pour ne pas continuer. Comment ? Ils ne se le demandent pas. Ils y croient.

Et le défilé continua, s'amplifia, et l'emprise inexorable broya le temps, les forces, les ressources de l'homme qui ne pouvait décevoir la confiance de ces malheureux.

Oh ! les confidences qu'entendit le bureau d'Emmaüs, de ces désespérés qui, enfin, pour la première fois, se sentaient entendus...

« On ne vit plus comme des hommes, Monsieur l'abbé... » Une femme de quarante-cinq ans qui en paraît soixante, une mère de famille, raconte l'horreur de vivre, jeunes et vieux, hommes et femmes, entassés dans un taudis, couchant sur des matelas à même la terre.

– On ne vit plus comme des hommes, Monsieur l'abbé, on est devenu des bêtes. Ma petite Nicole, la cadette de quinze ans...

Elle ne peut continuer, tant elle a honte. Le seul bien qui reste au pauvre, c'est un peu de dignité. La dignité est impossible dans des conditions de vie inhumaines.

– ...cette belle jeunesse, la voilà enceinte...

Se cachant le visage, la mère balbutie en sanglotant :

– Enceinte... à coucher tous ensemble... du père ou du frère ? ...

Le cœur tordu de pitié, l'Abbé ajoutait ce dossier à son réquisitoire. Ce n'était pas la pauvre Nicole qu'il accusait, ni le père, ni le frère, mais la société, le législateur dépassé par le problème, l'aveuglement, l'égoïsme de chacun.

Dans la région parisienne, deux cent mille hommes et femmes (plus de six cent mille enfants) s'entassent dans des hôtels meublés, des garnis, des taudis insalubres où l'on respire mal, où l'on dort mal. À Montreuil, dix mille sans-foyer cherchent un abri de hasard. Quinze mille vivent en hôtel, donnant la moitié, ou plus, de leur gain pour une chambre où ils ne peuvent ni cuisiner, ni laver le linge. En France, sept millions de mal-logés...

Cet effarant scandale du manque de logement, qui ne secouera l'opinion et l'inertie du pouvoir que quelques années plus tard, le Père en prit conscience, cet été-là, par les témoignages directs de ces familles qui entraient à Emmaüs en mendiants d'abri : au cours des mois, des années, le cortège allait grossir.

Comment ne sait-on pas ? Comment ne fait-on rien ? se répétait le Père pour qui tout cela était une révélation atroce, – mais, bien vite, il devint un spécialiste. Ce n'étaient plus quelques cas isolés. Avec leurs valises, leurs cartons, leurs landaus, elles devenaient légions ces épaves de l'éternelle débâcle, cette armée en retraite de femmes et d'enfants aux yeux de bêtes battues, de jeunes pères au visage crispé par le désespoir : « On en a marre, on en a marre ! » Et les murs leur répondaient :

« Et puis après ? Va ! cherche toujours. »

Pendant la guerre, ce malheur du déracinement, de l'errance au hasard sous la pluie, des nuits dehors, frappa toute la nation, riches et pauvres. La paix revenue, pour des centaines de milliers l'exode continuait. Ce flot à peine visible de « réfugiés » sans refuge ne faisait même plus pitié ; il faisait peur, il irritait ceux que protégeait leur maison. À Paris, dans les beaux quartiers, que d'appartements vides, ou à demi occupés, de « chambres de bonne » qui seraient disponibles, si les propriétaires ne préféraient payer la taxe, plutôt que d'accueillir une famille malheureuse. Que de crimes ainsi commis, parce que simplement on ferme sa porte. On dira plus tard : « je ne savais pas ». De cela même, de cela surtout, il sera demandé compte.

Il n'y a pas de lois pour assurer un abri à ceux qui n'ont rien au monde qu'une valise et un bébé. Il y a seulement des lois réprimant le vagabondage, des Œuvres débordées, surpeuplées, des tribunaux, des prisons, des hôpitaux, des fosses communes...

Les ruines matérielles de la guerre sont relevées, mais la ruine de la société continue par la création d'un sous-prolétariat de sans-logis, de jeunes ménages détruits par la haine, le divorce, l'alcoolisme, la maladie ; avec des enfants abandonnés dans la rue, une génération condamnée à la mort, lente ou brutale.

8

Djibouti rencontre Noëlle.

L'automne. L'équipe de construction est revenue à Emmaüs. L'auberge s'est vidée de sa jeunesse. Seuls les groupes du samedi vont animer en hiver le coin du « Cloître Fleuri ». Là-bas, à la Barrière, dans la grande maison et les trois pavillons, huit familles sont à l'abri pour l'hiver. Huit familles : quatorze gosses sauvés ; mais ici, à Emmaüs, l'inexorable défilé continue.

Djibouti avait construit, en planches, un atelier de menuiserie et de mécanique contre l'aile droite de la maison. Il s'y était aménagé un réduit où il dormait. Il préférait la solitude ; de nouveaux pensionnaires avaient agrandi l'équipe permanente qui logeait dans le sous-sol. Ici Djibouti était chez lui. Il n'y était d'ailleurs pas seul : il avait ramené Finaud du chantier de la Barrière et partageait avec lui sa soupe. Pendant qu'il bricolait, le chien, immobile dans sa caisse pleine de copeaux, près du poêle, le regardait. La pluie tombait sur le toit de tôle sonore, le vent sifflait dehors, Djibouti était heureux de travailler seul à l'abri ; il y avait toujours quelque chose à rafistoler dans la grande maison, et on préparait de nouveaux agrandissements dans les annexes. Il ne resterait pas longtemps dans ce paisible atelier.

Le Père quittait moins souvent la maison ; mais il ne cessait de recevoir des visites. De son atelier, au seul bruit de pas dans la cour, au traînement particulier des souliers sur le gravier, et au crissement des roues de la voiturette de bébé, Djibouti savait qu'une famille venait chercher secours, un abri, ou bien qu'un pauvre bougre solitaire allait demander de « l'embauche », c'est-à-dire, un gîte, un repas.

Il entend leur voix sourde, timide, s'adressant à Bastien ou à Étienne occupés à l'aménagement de la cuisine dans le pavillon à gauche de la cour :

– Le Père est-il là ?

Et ce défilé de sans-travail et de sans-logis qui accaparaient le temps et les forces du Père agaçait Djibouti. Cela représentait pour lui des corvées imprévues, mais ce n'était pas ce surcroît de travail qui tourmentait Djibouti, c'était le désespoir du Père devant son impuissance.

Parfois, après ces visites, le bonhomme le voyait venir à l'atelier, car il aimait à bricoler. Son maigre visage encore plus creusé, le Père passait la main sur son front et murmurait : « Mon Dieu, mon Dieu ! », si las, si torturé par la peine des autres...

Le cœur serré, Djibouti aurait voulu lui dire : « Je suis là, Père », mais il n'osait pas ; et en quoi cela l'aurai-il aidé ? Le tout était de travailler le mieux possible, pour lui éviter un peu de fatigue. Ne pas le décevoir... Et tant pis, s'il me voit à peine, pourvu qu'il sente mon dévouement.

Mais ce qui surtout bouleversait Djibouti, c'était le courage avec lequel le Père surmontait son désespoir. Son dos se redressait, il levait la tête. Il disait : « Nous allons vite finir d'installer les casiers dans le corridor du second » et il souriait. Devant ce vaillant sourire, Djibouti se demandait : « Comment fait-il pour tenir le coup ? Pour tirer tant de force du fond de sa fatigue ? de joie, malgré tout, du fond de sa peine ? »

Un jour, le Père lui dit :

– Qu'est-ce que tu t'es fait à l'œil ?

– Me suis cogné contre une planche.

– Gros malin !

La veille, le Kangourou s'était encore saoulé. Cela lui arrivait une ou deux fois par mois. Bastien aussi buvait ; le Père le savait-il ? Sans doute, mais il lui fallait parfois fermer les yeux : une interdiction n'aurait rien empêché. Mais cette fois, le Kangourou avait entraîné Étienne. Le gosse était revenu ivre et Djibouti n'avait pu le supporter. Il avait empoigné le Kangourou :

– Espèce de salaud, voilà ce que tu fais de l'argent du Père qui se crève pour nous ?

D'un revers, le Kangourou lui avait écrasé la figure.

Djibouti aurait pu répliquer, il n'avait pas peur de l'ancien boxeur qui titubait devant lui. Il se contint, il s'écarta. Que le Père ne sache rien.

Quelques jours après, le Kangourou quittait la maison. Ce samedi soir, il y avait de la jeunesse à l'auberge, une chorale de jeunes filles venues pour le week-end. Il rentra ivre, un litre à la main. Le Père se trouvait par hasard dans la cour ; des jeunes filles passaient à quelques pas.

– Donne-moi cette bouteille, dit le Père à mi-voix.

Pour la première fois, le Kangourou entendait cette voix blanche de colère. Hébété, il tendit le litre. Le Père le retourna et versa le vin à terre. Dans un verre, le vin chante à l'œil ; mais ainsi répandu sur le gravier, cela faisait une flaque violette, hideuse, comme de la pourriture écrasée, un liquide organique en décomposition avec des bulles, qui donnait envie de vomir.

– Non, ne faites pas ça, Père, balbutia le Kangourou effrayé comme devant un sacrilège.

La dernière goutte tombée, il fit demi-tour, il repassa le portail, descendit vers Paris.

L'équipe s'agrandit vite, d'autres camarades désemparés, envoyés de tous côtés, sollicitant un gîte, comme Djibouti l'avait fait un an auparavant ; un ancien infirmier, qui avait été condamné à dix ans pour avortement, et était devenu à sa sortie de prison un vagabond ; un comptable sans place, divorcé et neurasthénique ; un jeune infirme, amputé d'une jambe ; un ouvrier imprimeur qui, sans travail et sans logis, avait dû se séparer de sa femme et de son enfant, les renvoyer chez ses parents.

Et deux anciens d'Indochine comme Baptiste, deux jeunes hommes, engagés volontaires, marqués par le climat et le combat cruel, l'un frissonnant de fièvre et d'angoisse chronique, l'autre défiguré, le nez arraché par une grenade. Un ancien déporté des camps allemands de la mort, incapable de retrouver une vie normale, héros devenu épave et qui n'intéressait plus personne (la Résistance, histoire si ancienne...).

Comment leur refuser asile ?

Un jour, le Père reçut un coup de téléphone d'un commissaire de police lui demandant des renseignements sur l'un des malheureux recueillis.

– Vous me demandez, monsieur le Commissaire, de vous aider à arrêter l'un de ces hommes qui sont venus chercher refuge auprès de moi. Soyons sérieux : à chacun son rôle. Je ne vous demande pas de m'aider à les confesser...

Mais, solidaire de leurs destins, le Père ne pouvait que leur proposer un peu de travail et un abri provisoire, et non ce but qui donnera unité, force et permanence à la communauté.

Un soir d'octobre, Djibouti vit le Père entrer dans l'atelier, si désespéré qu'il ne dit pas bonsoir. Il caressa le chien en silence. Djibouti lui dit maladroitement :

– Vous êtes triste, Père ?

Le maigre visage se détendit, le regard sombre s'emplit de chaleur :

– Pas triste, Djibouti, un peu fatigué.

Puis, après un silence, peut-être plus pour lui-même que pour son compagnon, il dit à mi-voix :

– J'ai reçu trois visites, ce matin... Que puis-je faire ? ... C'est intolérable à la longue, ce défilé de gens qui ont confiance en nous, et ces déceptions, notre impuissance. Cet après-midi, je suis allé à Versailles. Au retour, je suis passé par Vanves. Là, dans un terrain vague, j'ai découvert un ménage, non pas des vagabonds, non pas des gaspilleurs, mais des ouvriers qui vivaient sous une bâche. Ils avaient eu trois bébés, deux n'avaient pu vivre, un quatrième est sur le point de naître... Je ne peux même pas les accueillir ici, où il n'y a plus de place pour l'instant, mais il faut à tout prix qu'ils soient à l'abri pour la naissance.

Ce qu'il faut, c'est un terrain,... une maison... il faut bâtir...

Il réfléchit un moment, puis se redressa, sourit encore :

– Ça doit s'arranger... ça s'arrange toujours...

– Oui, dit Djibouti.

– Vois-tu, la providence nous a toujours donné le nécessaire, avec un quart d'heure de retard pour que nous comprenions l'amour de Dieu pour nous, mais aussi la vérité de notre impuissance sans lui.

– Oui... dit Djibouti sans comprendre.

« L'amour de Dieu pour nous. » Non, il ne pouvait pas comprendre cela, à voir la souffrance du monde. Et dans cette souffrance de millions d'innocents, le Père était englué jusqu'au cou. Et il parlait de l'amour de Dieu !

Le Père sortit. Djibouti essaya de rouler une cigarette ; ses mains tremblaient. C'était donc ça, le secret du Père, qui lui permettait de tirer de la force et de la joie du fond de sa fatigue et de sa détresse, de n'être jamais réellement désespéré.

– Moi, je ne crois pas au miracle, murmura Djibouti ; je crois en vous, Père, c'est tout.

Deux jours après, par un matin de brouillard glacé, Djibouti fit la connaissance de Noëlle. Ce fut là, après la rencontre avec le Père, sa seconde grande aventure à Emmaüs. Une aventure tout intérieure. Il aimait le Père, il lui dédiait les sentiments les plus forts qu'il eût jamais voués à un être humain ; mais à part ce dévouement, il avait de la vie une conception strictement égoïste. La misère des autres lui était indifférente, l'écœurait un peu. S'il fallait gaspiller ses forces en pitié... S'attendrir sur un enfant, sur l'enfant des autres, à quoi cela rimait-il ? Émotion de luxe, inutile et fausse. Aider, c'est tout.

Il installait, ce jour-là, la cuisinière dans le pavillon de gauche, où autrefois se trouvait la chapelle. Maintenant que « le Bon Dieu, comme disait le Père, était enfin à l'abri au fond du parc » et que le gérant avait emménagé à N., le pavillon était vide, et il avait été décidé que la communauté quitterait la cave et s'installerait là.

Debout sur la cuisinière, Djibouti, aidé d'Alexandre, un ancien représentant en laine, passait le tuyau par le vasistas. Il vit dans la cour une petite fille, une gosse de deux ou trois ans vêtue d'un manteau taillé dans un gros drap militaire. Elle avançait sur le gravier verglacé vers le portail d'un pas trébuchant, mais décidé.

Un moment, Djibouti regarda sans bouger la petite silhouette approcher de la grille, haussa les épaules.

– Ben quoi, où est sa mère, grogna-t-il ?

Au bas de la rue, un grondement de camion. Djibouti pensa reprendre son travail, mais il ne pouvait détacher son œil de la gamine, ni l'oreille de ce bruit grandissant de la voiture qui approchait. Il lâcha le tuyau et péniblement, à cause de sa jambe raide, descendit de son piédestal, sortit dans la cour, puis se mit à courir en boitant : la gosse avait passé le portail, quittait le trottoir. Le Diesel lancé corna, un coup, deux coups, l'enfant s'arrêta au beau milieu de la chaussée. Djibouti fut sur elle, au moment où le poids lourd, freins bloqués, patinait sur l'asphalte verglacé et fonçait sur la petite forme immobile. À deux mètres du capot, Djibouti l'empoigna par le col et emporté par l'élan, la tira en voltige vers l'autre côté de la rue.

– Peux pas surveiller ta gosse, non, espèce de... cria le chauffeur en débloquant les freins et reprenant la direction.

– Ben quoi ! balbutia Djibouti en secouant la gamine, alors non ?

Il tremblait de colère et sa main lui démangeait de gifler. Mais l'enfant le regarda. Il n'y avait pas une ombre de peur dans son regard. Elle le regarda de ses grands yeux noirs et sourit.

– Ma maman, dit-elle...

– Oui, viens, dit Djibouti. Il lui prit la main et ils traversèrent la rue.

– Noëlle, cria une voix de femme vers le perron.

– Maman, répondit l'enfant.

Djibouti la laissa aller vers sa mère, une jeune femme enceinte, au visage terreux.

– Faut surveiller votre gamine, grogna-t-il.

– Je lui ai bien dit de ne pas quitter le bas de l'escalier, dit Mme Vatier, le temps que je parlais avec la dame dans le bureau.

– J'ai faim, dit Noëlle.

– Ça fait deux heures qu'on attend le Père.

– Venez à la cuisine, dit Djibouti, je vais vous chauffer quelque chose.

Et, sans qu'il s'en rendit compte, sa main se tendait d'elle-même vers la fillette qui la prit et le suivit.

Une idée le frappa : cette gosse avait les mêmes cheveux, le même âge que celle qu'il avait tuée avec son camion près d'Étampes.

– Pour cet hiver, je vous l'affirme, dit le Père aux Vatier, vous serez logés dans une maison.

II

Les chiffonniers bâtisseurs

9

Clos-Fleuri. L'opération maïs-topinambours.

1951. À partir de ce jour, le Père reçut de nombreuses visites à Emmaüs, surtout des hommes. Mais après ces entrevues, il n'avait pas cet air accablé que lui donnait son impuissance ; Djibouti remarqua, sans y attacher plus d'importance, qu'au lieu de recevoir des solliciteurs un à un comme d'habitude, il les convoquait en groupe. Il s'absentait souvent, emmenant les hommes dans la Mona.

Le soir, Bastien dit que le Père venait d'acheter un terrain beaucoup plus vaste que celui de la Barrière, à une demi-heure de marche d'Emmaüs, qu'il travaillait sur le plan avec le groupe des futurs propriétaires.

– Pour bâtir encore ?

– Oui.

Tout allait vite avec le Père. Quatre jours après, à la mi-octobre, il demanda, à Djibouti et à trois autres, de l'accompagner.

Dans la voiture, il leur raconta l'affaire. Il fallait faire quelque chose... Surtout après la rencontre de cette famille qui vivait sous la bâche, avec une petite fille, et un enfant à naître d'ici un mois ; la décision avait été aussitôt prise, une agence avait proposé un terrain. On n'avait pas d'argent, mais il était impossible de se laisser arrêter par cela ; on paierait en dix ans, par mensualités, un terrain de 7 500 mètres carrés. Vingt familles ouvrières avaient été réunies, dont celle qui vivait sous la bâche, une société constituée. On avait tracé avec les architectes une route au travers du terrain et délimité vingt jardins de trois cents mètres carrés.

– Et les matériaux, Père ? dit l'un de l'équipe.

– Il y a les éléments de baraquements militaires que j'ai achetés à Aubervilliers, et à Saint-Ouen. Puis, nous nous sommes mis en rapport avec une entreprise de démolition qui nous fournit à prix intéressants des planches, des pierres. Nous ferons de petits chalets de deux et trois pièces. Je vous demande de donner un coup de main à ces ouvriers, comme à la Barrière. D'abord défricher le terrain, puis bâtir...

– Bien sûr, dirent ceux de l'équipe.

– Nous appellerons ce terrain « Clos-Fleuri » : nous y ferons pousser des maisons, des enfants et des fleurs.

Clos-Fleuri, ce nom plaît à Djibouti. Dans la petite pluie de ce matin d'octobre, il imagine un coin de campagne libre, au printemps, un verger plein de hautes herbes, d'ombelles blanches, de boutons d'or, de marguerites balancées par le vent, au soleil, sous des pommiers et des pêchers en pleine floraison. L'auto quitte la route nationale, s'engage le long d'un haut talus de chemin de fer : à gauche, une usine a gaz avec un énorme bâtiment et deux gazomètres noirs. Quelques arbres dans deux champs où se dessèchent des tiges de maïs et de topinambours. Voilà le futur « Clos-Fleuri » : un terrain de culture, no-man's land entre ville et vraie campagne, menacé par l'invasion de la civilisation urbaine.

Deux hommes, futurs propriétaires, étaient déjà sur place, trois autres arrivèrent en vélo, peu après une voiture déposa le vendeur du terrain. Toute la matinée, sous la pluie, le Père arpenta à grands pas la nouvelle propriété en se référant à son plan, le mètre à la main. Trottant sur ses pas, dans la glèbe détrempée, Djibouti tendit la corde, planta les piquets le long de la future rue, puis on marqua et numérota les lots.

À midi, le Père repartit vers Emmaüs, et tous les hommes se rendirent au café-restaurant au bord de la route nationale. Là, l'équipe d'Emmaüs fit connaissance avec les cinq ou six propriétaires. Ils mangèrent ensemble, vidèrent quelques bouteilles et, après le fromage, on se mit à raconter...

– Nous, on vit dans deux pièces, a dit Jules, un jeune de dix-sept ans au visage maigre et blême ; deux chambres près de la Porte Saint-Martin, un luxe, hein les gars ? mais attendez.

Il rit d'un petit rire aigre.

– On est dix-sept à vivre là-dedans, onze gosses en me comptant. Deux fils de mon frère sont morts, un garçon de ma sœur est en préventorium, une petite fille rachitique est menacée aussi de tuberculose... Mon frangin a entendu parler du Père par un copain. C'est pour lui que je suis ici, et pour moi aussi, nous vivrons ensemble. J'ai un peu de temps, à cause de la grève...

Oui, chacun des gars présents avait vécu l'un ou l'autre épisode de la même histoire monotone et sinistre : le taudis surpeuplé, l'hôtel trop cher, la rue, le divorce, la haine, l'alcool, parfois la sœur devenue prostituée, le jeune frère disparu, traîneur de rues ou en maison de correction, la paie engloutie par le loyer, la maladie, la mort. Ils parlaient de cela tout droit, sans discours, se sachant solidaires, unis dans la même misère et désormais dans la même espérance.

L'un d'eux conclut :

– Morts, on a droit légalement à plus de place que vivants ; et ce que je dis là, c'est pas du chiqué : quand mon grand-père a décidé d'acheter un caveau de famille au cimetière, la mairie lui a donné les dimensions obligatoires pour six cercueils : dix mètres sur trois mètres. Je connais, pas si loin de chez moi, trois ménages, neuf personnes, avec les bébés, qui vivent dans une pièce de cette même dimension. Il n'y a pas la place d'une table, d'un seau. Il faut déplacer les caisses des bébés pour ouvrir la porte. Ils se sont adressés à la mairie, à la Croix-Rouge, à leurs députés, sans résultat. Faudra les croque-morts pour leur donner l'espace vital.

La pluie avait cessé. Le repas terminé, la dernière cigarette fumée, les hommes eurent hâte de repartir sur le terrain qu'ils appelaient déjà le « chantier ». Il s'agissait d'abord d'arracher topinambours, maïs et mauvaises herbes.

– Tu veux un coup de main ? dit Djibouti au petit Jules : on est là pour ça.

L'autre, les jambes écartées, retroussa les manches sur ses bras maigres : il sourit, regarda « son » lot de quinze mètres sur vingt délimité par quatre piquets. Tout le ciel au-dessus était à lui et toute la profondeur de la terre. Et le plus beau, il avait un petit pommier, avec quelques pommes au bout des rameaux. Ayant été un des premiers à s'entendre avec le Père, il avait eu le droit de choisir ce lot.

– Non, dit le petit Jules, non, mon pote, plus souvent que je laisserai un autre travailler à mon coin. Tout seul.

Djibouti s'attaqua à un lot auquel personne ne travaillait, au bout du champ de maïs, qui touchait à la route près du talus. Il arracha les tiges desséchées qui lui déchirèrent les mains, les entassa et y mit le feu : d'autres tas humides se consumaient faisant beaucoup de fumée.

Le Père revint au milieu de l'après-midi. Il apportait deux tentes. Il repartit chercher de la paille. Plus tard, un camion parut, traînant lentement une roulotte où une famille, que Djibouti avait vue à Emmaüs, était déjà installée. On la mena sur le terrain. La femme, une Espagnole, fit du café sur son réchaud à alcool pour les défricheurs.

Vers six heures, les lumières s'allumèrent dans la masse noire de l'usine. Dans le crépuscule, Djibouti vit venir un homme à vélo qui s'arrêta près de lui, consulta un morceau de papier...

– Je me trompe ou quoi... dit-il, c'est ici mon lot, le numéro un. Le Père m'a écrit ça sur un bout de plan.

– Peut-être bien, dit Djibouti.

– Je te vois travailler ici...

– Je suis pas propriétaire, dit Djibouti, je fais ça pour le Père.

– Pour moi tu veux dire, répliqua l'autre en souriant...

IL descendit de vélo.

– Tu m'as rendu service.

Ils terminèrent ensemble le travail dans le crépuscule. Le ciel s'était découvert, des étoiles brillaient dans le ciel froid. La silhouette massive des énormes gazomètres se détachait sur un arrière-fond de vagues lueurs, le brasier lointain de la ville. Du haut du talus quelques lampes à arc répandaient jusqu'ici un peu de clarté.

À huit heures, ils avaient fini. Les autres gars de l'équipe repartirent à Emmaüs.

L'ouvrier dit :

– Tu prends un verre.

– Non, dit Djibouti à demain.

– Salut. Je m'appelle Marcel, Marcel Vatier. Je file à Vanves, une trotte. À demain.

Resté seul, Djibouti regarda un moment l'étrange campement. Les tentes, la roulotte émergeaient de la fumée âcre traînant au ras du sol. Çà et là, les tas de tiges de maïs continuaient à se consumer. Dans l'une des tentes coniques, éclairées par une lampe tempête, une famille prenait son repas, assise en cercle sur la paille. Le Père avait promis d'amener des lits pour demain. La femme de la roulotte faisait la cuisine pour les ménages voisins. Seul, le petit Jules travaillait encore, arrachant les topinambours autour de son arbre, obstiné et heureux.

Les étoiles dans le ciel glacé... le sifflet d'un train, la silhouette énorme de l'usine, les petites lumières des lampes à pétrole à travers la fumée des feux d'herbe, et la silhouette du gosse obstiné au travail, dans la pénombre... ces voix, ces vies qui, dans ce désert désolé, prenaient possession de leur bien : tout cela faisait à Djibouti un signe, lui lançait un appel. Et, comme à certaines heures passées sous le peuplier de la Barrière, en été, il se sentait bizarrement ému, plus désireux de solitude que jamais, non parce qu'il était triste, mais conscient au contraire d'une sorte d'amitié avec les choses, avec les hommes, avec la vie, avec lui-même – une réconciliation après une très vieille et très haineuse querelle. Et de cette émotion, il voulait jouir en paix. Il se mit en marche vers Emmaüs, en boitant fortement. De s'être courbé sur le champ, les reins lui faisaient mal. La douleur ne gênait pas le contentement qu'il ressentait.

Le lendemain, Djibouti partit tôt d'Emmaüs vers Clos-Fleuri. La journée s'annonçait belle. Il vit un camion arrêté près du coin qu'il avait défriché la veille. Marcel Vatier était en train de décharger des poutres et des planches avec l'aide du chauffeur.

– Salut, dit Djibouti.

– Salut, dit Vatier en lui passant une planche sans lui laisser le temps d'enlever son manteau.

Le petit Jules le salua de loin. Il avait réussi à trouver une brouette et charriait des pierres qu'il ramassait le long du talus et déchargeait sur son lot. Des gosses de la roulotte couraient avec un broc vers la fontaine près de la route et appelaient en passant ceux de la tente voisine : « Lucien ! Jacqueline ! » La tente était fermée, mais le petit tuyau de cheminée qui passait par la fente de la porte fumait. Puis une jeune femme en sortit, en robe de chambre bleue, et regarda le soleil, la campagne alentour, se passa une main dans ses cheveux décoiffés et sourit. Le soleil brillait sur le givre qui recouvrait les anciens sillons. Des toiles d'araignées étincelantes s'accrochaient aux herbes et aux buissons qui bordaient la route. Dans le petit soleil et la fraîcheur tonique de l'air, ces gosses, cette femme, ces camarades s'éveillaient à leur premier jour de liberté, en amitié entre eux, dans le matin cristallin, c'était le commencement d'une vie nouvelle.

Le camion repartit.

Marcel Vatier déboucha sa bouteille thermos, offrit du café chaud à Djibouti, ils burent dans la même timbale. Vatier dit :

– On en a parlé longuement avec l'architecte et le Père. J'ai choisi un modèle de deux pièces, sept mètres sur trois.

Il déplia le plan.

– La chambre à coucher trois mètres, la salle à manger, la cuisine quatre mètres, doubles parois de bois, sur soubassement de pierre. Après on fera tout en pierre.

– Oui, dit Djibouti, on a construit comme ça au terrain de la Barrière.

– Bon, tu connais la musique. Le plus long, c'est la base. Les pierres et le ciment doivent venir ce matin. On va toujours creuser la tranchée. À mon avis, faut laisser devant cinq mètres de jardin.

Il souriait en dépliant son mètre. Avec des pierres, puis les piquets, il marqua les angles de la future maison.

– Va demander au copain près de l'arbre où il a trouvé sa brouette.

Jules ne s'était pas « cassé la tête », comme il disait, il l'avait empruntée au proprio d'une maisonnette près de l'usine. Comme Djibouti allait partir en quête de pioches et de pelles, il vit arriver la Mona. Le Père amenait des outils, des couvertures, des lits de camp.

– Ça va, Djibouti ? Tu aides Vatier ?

Quand la sirène hurla à l'usine, à midi, ils avaient fini la tranchée. Mais le camion avec les pierres et le ciment n'était pas encore venu.

– Faut que je parte, dit Marcel. Ma femme n'était pas bien ce matin, elle est enceinte. Je voudrais pas qu'elle accouche encore sous la bâche...

Jusqu'ici Djibouti ne s'était pas douté que le ménage dont le Père lui avait dit qu'il vivait sous la bâche, c'était précisément celui de ce copain.

– Ton gosse naîtra ici, dit-il...

– En ce cas, faudra nous grouiller... Salut. Peut-être à ce soir, ou à demain.

Djibouti se remit à creuser. La Mona repassa.

– Je t'emmène manger à Emmaüs ? dit le Père.

– Non, je préfère continuer.

Le Père lui tendit un billet.

– Non, merci, j'ai un peu d'argent, je mangerai un morceau au bistrot. Ce qui me tracasse, c'est que les pierres et le ciment ne sont pas arrivés.

– Je passerai un coup de fil à l'entrepreneur...

Il embraya, puis son visage reparut à la portière.

– Et merci, dit-il.

Il sourit et son regard de camarade vint sur Djibouti, chaud d'estime, de confiance, d'amitié, s'attarda une seconde.

Merci... Comme il savait donner de la valeur à certains mots si simples. La voiture repartit. Djibouti reprit pensivement la pioche.

Merci, pensa Djibouti à mi-voix, pourquoi le Père m'a-t-il dit merci ? Qu'est-ce que je lui ai fait de spécial ? Ce n'est pas à lui à me dire merci, il ne me doit rien.

Il chercha un moment à se rappeler le service qu'il avait pu rendre au Père dans la journée, un service particulier auquel répondait ce remerciement. Rien. Il avait travaillé toute la journée sur ce chantier. Ce n'était pourtant pas pour ce travail... C'est sûr que c'est pour lui que je fais ce boulot. Pour Vatier, mais surtout pour le Père. Mais si je ne faisais pas ça, qu'est-ce que je ferais ? Je serais à traîner, si je ne travaillais pas ici. Ce n'est donc pas au Père à me remercier...

Plus il y pensait, plus ce mot prenait une résonance insolite. Merci, – cet odieux petit mot galvaudé – à la fois sec et visqueux. Les serviles et les mondains l'ont toujours à la bouche, leurs « merci » au rabais ne signifient plus rien ; si ce mot perd son sens, les rapports entre les hommes ne sont plus que futilité et hypocrisie...

Ce mot grave, ce mot gravement joyeux. Merci : j'accepte librement mon engagement, je reconnais ma dette, en homme qui peut s'en acquitter.

– Non, ce n'est pas au Père à me dire « Merci », redit à mi-voix Djibouti.

Le Père l'avait pris avec lui à Emmaüs, mais était-ce pour cet accueil que Djibouti lui dirait un jour le vrai, le grand merci qui lui gonflait le cœur ? Cela restait confus dans son esprit, mais l'homme le sentait : ce dont il était le plus reconnaissant au Père c'était d'avoir fait de lui cet homme ici debout, sur ce chantier, utile et libre.

10

Première naissance à Clos-Fleuri.

Les deux premières constructions achevées à Clos-Fleuri furent une cabane à outils, et le chalet des Vatier. Cela se fit en dix jours.

Le mur des fondations terminé, le ciment séché, le montage et l'assemblage des doubles panneaux de bois se faisaient rapidement. Djibouti y travaillait du matin au soir avec Baptiste, deux autres compagnons de l'équipe et un homme de l'entreprise. Tous partageaient la hâte du Père à mettre à l'abri la femme de Vatier avant la naissance. Une course à la vie. Marcel arrivait en vélo après son travail à l'usine et repartait tard dans la nuit. Le temps, heureusement, restait au beau, et on travaillait sur tout le terrain. Le petit Jules amenait chaque jour de Paris des matériaux et du mobilier dans une carriole à bras. On plantait les clôtures, on dressait des tentes nouvelles. Une famille avec cinq gosses avait emménagé dans une carcasse d'autobus que le Père avait achetée au dépôt. Trois copains d'Emmaüs nivelaient la rue, y semaient du mâchefer. Déjà les électriciens dressaient des poteaux. Bientôt une ligne partirait depuis l'usine à gaz, l'autre depuis la gare, Clos-Fleuri n'était plus un terrain vague, mais un chantier et prendrait bientôt le nom de « cité ».

– Comment fait-il, le Père, se demandait Djibouti, pour pourvoir à tout, pour trouver l'argent ?

Il savait que certains des propriétaires avaient pu verser quelques avances pour le terrain et la construction, mais le Père devait chercher des fonds, emprunter, toujours sur la brèche pour résoudre un problème, entreprendre des démarches et s'engager plus avant. Djibouti avait l'impression que personne à Clos-Fleuri, ni au foyer ne se rendait vraiment compte de l'énorme peine, des mille responsabilités qui assaillaient l'organisateur. Les familles de la cité s'en remettaient à lui pour tout : un fourneau, de la paille, du bois de chauffage, l'eau, la fosse, le berceau des gosses : « On en parlera au Père – On demandera au Père – Le Père saura, trouvera... »

Cette confiance enfantine, qui chargeait de fardeaux nouveaux les épaules voûtées, cela agaçait Djibouti. Le Père ne pouvait tout de même pas faire de miracles. Le miracle n'existe pas, à moins qu'on n'appelle ainsi une bonté en action, qui se donne à fond.

Le Père gardait son calme, prenait note, caressait les enfants, partait en trombe dans la vieille voiture, revenait avec des lits, des casseroles, des chaises, quelques jouets, et une nouvelle famille à caser.

Le jeudi matin, par une journée tiède, Vatier arriva avec sa petite Noëlle sur le porte-bagages du vélo.

– Écoute, dit-il à Djibouti, ma femme est fatiguée, tu veux bien garder la gosse, pour la journée ? Je viendrai la reprendre ce soir.

– On se connaît déjà, grogna Djibouti, on s'est vu à Emmaüs.

Il reconnaissait la petite qui s'en allait, dans la rue, droit sur le camion... Marcel lui remit un petit paquet avec le repas de l'enfant et un thermos plein de lait chaud.

– C'est l'oncle Djibouti, dit-il à la petite. Tu vas passer la journée ici, tu seras sage... Dis-lui bonjour...

Djibouti lui tendit la main.

– Non, fit la gamine, en serrant la jambe de son père qui se baissa et l'embrassa.

– Elle est sauvage, et n'en fait qu'à sa tête. Au revoir, bout d'chou.

Quand il disparut au tournant, la gamine se mit à pleurer silencieusement, sans bouger.

– Ben quoi, dit Djibouti troublé et ennuyé, ne sachant comment la consoler, il reviendra ton papa. Il délit le paquet, lui tendit un bout de chocolat :

– Veux-tu du lait ?

– Non, fit la petite fille en prenant le chocolat.

Ce fut le chien Finaud qui l'apprivoisa. Arrivé avec son maître le matin, il faisait le tour de la cité, rendait visite à la petite chienne de la roulotte, logée entre les roues dans un tonneau, puis il revenait vers le lot n° 1, et regardait, de son œil cornique, embroussaillé, son maître scier, clouer, poser les planches, repartait encore. Il vint flairer la fillette, et fourra sa tête entre les petites mains. Ils jouèrent au pied du talus pendant une demi-heure, puis s'en furent vers un garçonnet près de la tente, sur le lot n° 7. Djibouti les surveillait d'un œil. Il vit la jeune femme en robe de chambre bleue se baisser vers Noëlle, lui parler. La petite montra Djibouti.

– Oui, c'est à moi ça, cria-t-il en riant.

– Je la garde, répondit la femme.

À midi, Djibouti mangea sous la tente avec la femme, son garçonnet et Noëlle.

– C'est dans le métro, il y a trois semaines que j'ai rencontré le Père, lui raconta Lucie Marchand.

Un soir, vers 8 heures, jetant un coup d'œil par la portière du métro à la Nation, le Père avait vu la jeune femme sur un banc, avec sa valise, et son garçonnet de trois ou quatre ans. Chacun voit cela, chaque jour, sans y prêter attention, sans penser qu'une station de métro n'est pas une salle d'attente. Ceux qui restent sur le banc quand la rame arrive, qu'attendent-ils ? Un rendez-vous ? Peu probable... S'ils ne voyagent pas, c'est qu'ils ne savent pas où aller, c'est que ce banc de métro est leur seul refuge quand il pleut là-haut et qu'ils n'ont plus d'argent. Les gens qui passent et repassent par centaines de mille chaque jour ne se posent pas de question. On ne voit même pas ces loques échouées. On se voit si peu, d'homme à homme, dans la ville. Le soir, à 10 heures, le Père a revu au même endroit la jeune femme et l'enfant. Il est descendu, lui a parlé.

Depuis un mois, Mme Marchand et son garçon vivaient sans asile fixe. Son mari, ouvrier imprimeur, était en sana. Le propriétaire « avait eu besoin » du meublé, toujours la même histoire. Elle cherchait une situation et courait les annonces. Elle n'avait pas de spécialité : petite bourgeoise, elle avait vécu avec ses parents dans le Nord jusqu'à son mariage. Couture, travaux ménagers, ou écritures, elle acceptait n'importe quoi.

Jusque-là, les annonces n'avaient pas rendu : ni références, ni certificat, et ce handicap : l'enfant. Or, dans un journal du soir, elle avait lu l'offre d'emploi de bonne, logée, chez un fabricant de meubles, près de la place de la Nation. C'était pour se présenter le lendemain à la première heure qu'elle attendait ici. Quand le métro fermerait, à 1 heure, elle marcherait dans le quartier.

Elle avait encore bon espoir, la petite Mme Marchand, en racontant cela au Père. Celui-ci lui laissa, en cas d'échec, l'adresse d'Emmaüs.

Dix jours après, il recevait une lettre :

« Par deux fois, la nuit, mon patron, ivre, a essayé de défoncer ma porte. Je ne peux plus rester. Vous m'avez laissé espérer que je pourrais trouver un refuge dans votre maison. Je vous en prie, répondez-moi par retour. »

Le Père avait répondu : venez.

Depuis, le Père lui avait trouvé quelques ménages et des lessives à faire dans le quartier d'Emmaüs et lui avait avancé de l'argent pour insérer une annonce. Pour le lot de terrain et la future maison, elle n'avait pas voulu s'engager à un emprunt, mais le Père lui offrait gratuitement cet abri provisoire.

– Quand mon mari sera rentré guéri, peut-être pourrons-nous acheter le terrain pour nous.

Elle raconta tout cela à Djibouti, avec une confiance toute simple. Et c'était la première fois, depuis des années, que « l'ours » se trouvait en tête-à-tête avec une jeune femme. Misogyne par expérience, Djibouti découvrait ce courage de la femme seule et fidèle, sa dignité tranquille et courageusement gaie.

Si la sienne avait voulu seulement attendre son retour, comme Mme Marchand attendait celui de son mari, dont une photo était accrochée au mât de la tente...

Il vida sa tasse de café, se leva de la caisse de bois qui lui servait de siège :

– Je retourne travailler.

Deux compagnons d'Emmaüs, à cinquante mètres, nivelaient la « rue » à coups de dame, torse nu au soleil. L'un d'entre eux s'arrêta, regarda vers la tente, sourit. Un beau grand gars, jeune, très brun, avec de petites moustaches.

– Qu'est-ce que c'est, ce type ? dit Lucie Marchand en plissant le front.

– Un nouveau d'Emmaüs, il s'appelle Louis, je ne le connais pas autrement.

– Hier, il est venu deux fois me rendre visite, il ne me plaît pas...

– Écoutez... s'il vous... grogna Djibouti.

Elle rit :

– Je suis assez grande pour me défendre... au revoir, je garde la petite.

Ce soir-là, comme le Père ramenait l'équipe à Emmaüs, il fit un détour, et arrêta la voiture devant un droguiste. Il y acheta un pot de peinture et un pinceau et dit à Djibouti :

– Je voudrais que tu me fasses, ce soir, un panneau, long d'environ un mètre, large de trente centimètres.

Dans son atelier, Djibouti scia, rabota, assembla deux planches. Le Père déboucha le pot, et en belles lettres vertes écrivit : « Association de campeurs ».

–Nous clouerons ce panneau à l'entrée de Clos-Fleuri.

Djibouti fronça le front. Il ne comprenait pas. La plaisanterie le gênait.

– Association de campeurs ? ...

– Oui, nous construisons dans l'illégalité, sur un terrain non viable. Nous n'avons pas de permis de construire. J'avais envie d'écrire « permis de vivre » sur ce panneau derrière lequel vingt familles pourront bâtir peut-être en paix, derrière lequel l'enfant des Vatier va naître en paix.

La famille Vatier devait emménager à sept heures, le samedi soir de la semaine de la Toussaint. Comme le crépuscule tombait, le toit n'était pas encore terminé et on travaillait fiévreusement dans la bise glacée. Le Père avait allumé les phares de sa Mona arrêtée sur le chemin au pied du talus et les avait braqués sur la maison. Grimpé sur le faîte de la charpente, il clouait les plaques de tôle.

À six heures et demie, le petit Antoine, un nouveau d'Emmaüs, arriva en vélo.

– Père, Mademoiselle m'envoie vous dire de ne pas oublier l'heure de l'avion.

– Oui, dit le Père, dans cinq minutes.

Président du comité exécutif du Mouvement fédéraliste mondial, le Père devait, le soir même, à Londres, ouvrir, au côté de Lord Beveridge, un congrès de parlementaires.

– Il faut finir ce toit, dit-il, parce que s'il n'est pas posé, l'administration peut s'opposer à la prise de possession et défendre l'entrée des lieux pendant mon absence.

– Qu'ils y viennent, dirent les hommes ! Mais dépêchez-vous, Père. Il est six heures et demie.

– Je viens...

Il enfonça le dernier clou, descendit de l'échelle.

– Heureusement, ma soutane de rechange est dans l'auto, dit-il. Je me laverai les mains dans l'avion.

Il sauta dans la Mona, démarra en trombe...

Au Bourget, les hélices du transport tournaient déjà. Le Père escalada en courant la passerelle. L'avion décolla aussitôt.

Deux heures plus tard, à Church House, devant les représentants de vingt-deux nations, il prononçait le discours inaugural qu'il débuta par ces mots :

Celui qui vous parle n'est plus le délégué de parlementaires, mais celui d'une communauté de malheureux.

Ce début fit une impression profonde, ce titre nouveau de délégué de la misère lui conférait une autorité peut-être plus grande que celle d'un parlementaire en fonctions.

Le vieux Lord Beveridge au moment où l'Abbé devait être réélu président, prononça ces mots :

– Je voterai pour l'Abbé, parce qu'il parle un français que tous les hommes comprennent.

Trois jours après leur emménagement, dans la nuit du mardi, Vatier vint frapper à la roulotte. L'Espagnole se leva, réveilla à son tour Mme Marchand. À 1 heure, la petite Jeanne vint au monde dans la maisonnette close et chaude, une belle enfant qui ne demandait qu'à vivre.

Le Père l'apprit en revenant de Londres.

– Le premier bébé de Clos-Fleuri, murmura-t-il. C'est aux compagnons d'Emmaüs qu'elle devra de vivre...

11

Difficultés administratives... et autres.

Elle est née illégalement sous son toit la petite Jeanne. Elle aurait pu naître et mourir dehors en toute légalité. Elle est née, elle grandit dans la chaleur d'une maison que légalement on n'avait pas le droit de construire.

– Vous deviez le savoir, Monsieur l'abbé.

Le haut fonctionnaire connaissait l'action du Père qu'il a convoqué dans son bureau. Il parlait net, en homme compétent. L'Abbé l'écoutait, le regardait, se taisait. Entre les deux hommes sur le bureau massif, le dossier de Clos-Fleuri devenait le symbole de la muraille qui sépare trop souvent l'« ordre » et la charité.

Le silence du visiteur, son regard tranquille, troublaient et agaçaient le fonctionnaire comme une provocation ; frappant à petits coups le dossier, il répétait qu'il savait ce qui se passait à Clos-Fleuri. Il savait : allons, tout n'était pas perdu. Il savait, il devait comprendre. Un silence... Puis, ce petit mot qui claque sec :

– Une zone !... Nous avons démoli la zone des fortifs. Ça n'a pas été facile, nous avons mis des années pour supprimer cette honte. Nous ne voulons pas permettre que cette gangrène déshonore à nouveau les abords de la capitale. Et sans cesse ça recommence, des masures, des bicoques, des cahutes, quand ce ne sont pas des tentes de chiffonniers... Nous savons ce qui doit être fait dans ce domaine. Lorsque le ministre de la Reconstruction et de l'Urbanisme met au point des plans de grande envergure, des bâtiments modernes, il est inadmissible de laisser se constituer des cités d'habitations aussi sommaires. Il est choquant que des familles soient logées à notre époque dans ces bicoques comme des huttes de primitifs, construites au petit bonheur, sans aucun permis, sans viabilité légale.

Le Père se leva pour partir :

– Monsieur, dit-il, je refuse de poursuivre la conversation simplement basée sur ces deux termes : ce qu'il devrait y avoir d'après les plans officiels et ce qu'en attendant, je procure à ces familles. Je n'accepte de vous écouter que si vous voulez tenir compte de la réalité, c'est-à-dire si vous considérez ces trois termes : primo, ce qu'il devrait y avoir : les belles maisons prévues. Secundo : ce que nous procurons d'urgence aux familles. Et tertio : ce dans quoi elles continueraient à pourrir et mourir si nous ne leur donnions pas cela... et dont vous oubliez de parler.

Le fonctionnaire se tut à son tour, puis d'une autre voix :

– Je vous en prie, rasseyez-vous, Monsieur l'abbé... et causons.

C'était le visiteur qui parlait maintenant. Il présentait d'abord sa défense, puis le réquisitoire.

– Nous regrettons d'avoir dû construire illégalement : ancien parlementaire, je respecte la loi, elle est nécessaire, mais dans certains cas d'urgence, la loi de conscience, la loi naturelle prime la loi écrite... Vous dites que vous avez supprimé la zone. Si je voulais être dur, je répondrais ceci : vous n'avez pas supprimé la misère de la zone, vous l'avez cachée. Mais elle existe toujours. Elle est entrée dans Paris, dans les taudis surpeuplés, dans les greniers, les caves inhabitables. Hors Paris, au grand jour, le scandale était trop apparent. Dans Paris, la misère dispersée, noyée dans la masse, se remarque moins. Ce que vous nous reprochez surtout, c'est d'avoir tiré la misère de ce camouflage. Je suis bien d'accord que nous n'offrons pas le confort désirable aux pauvres gens recueillis, mais voici à quelles situations invivables nous avons arraché quelques-uns.

Il ouvrait à son tour son dossier, citait le cas de Michel qui vivait avec neuf personnes dans une chambre, dont la femme était devenue folle. Celui de la petite Nicole, obligée par l'exiguïté du taudis de dormir avec ses grands frères sur une paillasse et devenue enceinte. Celui de Mme N. et de ses enfants qui n'avaient d'autre refuge qu'un coin de garage, celui de Mme Marchand, des Vatier qui vécurent des mois sous une bâche... Fallait-il attendre, renoncer à les abriter pour l'hiver ?

Pour la viabilité, il aurait fallu trois cent cinquante mille francs par famille, au moins, et six mois d'attente, peut-être plus, les mois d'hiver, six mois mortels. Où est le délit, où est le devoir ? Respecter la vie ou la loi ?

– C'est le fait d'être pauvres, conclut le Père, qui nous a obligés à passer outre à l'autorisation et c'est malgré nous. Nous avons pratiqué l'inverse de ce que préconise la loi parce que notre ordre : toit, puis viabilité, est un ordre d'urgence naturel, vital. Par la suite, nous poserons l'électricité, l'eau, les fosses, accroîtrons le confort. Et si on nous demande : où sont vos permis de construire ? Nous répondrons : nous ne sommes pas assez riches pour les obtenir tout de suite. Mais toutes ces familles ont été assez riches pour naître. Si vous exigez des papiers, nous afficherons tous les bulletins de naissance des enfants de Clos-Fleuri, sur un panneau : « Permis de vivre. » Et nous convoquerons la presse, le cinéma, la radio...

– Allons, du calme, Monsieur l'abbé, nous ne voulons pas la mort du pécheur.

À la porte du bureau, le fonctionnaire lui tendit la main :

– Nos services ne prendront pas de mesures contre vous, mais il serait bon que vous soyez couvert par une autorisation du ministère.

Le Père connaissait bien l'un des chefs du Cabinet. À défaut d'amitié, une estime réciproque liait les deux hommes, malgré leurs tempéraments différents : l'un froid, un peu distant, respectueux de sa haute fonction, créant des plans, mais ligoté par son impuissance administrative, par les cadres légaux et qu'il n'osait dépasser ; l'autre, tout feu, le franc-tireur de l'idéalisme agissant, ne craignant pas de démasquer, quoi qu'il en coûte, les injustices, les cruautés, les aberrations tolérées par la société, et d'y apporter des solutions taxées d'anarchisme.

– Mais non, répétait l'Abbé, je ne suis pas un anarchiste, tu le sais bien, je ne cesse de répéter que je respecte la loi que les plans que tu établis sont nécessaires, qu'il est bon que l'urbanisme impose des limites raisonnables, mais ce n'est vrai qu'à longue échéance ; en attendant des bébés meurent...

Son interlocuteur regardait en silence les mains de l'Abbé, ces mains devenues dures, et déchirées par la pierre, le bois et le fer, devenues des mains d'ouvrier... Ses mains, sa voix qui voulaient convaincre :

– Laisse-moi te dire ceci : tu fais parfaitement... la moitié de ton travail.

– Hein ?

– Oui, parce que si tu établis et fais exécuter des programmes de longue haleine, tu n'as pas de plan d'urgence. Les survivants vivront peut-être un jour dans tes maisons à ascenseurs obligatoires. En attendant, beaucoup meurent dehors, je leur offre mes cabanes...

– Tu dois comprendre qu'il nous est impossible d'accorder des passe-droits, surtout à toi ancien député, le ministère risque une interpellation...

– Rassure-toi, je ne te demande pas de violer la loi, je ne demande même pas pour le moment que la loi soit modifiée, mais que dans certains cas d'urgence son application soit différée et assouplie, que des dérogations soient accordées, avec la possibilité de rentrer progressivement dans la légalité.

Le chef de Cabinet réfléchit, hésita...

– Une expérience, dit-il, pourquoi pas ? J'en parlerai au ministre.

– Venez nous rendre visite, mais attention : je risque de vous embaucher.

Le Père n'obtint pas gain de cause à si bon compte. Il partit sans emporter de promesse. Les mois s'écoulèrent. Et les délits s'accumulèrent. Le cas du Père allait s'aggravant, c'est-à-dire que de nouvelles maisons furent construites à Clos-Fleuri. Enfin, un an après le début de cette action, les dérogations furent octroyées. Une circulaire parvint aux délégués de l'administration indiquant les limites (acceptées par le Père) dans lesquelles son audace serait tolérée : on le laissait achever les constructions en cours, mais il était précisé que d'autres chantiers du même genre ne pourraient être ouverts.

En commençant son action d'accueil et de construction, le Père avait espéré qu'il serait compris et aidé. Il perdit vite ses illusions. Si l'inertie de certains services sociaux pouvait s'expliquer par la routine administrative, l'incompréhension des particuliers, les accusations inspirées par l'égoïsme et la bêtise le navraient sans pour autant entamer son courage ; la peine qu'il en ressentait parfois s'ajoutait à ses autres soucis, en cet automne-hiver 1951, qui fut, pour Emmaüs, une période si difficile, « l'époque héroïque ».

C'était un doctrinaire d'extrême-gauche qui lui déclarait : « Vous êtes un social, l'Abbé, mais ce que vous faites à Clos-Fleuri, mes camarades et moi nous ne l'approuvons pas. »

– Pourquoi ?

– Vous voyez l'immédiat, nous voyons l'ensemble, la révolution dans sa totalité. Vous replâtrez un édifice pourri qu'il faut détruire à la base. Ce n'est pas par des solutions individuelles qu'on parvient à un résultat, c'est en s'attaquant à toute la structure sociale et politique. Je vous dirai aussi qu'on vous accuse de n'avoir créé Emmaüs qu'à des fins électorales.

Le Père avait haussé les épaules...

– Tu le sais bien, toi que ce n'est pas vrai que j'ai créé Emmaüs pour ça. Faut-il ne rien faire parce que des sots racontent des sottises ?

– Vous affaiblissez la force de révolte du prolétariat.

– Tu sais bien que je lutte de toutes mes forces, moi aussi pour que les institutions soient réformées autant qu'il est nécessaire pour que disparaisse la cause de tant de misères... Certains, à droite, ne prônent la bienfaisance privée que pour refuser les réformes qui entameraient leurs privilèges. Mais vous, à l'autre extrémité, vous ne pouvez pas, pour hâter la révolution universelle, rester les bras croisés devant les détresses toutes proches, immédiates. Nous essayons d'agir, à la fois, sur les deux plans en réclamant des réformes sociales, d'une part, et, d'autre part, en accueillant tous les malheureux qui se présentent à nous. C'est cela qui fait notre force.

Plus navrante que celle des autorités et des doctrinaires, l'incompréhension des « bien-pensants ».

Une dame se présenta à Emmaüs, demanda un entretien au Père. Ce n'était pas une malheureuse qui sollicitait accueil, mais une de ces dignes personnes de la bonne société, dont l'Abbé recevait parfois la visite, qui venaient apporter du linge, des vêtements, de l'argent pour ses pensionnaires. Le Père l'accueillit dans son bureau :

– Il se trouve que nous sommes voisins, Monsieur l'abbé ; c'est-à-dire que je possède une villa près de Clos-Fleuri. Je n'habite pas, d'ailleurs, cette villa, je vis à Paris.

– Mon Dieu, pensa l'Abbé, elle va me proposer de la louer, de la mettre peut-être gratuitement à la disposition de quelques familles.

La dame poursuivit :

– Alors je voulais vous demander ceci : avez-vous songé que, quand je me déciderai à vendre, ma villa risque, du fait du voisinage de vos bicoques, de perdre de sa valeur ? Y avez-vous songé, Monsieur l'abbé ?

– Non, Madame, hélas, je n'y ai pas songé.

Un silence.

– On m'a dit que vous construisiez sans permis ?

– C'est exact...

– Mais on peut vous faire un procès...

– Nous ne demandons que ça.

Le Père se leva et dit doucement :

– Nous ne demandons que ça, Madame, qu'on nous fasse un procès, pour que nous puissions de toutes nos forces crier l'atroce vérité, cachée au public, méconnue des autorités, la crier devant un tribunal et que tous l'entendent...

La pharisienne battit en retraite. Elle sortit en balbutiant :

– Prêtre-ouvrier ! Commnuniste ! Anarchiste !

Elle passa, sans la voir, devant une photographie qui représentait le Père au côté du pape, au cours d'une des quatre audiences privées qu'il lui avait accordées.

12

La vocation de charité.

« Acceptez-vous mon offre de travailler six mois avec vous ? Avant mon ordination, mon supérieur m'a permis de vous le demander... Je sens le profond besoin de cet engagement... »

Le Père relut lentement la lettre de Denis le séminariste. Comme il se sentait proche de ce garçon, semblable à celui qu'il fut.

Il devra faire aussi, cet adolescent assoiffé de charité, l'apprentissage du dévouement total. Vaincre l'enthousiasme en gardant la joie, vaincre la désillusion, pour parvenir à la dure vérité de l'amour.

L'homme de pitié et de justice peut encore moins que l'artiste, que l'ambitieux ou que l'homme d'argent, échapper à sa passion. La passion de l'homme de pitié et de justice se nourrit de ce qu'il y a en ce monde de plus sûr, de plus divers, de plus abondant : la souffrance et l'injustice. Et cela ne peut pas le décevoir, comme l'amour déçoit l'amant. Le mal est chose sûre. L'homme de pitié est accroché à cette certitude-là, et pourtant il ne cessera jamais de la réfuter.

Cette lettre le ramenait vingt-cinq ans en arrière : il se souvenait comment, après son initiation à la cité Rambaud, il avait parcouru, avec d'autres camarades, les faubourgs de Lyon, au secours des misères qui y pullulaient, aussi atroces qu'à Paris.

D'une lettre reçue à cette époque de son meilleur ami une phrase, qui exprimait la grave ferveur des deux garçons de quinze ans, venait souvent lui rendre courage : « Chacun fait ce qu'il veut de sa vie, les uns la traînent dans la boue. En quoi salissent-ils la nôtre ? Ils nous montrent comment on peut la rendre ignoble. Profitons de la leçon et faisons-la splendide. »

À dix-neuf ans, au cours d'une maladie, un livre lui confirma encore sa vocation, en lui révélant saint François d'Assise. Il médita sur le paradoxe chrétien (« Qui veut gagner sa vie, la perdra »), le risque permanent (« De quoi vous inquiétez-vous ? »), et la « folle » sécurité (« Cherchez d'abord le royaume de Dieu, le reste vous sera donné par surcroît ») de celui qui accepte de tout quitter pour suivre sa plus haute exigence.

Comment n'aurait-il pas d'abord été effrayé, ce jeune bourgeois pour qui la fortune familiale représentait toutes les sécurités, y compris celle de pouvoir faire le bien. À dix-neuf ans, il retrouvait ce tourment qui avait bouleversé l'enfant de douze ans, devant ces terribles obligations de la charité vécue ; aujourd'hui, c'était le renoncement total qui lui était demandé : devenir lui-même un pauvre, dans un dénuement sans recours. Comme pour l'aider dans l'acceptation, soudain le buisson ardent flambe, la brusque certitude : l'affirmation de l'absolue évidence divine, irréfutable, inébranlable...

De la Côte d'Azur où il était en convalescence, il revint à Lyon pour un entretien avec son père, qui rappelle une scène des *Fioretti* de saint François.

– J'ai un secret à vous confier : je veux être prêtre.

– Tu sais comme nous comptions sur toi, ta maman et moi. Cela nous coûtera beaucoup, mais nous en serons très fiers...

– Père, je voudrais disposer de ma part d'héritage.

Les parents gardiens de la tradition et du bien familial se trouvèrent soudain en face d'une vocation irrémissible. Ils lui remirent sa part du patrimoine. Il la distribua en un jour entre les œuvres, les hôpitaux, les pauvres de Lyon et entra au couvent des Capucins de Saint-François. Pendant son noviciat, son père mourut, d'une mort exemplaire. Lui qui avait souffert pendant des années de douleurs atroces, il murmura la veille de sa mort :

– Puis-je, sans lâcheté, demander de mourir ?

Et, ayant pris les dernières dispositions favorisant une famille pauvre :

– Quelle joie que ma dernière lassitude ait servi à améliorer la vie des autres...

Après sept ans, Henri dut, pour raison de santé, quitter la vie monastique.

Quelques mois de vicariat, puis la guerre dans les Alpes et l'Alsace. Malade, il fut évacué dans un hôpital de la zone Sud. Là, il apprit la signature de l'armistice. À son voisin de lit agonisant qui sanglotait, il répétait en lui serrant la main que cela ne pouvait pas être réel, définitif, qu'il fallait espérer contre toute espérance... Démobilisé, il rentra dans son diocèse. Il n'avait alors aucune formation politique, mais simplement il ne doutait pas que ceux qui nous gouvernaient en ces temps-là, ne fussent résolus, *par-dessus tout*, à sauver, à servir l'essentiel de nos raisons d'être Français et d'être hommes.

Une nuit de juillet 1942 (quatre mois avant l'occupation de la zone Sud), on sonna à sa porte, au presbytère de la cathédrale. Que se passait-il ? Il se leva, ouvrit : des hommes, des femmes, quelques-uns en vêtements de nuit, le suppliaient de les cacher. Des policiers faisaient des raies dans des maisons désignées par avance, arrachaient du lit les Juifs, les emmenant tels qu'ils les trouvaient... Ils entassaient les hommes dans un camion, les femmes dans un autre, les enfants, même les nouveau-nés, dans un troisième camion. On apprit plus tard que les hommes partirent pour l'Est aux mines de Pologne, les femmes en Allemagne, pour les besoins des soldats, que les enfants furent jetés à l'Assistance publique, tout état civil détruit.

Quelques rescapés (par quelle chance ?) de cette chasse à l'homme sonnaient à sa porte : ils accouraient au plus proche, non pas chez l'Abbé, personnellement, mais chez le prêtre, chez l'homme de Dieu : « Sauvez-nous ! » Et cette nuit-là, il les hébergea dans sa chambre, le lendemain, leur procura un refuge dans des familles amies, dans des pensionnats, des couvents. Et d'autres vinrent encore, de plus en plus nombreux... L'Abbé reconnut là que la providence ne voulait pas de son repos et lui accordait le terrible privilège de le mettre face à face avec l'homme traqué qu'il fallait sauver au risque de sa propre vie. Ici commença la lutte avec l'acceptation du risque de mort quotidien... « Oui, cela est une grâce, écrira-t-il plus tard ; avoir souffert rend tellement plus perméable à la souffrance des autres. Il faut avoir eu le privilège, comme il me fut donné par la suite, d'être de ceux-là qui savent que, quoique innocents, il leur est interdit d'exister, qu'on veut leur mort... »

Un étudiant polonais sonna chez lui, les nerfs brisés : il arrivait du Nord où il avait été traqué. Son physique, son accent révélaient son origine juive. Il fallait lui fournir un dossier établissant la naturalisation des siens depuis des générations.. L'Abbé lui procura un abri dans une soupente chez une dame amie. Pendant qu'ils travaillaient à la fabrication compliquée des pièces de son dossier : extraits de naissance, actes de baptême, états militaires, le pauvre garçon incapable de se tenir tranquille venait chaque jour tirer la sonnette du presbytère. L'Abbé le conjura de rester dans son grenier. On s'occupait de lui : ce serait prêt dans quelques ours... Un soir, il le harcela jusque dans la rue. Le Père le gronda, le renvoya. Le lendemain l'étudiant ne vint pas.

Le surlendemain, tout était prêt. L'Abbé alla lui porter les précieux papiers, garantie de sa vie et de sa liberté. Il demanda à sa logeuse : « Est-il chez lui ? » Elle ne l'avait pas vu sortir, il devait y être. Lorsqu'on ouvrit la porte de la soupente, on le trouva pendu.

L'Abbé n'avait pu empêcher cet homme de sombrer. Dans sa vie de sauveur d'hommes, cet échec ne cessa de l'obséder et derrière chaque désespéré qui se présenta, plus tard, à Emmaüs, il aperçut l'ombre du jeune désespéré.

Il garda de cette période une autre image, riche de symbole : celle du guide qui tire une cordée vers le salut.

En été 1942, il demanda un congé et partit en secret à Chamonix, avec douze hommes traqués, Juifs, Autrichiens, Tchèques, Polonais, et se fit contrebandier, passeur d'hommes par 3 200 mètres d'altitude. « Il faut avoir vécu cela pour comprendre ce que la vie peut procurer de joie violente. S'il vous est arrivé de goûter à cette exaltation déjà prodigieuse qu'apporte la course de montagnes vers les cimes, à travers les glaciers, cette exaltation de pureté que donne le long effort, le triomphe du danger et l'accès aux sommets, imaginez ce que cela peut être lorsque l'on se trouve responsable de la vie de douze de ses frères humains ! Et vient cet instant où, après huit heures de marche dont trois sur des glaciers, le guide se retourne vers ces hommes angoissés qui, en une confiance désespérée, se sont remis à lui et peut soudain leur dire : c'est fait, nous sommes en Suisse, vous êtes sauvés. L'accolade que nous nous donnions alors, l'affection qui nous liait les uns aux autres, cela ne peut s'exprimer... »

À Emmaüs, aussi, il fallait tirer les autres vers le haut, jusqu'au salut.

Mais les guides, les passeurs d'hommes, qu'ils sont rares !

Le Père répondit au séminariste : « Nous t'attendons... »

13

Le séminariste. Une corvée pénible.

– Je suis venue parce que j'ai pensé que ça vous ferait plaisir, dit la grosse femme.

– Je vous remercie, dit le Père gentiment, comme s'il parlait à un enfant, mais il ne faut pas venir à la messe seulement pour me faire plaisir, Madame Charles.

Il pleuvait à seau ce matin du 20 décembre. La femme ouvrit le parapluie au-dessus du prêtre et ils quittèrent la chapelle.

– Vous êtes si seul, dit-elle.

– Mais non, mais non...

Ils se dirigèrent vers le perron. Les sept hommes de l'équipe de Clos-Fleuri partaient pour le chantier, des toiles imperméables militaires sur les épaules.

– Je voulais vous parler au sujet de mon mari, dit Mme Charles.

– Venez dans le bureau.

La pièce n'était pas chauffée, Mademoiselle venait de s'en aller pour Vincennes où elle avait trouvé un travail de secrétariat. Le foyer n'avait plus d'autre ressource sûre que son traitement, l'aide de quelques amis d'Emmaüs et des honoraires de messe.

– Voilà, Père, dit Mme Charles, quand nous nous sommes entendus pour le terrain et la maison de Clos-Fleuri, je ne vous ai pas tout dit... mais il faut maintenant que vous sachiez...

Le regard chaud, attentif, du Père fit rougir les grosses joues. Elle aspira une gorgée d'air.

– Ça me gêne de vous le dire... Voilà, on n'est pas mariés, Charles et moi. On a deux enfants... avec ceux de mon premier mari, ça en fait quatre... J'ai pensé que peut-être, si vous saviez que nous ne sommes pas mariés, vous ne voudriez plus nous loger.

Le Père garda le silence. Il pensait : « Mon Dieu, comme il est difficile parfois de faire comprendre ce que nous faisons, qui nous sommes... »

– Rassurez-vous, dit-il, vous avez eu besoin d'aide, et nous avons eu la joie d'être là. Pour le reste... je n'offre pas une maison pour demander en échange qu'on se fasse baptiser ou marier à l'église.

Elle l'écoutait, déconcertée.

– C'est mon mari, je veux dire Charles, qui disait... Que voulez-vous, il n'aime pas les curés, les prêtres... les choses de la religion.

– Nous ne faisons pas cela pour être aimés, mais... (Il hésita un instant) mais pour qu'il y ait un peu moins de gens dans la peine et aussi bien sûr pour que Dieu soit un peu moins mal compris.

– Oh ! que c'est bien ce que vous dites, Monsieur l'abbé, s'écria la grosse femme avec un enthousiasme enfantin. Alors, ne soyez pas étonné si vous n'avez pas encore vu Charles... et quand vous le rencontrerez, excusez-le s'il est un peu sauvage et mal poli. Ce n'est pas un méchant homme... un bon papa pour les gosses, pour les siens comme pour ceux de mon premier mariage. Mais il n'y a rien à faire, il me répète souvent qu'il ne parlera jamais à un curé...

– Dommage, dites-lui que le curé est aussi un homme, les braves gens ne sont pas si nombreux... et s'ils s'ignorent, que de joies perdues.

On frappa à la porte à petits coups timides. Un séminariste passa la tête, puis se retira, referma la porte.

– Je pars, dit Mme Charles, et merci, Père.

– Quand emménagez-vous à Clos-Fleuri ?

– Cette semaine, Père, nous voulons faire le réveillon de Noël à la maison. Comme on parle d'une grève dans l'usine de mon mari, ça lui donnerait du temps pour fignoler l'installation... une chance en un sens.

Elle baissa les yeux, soupira.

– Mais voilà ce que je voulais vous dire aussi : ça nous sera impossible de faire le versement pour le terrain ce mois-ci, un retard... c'est sûr que le mois prochain...

– Oui... oui...

Elle hésitait à sortir. Son regard perdit son sourire un peu faux, son expression de cautèle ; ses yeux s'emplirent de larmes, elle murmura :

– Pour une messe, Père... C'est à l'intention de notre dernier qui est infirme, le pied gauche atrophié. Il est né comme ça... est-ce parce qu'on n'est pas mariés, Charles et moi ? Dites...

– Dieu ne se venge pas.

Elle balbutia :

– Charles dit que si, justement,... que Dieu est méchant, qu'il n'aime pas les pauvres gens.

En la regardant par la fenêtre traverser la cour, sous la pluie battante, le Père pensa que ce Charles devait avoir bien souffert, et il se sentit une étrange estime pour cet inconnu.

– As-tu au moins ton permis de conduire ?

– Non, Père.

– Qu'est-ce qu'on vous apprend au grand séminaire ? Allons, ne te trouble pas, peut-être moi-même n'aurai-je bientôt plus besoin de mon permis...

La boue tachait les souliers et le bas de la soutane du visiteur, parti le matin de Coulommiers, sous la méchante pluie de décembre : un grand garçon de vingt ans, maigre, au long nez busqué, au menton volontaire, les épaules déjà voûtées, le regard bleu, voilé par des paupières qui lui donnaient une expression grave. Les grosses mains et l'accent étaient d'un fils de paysans.

– Allons, je suis content que tu sois là... Mais...

Le Père eut un petit soupir.

– Mais quoi donc, Père ? murmura le garçon décontenancé, j'espère que mon offre de travailler avec vous...

– Tu as bien fait de venir, mais vois-tu, tout devient très difficile.

Il regarda le bureau sur lequel s'accumulaient des traites, des factures, des règlements de fin de mois.

– Mademoiselle, notre secrétaire, a dû reprendre du travail dans un bureau...

Puis il sourit, ses yeux s'emplirent de vie, de confiance, de force.

– Allons, cela s'arrangera encore. Tu ne peux savoir, mais tu comprendras comment l'aide providentielle, aux moments les plus durs, survient si exactement adaptée au besoin... Tu es gelé, viens prendre quelque chose de chaud.

Ils descendirent le perron. La pluie tombait depuis la veille. À la cuisine, Alexandre et Baptiste nettoyaient les casseroles.

– Père, dit le chef cuistot, il n'y a plus d'huile.

– Nous mangerons des pommes de terre à l'eau.

– Et le stock de charbon s'épuise.

Le père murmura :

– Je sais, je sais...

Dans l'atelier de Djibouti, un tas de vieilles planches inutilisables « feront » encore une semaine. Lui-même ne se chauffait plus au bureau. Pendant que Denis buvait son café, le Père vit, à travers la vitre du réfectoire, une ombre pénétrer dans la cour. Il murmura :

– Le quatrième depuis avant-hier.

Il se leva, vint sur le seuil. L'homme en veston, les pieds nus dans des espadrilles déchirées, la musette au côté, s'était arrêté, hésitait.

– Entre, viens donc, dit le Père... Alexandre, te reste-t-il encore un peu de café ?

L'homme toucha sa casquette sans l'enlever, murmura un bonjour et, le regard vide, s'assit près du fourneau du réfectoire.

– Ta veste est toute trempée, dit le Père. Ta chemise, au moins, est sèche ?

L'homme écarta les revers de sa veste, découvrit sa peau nue, tatouée. Pas de chemise.

Il mordit dans le pain, but le café.

– Vous n'auriez pas une cigarette ? grogna-t-il.

Alexandre lui tendit son paquet. L'homme se mit à aspirer la fumée à grands coups goulus.

Le petit séminariste le regardait, fasciné. Que de détresse, que de privations... L'homme ébaucha enfin un sourire :

– Il y a de l'embauche ?

– Oui, dit le Père, avec un petit sourire. Un peu d'embauche. Comment t'appelles-tu ?

L'autre fronça le sourcil :

– Raoul... Raoul Del...

– Je ne te demande que ton prénom : Raoul.

L'homme fouilla dans la poche de sa veste, en sortit un papier plié en quatre, tout trempé, se leva pour le tendre au Père qui lut : « Mon Père, veuillez accueillir Raoul D..., nous ne pouvons rien pour lui. Merci. Croyez à mes amicaux et religieux sentiments in Christo. » La signature d'une sœur, directrice d'une œuvre d'accueil d'anciens détenus, que le père connaissait bien. À plusieurs reprises, elle avait « rendu ce service » à Emmaüs.

– C'était pas ma faute, grogna Raoul... J'ai fait quatre ans à...

– Je ne te demande pas ce que tu as fait, dit le Père. Mais ce que tu sais faire, ce que tu vas faire ici.

– Ma spécialité avant, c'était manœuvre.

Le Père sourit :

– Tu nous seras bien utile ici. Mais dis-moi, ce billet est daté d'il y a trois jours. Pourquoi n'es-tu pas venu tout de suite ?

L'homme haussa les épaules :

– J'sais pas. J'ai couché dehors.

– Viens... et toi aussi Denis. J'espère qu'on trouvera quelque chose pour vous au « magasin ».

Il appelait ainsi un petit vestiaire constitué par des dons de linge, de draps, de vêtements, dans la cave qui avait été le logement des premiers hôtes accueillis à Emmaüs l'année précédente : Bastien, Djibouti, Étienne, le Kangourou. L'homme frissonnant avait enlevé sa veste trempée et, sous le poil de son maigre torse, le Père vit un tatouage, une ligne piquetée, qui, passant derrière le cou, se rejoignait devant en un angle aigu : à la pointe, un petit cercle avec la reproduction d'une image de la Vierge.

– Qu'est-ce que c'est, ton tatouage ? dit le Père intrigué.

L'homme haussa les épaules :

– Autrefois, je perdais toujours la médaille que maman m'avait donnée... Comme ça, je ne risque plus de la perdre.

Sans sa soutane, dans un veston trop court, avec des escarpins pointus, Denis ressemblait à un grand gosse mal ficelé, un peu comique et pitoyable, un paysan qui a grandi trop vite à la ville.

– Et comme coiffure, dit le Père, je n'ai qu'un chapeau melon, on m'en fait cadeau par dizaine : ce n'est plus de mode.

– Donnez, Père.

Dans un coin, on trouva une canadienne presque neuve. Le Père la tendit à Raoul :

– Donnez-moi la vôtre, grogna celui-ci, elle est plus usée.

– Allons, prends celle-ci.

Sur la gauche du grand bâtiment, une équipe de six hommes construisait un dortoir de vingt lits superposés : il fallait prévoir, avec l'hiver, l'extension de la communauté. On était déjà quinze. Le Père appela Filot, un ancien colonial, le responsable du petit chantier, et lui confia les deux nouveaux venus, le séminariste et l'ancien prisonnier.

– Denis, je t'emmènerai dans une heure à Clos-Fleuri : pour l'instant, le courrier... et tu vois... encore une visite.

Une grosse femme et un homme, avec une valise, attendaient près du perron.

Dans la voiture qui roulait vers Clos-Fleuri, le Père dit à Denis :

– La plupart de ces hommes avec qui tu vas travailler, je ne pourrais pas te dire qui ils sont, ni d'où ils viennent, ni même quel est leur véritable nom de famille... Ils nous racontent ce qu'ils veulent ; moins nous les interrogeons quand ils arrivent, moins ils sont tentés de mentir. L'homme qui a passé des nuits à dormir dehors, qui a faim, qui grelotte est prêt, à moins d'être un héros, à répondre n'importe quoi à tort et à travers, pour se faire accepter, se mettre à l'abri. C'est à la longue qu'ils nous révèlent ce qu'ils valent, librement qu'ils nous apprennent ce qu'ils sont.

Denis demanda après un silence :

– Pourquoi Raoul n'est-il pas venu tout de suite après sa sortie de l'Œuvre ?

Le Père haussa les épaules.

– La liberté... après la prison... jouir de la liberté, même le ventre vide, sous la pluie. Mais, dis-moi Denis, toi il m'est permis de t'interroger : pourquoi as-tu demandé au supérieur du séminaire de venir travailler avec nous pour six mois avant ton ordination ?

– C'est mon frère qui m'a parlé de vous, il est venu plusieurs fois en retraite à Emmaüs.

– Oui, je sais.

– C'est, à la fois, simple et difficile à vous expliquer, Père. Tout à l'heure vous m'avez demandé si je savais conduire une auto. Je ne sais pas. Je sais lire le grec, le latin, commenter les Écritures. Mais ce contact vrai avec la vie, j'en sentais tellement le manque, après huit ans d'études à l'écart de tous, avec un besoin de donner ce qu'on ne me demandait jamais... le besoin de m'enfoncer dans la réalité vivante.

– Oui, dit le Père, plusieurs jeunes m'ont déjà dit cela. Mais il ne faut pas d'enthousiasme passager. Ça va être très difficile de tenir, tu le comprendras vite : oublier avec eux ton latin, et ne plus t'occuper d'abord que de leurs souffrances, et donner l'exemple par le travail.

Denis regarda ses deux mains, ses grosses mains campagnardes, un peu rougeaudes, à la peau trop lisse.

– Et la bonne humeur. Vois-tu, ici chacun montre ce qu'il est réellement. La vie est trop dure pour permettre qu'on donne longtemps le change. Ici, on ne peut être que sincère. Et il n'y aura pas de différence dans ta vie entre toi et les autres : travailler avec eux, manger avec eux, dormir avec eux...

– Oui, dit Denis, se sauver avec eux.

– Se priver avec eux.

Le Père ajouta à mi-voix :

– Je ne sais si nous pourrons tenir longtemps encore... Ne le dis pas aux autres.

La pluie avait cessé quand la voiture, s'engageant sur le chemin le long du talus, s'arrêta devant le lot n° 3. Cinq chalets en bois se dressaient sur le terrain. Mme Marchand habitait maintenant dans la roulotte. Dans le quatrième pavillon, Charles U., le communiste, et dans le cinquième, Martinet, devaient tous deux s'installer ces jours-ci. Sur d'autres lots, des matériaux en vrac attendaient près des tentes et des roulottes où des gosses regardaient tomber la pluie. Deux hommes d'Emmaüs, avec Djibouti, un imperméable ou une couverture sur le dos, aidaient Michel, dont la femme avait été emmenée à Sainte-Anne, à poser les briques des fondations.

Le Père se dirigea vers la maisonnette des Vatier. Marcel avait entouré son clos avec une palissade de fer, et tracé son jardinet. Sur l'allée qui conduisait au seuil de la maisonnette, il avait semé de la brique pilée.

– Entrez.

Le chien de Djibouti vint flairer les visiteurs, et reconnaissant le Père, se mit à remuer la queue. Dans la petite chambre propre, Mme Vatier donnait le sein à Jeanne.

– Oh... Bonjour Père.

La cuisinière répandait une bonne chaleur. Le papier peint clair et fleuri, au mur de petites images, les rideaux des fenêtres et les dentelles du berceau du bébé, donnaient à l'étroit logis un aspect propre, gai et accueillant. Finaud s'était recouché près du fourneau.

– Oh, attendez un instant.

La maman voulut agrafer son corsage.

– Nous passons vite, dit le Père.

– Le temps de chauffer le café.

Noëlle, debout sur une chaise, le nez collé à la fenêtre, regardait dehors.

– Tu viens dire bonjour ? dit le Père.

– Tonton Bouti... dit l'enfant en collant son doigt à la vitre, par laquelle on voyait l'équipe d'Emmaüs au travail.

– Elle veut aller rejoindre Djibouti, dit Mme Vatier, c'est son grand ami. Quand il fait beau, elle ne veut pas le quitter...

– Qu'est-ce que tu voudrais pour Noël ? dit le Père. Un cheval mécanique ? Un berceau pour ta poupée ?

L'enfant répéta :

– Tonton Bouti.

Le Père prit place près du fourneau en frissonnant :
– Comment ça va ?
– Tout va bien, Père, dit la jeune femme avec un grand sourire. Nous vous avons préparé le règlement du mois.
– Je ne viens pas pour ça, dit le Père. Mais j'en suis content : cet argent nous permet de loger d'autres familles.
– Je sais bien.
Elle le regardait avec une grande gentillesse.
– Ça fait aujourd'hui deux mois qu'on est installés...
– Pour l'eau, dit le Père, patientez encore.
– Bien sûr, s'écria la jeune femme, on a déjà l'électricité. S'il fallait faire les difficiles...
– Nous entreprendrons les travaux au printemps, si tout va bien...
Ils burent le café chaud.
– J'en fais toujours à cette heure-ci pour vos hommes.
Puis après un silence :
– À propos, dit-elle en hésitant, Mme Marchand voudrait vous voir, c'est rapport à un gars de chez vous... mais elle vous dira elle-même.
En se levant pour partir, le Père prit Jeanne dans ses bras : Au revoir, citoyenne n° 1 du Clos-Fleuri.
La maman dit à mi-voix :
– Marcel et moi on est d'accord Père...
– Pourquoi ?
– Les deux gosses ne sont pas encore baptisées, et...
– On en parlera, oui. Ne vous croyez pas obligés de le faire par reconnaissance. Il faut bien comprendre l'importance de votre décision.
Ils s'en furent vers la roulotte.
– Attends-moi, dit le Père à Denis, va faire connaissance avec tes futurs compagnons.
Ne sachant comment se présenter, comment engager les relations, Denis s'approcha lentement du chantier, s'arrêta à deux pas, regardant les bâtisseurs.

– On n'est pas de trop, grogna Djibouti, passe-moi les briques.

Denis entra dans la chaîne...

Vingt minutes après, le Père sortit de la roulotte de Mme Marchand, et s'approcha du groupe. Le visage pâle, fermé, il demanda :

– Où est Louis ?

– Il nous a quittés à 9 heures, répondit Djibouti.

– Au café ?

Djibouti haussa les épaules.

– Je te laisse, Denis, dit le Père à mi-voix, un travail désagréable et urgent.

Au café du carrefour, les « déserteurs » jouaient à la belote. Gênés, ils se levèrent à demi en voyant entrer le Père, balbutiant comme des gosses pris en faute :

– Il pleut tellement, Père, on peut pas travailler, par ce temps.

– Viens avec moi, Louis.

Les sourcils froncés, le grand gars prit sa casquette, fit un clin d'œil aux copains, et s'installa sur la banquette de l'auto. Ils roulèrent en silence.

Au carrefour après la Marne, le Père vira à droite.

– On ne rentre pas à Emmaüs, dit Louis.

– Non, on va à Paris.

– Bon.

Le Père ne desserra pas les dents avant la Porte de Vincennes.

– Je vais te déposer aux Halles.

– Oui. Une course pour vous ?

– Non, je ne veux plus te garder à Emmaüs.

Le gars sursauta !

– Pourquoi ? Qu'est-ce que j'ai fait ? On ne peut tout de même pas travailler par ce temps de chien ? C'est pas parce que...

– Ce n'est pas pour la séance au café que je te demande de ne pas revenir, et tu le sais bien.

L'autre s'enfonça dans la banquette... Il dit après quelques minutes :

– Qu'est-ce que je vais faire ?

– Que faisais-tu avant de venir ?

– Monteur en chauffage central. J'avais pas de travail.

– Tu en chercheras. Je te laisserai un peu d'argent.

Comme ils passaient le faubourg Saint-Antoine :

– Inutile de gâcher votre essence, dit Louis. Laissez-moi ici.

L'auto s'arrêta.

– Écoute, Louis, dit le Père doucement. Tu dois comprendre que si nous avons procuré un abri à des familles, ce n'est pas pour les tourmenter après. Il faut que vraiment Mme Marchand se sente en sécurité. Tu as vingt-cinq ans et je peux comprendre qu'une jeune femme seule... Mais tu dois enlever ça de ta tête, courageusement, nous donner cela, ce sacrifice, en échange de ce que nous avons fait pour toi.

– Vous dites « nous », murmura le garçon après un silence : c'est vous seul Père...

– C'est la communauté qui t'a recueilli, je n'ai agi qu'au nom d'Emmaüs. Il faut que chacun s'y intègre, se sente responsable, et donne du sien. Toi, donne ta promesse de ne pas revenir à Clos-Fleuri.

– Qu'est-ce que je vais devenir ? répéta l'autre.

– Va, maintenant. Si tu n'as pas trouvé de travail, nous t'accepterons encore à Emmaüs, dans quinze jours. Tu te calmeras d'ici là. Pour tes affaires, où veux-tu que je les dépose demain ?

– Gardez-les.

Il prit les billets que le Père lui tendit et balbutia :

– Et je... et je comprends, Père.

– Au revoir, Louis.

La voiture démarra.

14

Les mauvais jours. Le tract. La quête dans la rue.

Il gela si dur, la semaine avant Noël, que de l'équipe de Clos-Fleuri, deux hommes seulement partirent sur le chantier, pour terminer le collage du papier de la cinquième maison, celle de Martinet, pour lui permettre de pendre la crémaillère à Noël. Charles avait déjà pris possession de son chalet, mais le Père n'avait pas encore vu le nouveau locataire. On ne pouvait continuer, par - 5°, à cimenter les fondations de la maison de Marcel, et Djibouti s'était donné congé, ce jour-là, l'avant-veille de Noël. Il s'était enfermé dans son atelier, pour réaliser une petite idée personnelle. Ayant allumé le fourneau près duquel son chien avait repris sa place dans sa caisse, il choisit ses plus fines planches et traça le dessin d'un petit berceau à roulettes pour la poupée de Noëlle.

Depuis deux jours, on ne voyait plus la Mona. Le Père l'avait vendue.

– Ça ne pourra pas durer longtemps, pensait Djibouti. Je terminerai ce joujou, puis je demanderai au Père s'il a encore vraiment besoin de moi. Sinon...

Sinon, la rue comme avant. Ce qu'on appelle la liberté, l'affreuse servitude de la liberté. Du moins, sa peine sera à lui, il n'en surchargera pas les épaules du Père. Il ne sera plus à sa charge. Il arrivera toujours à se débrouiller à Paris... Le plus difficile sera de redevenir l'inutile, l'inutilisable, le solitaire, le traîneur de semelles, le va-nulle-part, l'homme effacé, effacé des listes du destin. Après Emmaüs, on ne peut plus vivre comme avant.

Vers 3 heures de l'après-midi, Filot entra dans l'atelier. Le responsable de la construction du dortoir s'assit sur une caisse près du feu.

Les deux hommes à peu près du même âge, quarante-huit ans, avaient entre autres choses ceci de commun : tous deux avaient vécu aux colonies, la guerre avait coupé durement leur chance. Le caractère, l'intelligence des deux hommes étaient supérieurs à la situation à laquelle les avaient réduits les circonstances : pendant dix ans, Filot avait dirigé un comptoir à Madagascar. Placide, désabusé, d'une autorité un peu détachée, il savait bien manier son équipe. Ce n'était pas facile, avec les éléments nouveaux, quelques vieux venus chercher plus une planque que du travail... Allez leur expliquer qu'Emmaüs n'est pas un asile. Le Père n'acceptait pas de les mettre dehors par ce temps : ils travaillaient pour la frime, et toujours le litre à portée de la main.

– Le dortoir est fini, grogna Filot, de sa voix lente et rauque. Il était temps, parce que ça ne colle plus, mais plus du tout. J'ai fait autrefois travailler des Arabes et des Noirs, mais de ces déjetés qui nous arrivent, je ne peux rien tirer, je préfère les renvoyer se chauffer au réfectoire et faire le travail moi-même. Je ne vais pas empoisonner le Père avec des rapports. Quand il n'est pas là comme aujourd'hui, les jeunes s'en vont aussi se planquer dans les coins. Va les chercher... Enfin, je viens de clouer les tôles du toit, c'est fini, qu'ils aillent se faire f...

Le Père est encore sorti hier ? dit Djibouti.

– Oui, je ne sais pas où.

– Où veux-tu qu'il aille, il cherche partout de l'argent, pour tenir un jour de plus. Il a vendu son auto avant-hier, il ne se chauffe plus, et tu sais ce qu'on mange...

Sans frapper, un homme poussa la porte de l'atelier. Un vieux, l'œil éveillé, barbu, avec une musette au flanc. On remarquait les pieds nus, crasseux, dans des chaussures basses sans lacets.

– Salut, dit-il lentement, je cherche le curé.

– L'Abbé est absent, dit Filot sans bienveillance, pensant : il a une gueule de Raspoutine.

– Ah ! fit l'homme déçu.

Il regarda le fourneau, se mit à tousser.

– Chauffe-toi, dit Djibouti. Tu as mangé ?

– Non, ça m'arrangerait.

– Je vais voir à la cuisine.

Djibouti revint avec un bol de café et un morceau de pain. L'homme, ayant posé sa musette, caressait le chien et disait à Filot qu'il était chiffonnier. Un ancien boxeur, un certain Kangourou, lui avait parlé d'Emmaüs, dans un bistrot près de la rue Mouffetard. Lui, il s'appelait Philippe, il avait mal aux reins et toussait, il se sentait fatigué et ne se faisait plus de journées suffisantes pour vivre. La biffe, c'est un métier dur, qui ne peut rapporter que si on s'y donne à fond. Pour tout dire, il avait besoin d'un peu de repos : dommage de devoir s'arrêter maintenant, parce que les prochaines fêtes de Noël et du Nouvel An allaient garnir les poubelles.

Filot dit :

– Ici on travaille, c'est pas un asile.

– Je ne demande qu'à travailler, dit le vieux vexé, mais qu'on ne me bouscule pas, et qu'il y ait la soupe chaque jour.

Il se remit à tousser.

On poussa à nouveau la porte. Le Père. Il avait encore maigri, des cernes lui creusaient les yeux, et il boitait de plus en plus. Philippe se leva lentement.

– Un nouveau camarade, dit le Père d'une voix lasse en esquissant un sourire. A-t-il un coin pour dormir ?

– Le dortoir est terminé, dit Filot.

– C'est bien. As-tu encore des couvertures ?

– Le magasin doit être vide Père, nous sommes dix-huit.

– Je lui en descendrai une. Il y a aussi mon sac de couchage dont je ne me sers pas.

Le Père regarda, sur l'établi de Djibouti, le petit berceau presque achevé.

– C'est pour la petite Noëlle, murmura Djibouti gêné.

– Oui, dit le Père, une bonne idée.

Puis, après un silence, il répéta :

– Une bonne et belle idée. Nous offrirons, pour Noël, des jouets à tous les enfants de Clos-Fleuri.

Son regard s'était animé, sa voix avait recouvré sa force :

– Et pour chaque foyer, un petit sapin. Nous irons dans la forêt d'Armainvilliers, cette promenade et ce travail seront bons aux compagnons, parce que je comprends bien ce danger du désœuvrement.

Ces derniers jours d'intempérie, il voyait dans l'inaction se désagréger l'esprit d'Emmaüs. Sans en rien dire, il remarquait que quelques-uns commençaient à se saouler, à retomber dans l'inertie veule du corps et de l'esprit. Frileux, fumant, assis autour du poêle du réfectoire, ils attendaient, en parlotant, en habitués des asiles, l'heure du repas. Quand les derniers arrivants venaient mendier du travail, l'Abbé souffrait de n'avoir à leur confier que de menues corvées, et comprenait que ces hommes se sentaient frustrés dans leur dignité de ne pas faire assez pour gagner leur repas. Quelques-uns étaient partis, écœurés, préférant encore tenter leur chance à Paris, qu'exploiter plus pauvres qu'eux.

– Oui, dit-il, nous organiserons une opération « Sapins de Noël ».

– Mais il faudrait les orner, ces sapins, dit Filot, y pendre des bonbons, des oranges, des bricoles, quoi...

– Oui, dit pensivement le Père, seulement...

Les trois hommes comprirent sa pensée...

– Moi grommela Philippe, je prends jamais de dessert.

– On peut se passer d'un repas, dit Djibouti.

C'est alors que le petit Antoine, qui servait de planton au Père, entra en disant qu'on le demandait au téléphone.

C'est ce coup de téléphone qui a décidé la chose. À vrai dire, depuis plusieurs jours, le Père y pensait, à ce tract et à cette quête. Il y pensait chaque fois qu'il se trouvait pris à la gorge par une détresse urgente, tragique, à laquelle il lui était impossible de porter secours. Cette fois-ci, il ne pouvait vraiment rien faire, ni accueillir la famille, ni l'aider pécuniairement. Pour la première fois, il se sentait vraiment impuissant. Une immense colère s'était accumulée en lui durant ces horribles semaines, colère contre les scandaleuses différences de fortune, contre l'aveuglement des riches, l'inertie des bureaux et l'impuissance de moyens des Œuvres.

– Oui, la providence vient, se répéta-t-il en quittant Emmaüs pour descendre vers Paris, à l'appel de la femme S... Elle vient souvent un quart d'heure en retard pour nous permettre de montrer jusqu'où va notre foi... Elle vient toujours, mais... Ô mon Dieu, pendant ce quart d'heure de retard, cet homme peut se tuer et tuer les siens...

Dans l'autobus et le métro, il entendait encore l'intonation d'angoisse haletante de la voix, au téléphone !

« Allô, Père, je n'ai pas pu vous joindre plus tôt, venez, venez vite... Cette nuit, je l'ai encore surpris, il s'était levé et avait ouvert le robinet du gaz, pour nous tuer avec les petits, venez lui parler, vous seul pourrez le calmer. »

La même phrase qu'il avait déjà entendue : « Vous seul pouvez nous sauver. » Cette confiance qu'on avait en lui, lui redonna confiance en Dieu ; il ne laissera pas se commettre ce suicide et ces meurtres. Il pénétra dans la petite chambre d'hôtel louée au mois. Trois enfants.

– Depuis huit jours je ne dors plus, dit la femme en pleurant, je fais semblant, mais j'ai trop peur. C'est la seconde fois qu'il essaie. Je ne vis plus. Il est sorti tout à l'heure. Peut-être, qu'il est allé se noyer.

L'Abbé la rassura, mais il avait peur aussi. L'homme, neurasthénique, ne pouvait pas supporter l'idée d'être jeté à la rue ; ils devaient quitter l'hôtel trois jours plus tard ; ils payaient 10 000 francs la chambre avec 22 000 francs de salaire. Ils n'avaient plus d'argent pour le dîner. Le Père sortit de ses poches tout ce qui lui restait : 500 francs. Il donna tout. Il parla, il sourit aux trois enfants, et la femme reprit confiance, et quand le mari rentra, l'Abbé lui promit de les tirer d'affaire : il ne savait encore comment, mais si aucune autre solution n'intervenait, il les accueillerait à Emmaüs. Le mari promit d'être raisonnable. Mais son regard restait lointain, fermé, secret, un regard de malade.

– Je reviendrai demain, dit l'Abbé, cela s'arrangera...

Cela s'arrangera... Oh, qu'il n'aimait pas ces paroles vagues et vides, si menteuses, quand l'espérance ne les remplit pas ! L'Abbé souffrait trop, il était trop englué dans le désespoir des autres pour surmonter en ce moment son propre désespoir. Il allait tête basse dans la foule, il regardait machinalement vers une vitrine luxueuse, un hall de cinéma, un café bondé, vers le peloton des voitures splendides, vers les passants indifférents, ignorants du scandale de la misère sociale.

Si chacun de ces hommes, pensa le Père, si sûrs d'eux, dans leurs habits confortables, leur sécurité, si chacun d'eux savait, si on leur expliquait que tout près d'eux, dans le même immeuble qu'eux, des familles seraient sauvées par un de ces billets qu'ils sortent si facilement au guichet du cinéma ou dans les magasins, les boîtes de nuit...

Et les mots, les phrases d'une imploration, d'un réquisitoire, d'une malédiction, se composèrent dans sa tête et il pressa le pas, et murmura en regardant ces visages d'inconnus, comme s'il s'adressait à celui-ci, à celui-là qui le heurtait au passage :

« Toi, qui passes, sais-tu...

« Qu'en plein XXe siècle, en plein pays de science et de progrès, en plein pays dit chrétien...

« Sais-tu ceci : ton voisin va être sans logis, ou bien il engloutira sa paie pour une chambre.

« Sais-tu qu'à deux pas de chez toi, ce soir, un bébé mourra, parce que son père n'a pas d'argent.

« Pour eux, par milliers, à quoi bon vivre encore ? ...

« Et, dans le même temps, pour d'autres, pour toi, peut-être, les dividendes, les planques, la rigolade, les soirées stupides à dix mille francs par tête...

« Parmi ces folies et ces désespoirs, toi, qui es-tu ?

« Qu'as-tu fait ? »

– Oui, il faut que je leur dise cela, il faut que je leur fasse comprendre. Ils ne resteront pas indifférents, s'ils savent.

Il traversa le bois de Vincennes et les mots semblaient crier dans la nuit, comme si une foule entière les scandait dans l'espace au-dessus de la ville. Il connaissait une petite imprimerie. Le patron ferait vite le travail, oh oui, vite... des existences peut-être en dépendaient.

Il rentra tard à Emmaüs où tout dormait. Dans sa chambre, ne pouvant trouver le sommeil, il rédigea le premier jet, sur un bout de papier. Ah, ce tract-ci n'était pas de la même encre que le premier, imprimé deux ans plus tôt, orné de photos plaisantes (Entrée du parc – Cloître-Fleuri – la pièce d'eau – verdure – soleil – espace...) qui rendaient bien tentant un séjour de week-end à « Emmaüs, foyer d'action sociale, centre de rencontres internationales, de journées d'études et de prières ». Aujourd'hui, Emmaüs devenait un foyer de malheureux, et le papier criait leur angoisse, le désespoir de ces solitaires et de ces ménages aux abois, une angoisse haletante, terrible... Un *De Profundis*, un cri si vrai qu'il fera éclater la plus dure cuirasse de l'égoïsme, pénétrera d'un coup jusqu'au cœur, un appel au secours qui peut bouleverser même l'âme d'un riche.

L'Abbé relut son message. Il se sentit moins oppressé, presque délivré à le voir ainsi fixé sur le papier, et prêt à l'impression. Mais soudain, il murmura :

– Ai-je le droit ? Qui suis-je, moi pour menacer le monde ainsi de la colère de Dieu, comme un prophète ? Pour écrire : « Toi, qui es-tu ? Qu'as-tu fait ? » Suis-je digne d'accuser les autres d'égoïsme ? Qu'ai-je fait moi-même ?

Autrefois, à dix-neuf ans, il avait fait devant saint François le vœu de pauvreté, mais, pour un prêtre, pour un moine, vivre la pauvreté, surtout dans une communauté monastique, lui paraissait moins difficile que ce sacrifice quotidien auquel l'engageait ce tract : désormais toute paix lui serait interdite, parce qu'il venait de signer sur le papier une promesse aux pauvres : celle de consacrer sa vie à leur salut, seul, sans aide, sans encouragement de personne, comme un franc-tireur de la pitié agissante.

Désormais, les ressources de son esprit qu'il aurait pu vouer à des tâches politiques ou diplomatiques, n'auront d'autre but qu'un combat terre à terre, pour le pain, le vêtement, le logis ; la vie contemplative comme la vie publique lui seront interdites, désormais toujours sur la brèche, poussant en avant un corps épuisé, il sera l'homme de « ça ». Saura-t-il tenir ? Mais il fallait courir le risque, car derrière lui les misères, à Emmaüs même, criaient au secours par sa voix.

Le lendemain, hésitant sur le choix de certains mots, il montra le brouillon à un ancien ami, bourgeois fortuné de passage à Emmaüs.

Celui-ci rendit le papier avec une stupeur horrifiée :

– Mais tu es fou, ça ne se dit pas.

– Est-ce faux ?

– Non, tout ce que tu dis est vrai, mais ces choses-là, on ne peut pas les dire si brutalement, les crier au grand jour.

– Pourquoi ?

– Mais quel scandale, c'est de l'anarchie...

– Pas du tout, je ne demande pas qu'on s'oppose aux pouvoirs publics, mais qu'on fasse appel à eux :

« Vous tous qui pouvez,

Pour que tant de douleur cesse, luttez, de tous vos moyens devant les riches, devant l'État, devant les autorités internationales, dans l'une des organisations mondiales consacrées à ce combat.

Luttez pour que les désespérés retrouvent le droit de vivre... »

– Tu as raison, mais tu as trop raison. La vie devient impossible quand on sait tout cela.

Il sortit un billet de son portefeuille :

– Demande-moi de l'argent, mais ne me demande pas de souffrir avec eux.

– Mon propre but n'est pas de souffrir passivement avec eux, mais de faire quelque chose pour eux avec eux. Je ne demande que de l'aide, et si possible apportée de bon cœur. À ceux qui ont tout, je lance l'appel au secours de ceux qui manquent de tout.

Après un temps de silence, l'interlocuteur murmura :

– Mais enfin, je ne comprends pas : *pourquoi fais-tu cela ?* Rien ne t'y oblige ; si tu le demandais, tu serais aussitôt nommé dans une paroisse tranquille. Ta santé n'est pas forte... je te dis ça amicalement.

Le Père ne s'indigna pas, il haussa les épaules :

– Oui, bien sûr, murmura-t-il, mais il ne s'agit pas de moi.

S'il l'avait demandé, il aurait trouvé un poste tranquille, une maison de repos ou une aumônerie. Mais il était ici, et il n'était plus à lui, il était à eux, il était leur conscience. Il était la conscience de leur détresse. Il était la cartouche bourrée de l'explosif de leur souffrance et de leur révolte...

Le tract fut imprimé et remis au Père, deux jours avant Noël. Le paquet sous le bras, il descendit l'après-midi vers Paris, sans rien dire de son projet à ses compagnons. Il n'y avait à la maison plus rien à manger, et il ne fallait pas leur donner de faux espoir.

On ne saura jamais ce que cette quête, dans la rue, lui coûta le premier jour...

Il commença par les maisons voisines du Palais-Bourbon, à l'extrémité du boulevard Saint-Germain, pensant que sa condition actuelle de mendiant, comparée à celle de député, ne pouvait manquer de créer un choc psychologique, affectif, une brutale réaction chez ses anciens collègues qu'il pourrait rencontrer.

Il entra dans des pâtisseries, des cafés, des magasins. Sa première parole : « Je ne suis pas un client intéressant... » figeait le sourire sur le visage des vendeuses et des patrons.

En peu de mots, il disait Emmaüs, où des malheureux attendaient ce secours qu'on ne pouvait leur refuser... cinq commerçants sur vingt lui refusèrent en répliquant qu'ils étaient submergés par les impôts, les taxes, les charges.

– S'il fallait donner à tous ceux qui se présentent...

Or, ces impôts, ces taxes, ces charges, l'Abbé les avait votés. Il était tenté de sourire dans sa barbe, en laissant son tract qui donnait sa qualité d'ancien député.

Son paquet sous le bras, il remonta les Champs-Élysées, il se posta dans son blouson de cuir râpé, avec son béret de montagnard, sa canne et toutes ses décorations, à l'entrée des cafés les plus chics de la ville, à l'heure de l'apéritif, par cette soirée de décembre glacée.

Quelques mois auparavant, il avait été reçu par le pape, maintes fois il s'était entretenu avec les plus grands noms de la scène politique internationale, il tutoyait des ministres, ses anciens collègues, et le voilà aujourd'hui mendiant, sollicitant la foule indifférente. « La vie est plus un consentement qu'un choix. » Non seulement il consentait... il voyait même, il admirait même, dans sa situation de mendiant, cet humour surnaturel qui parfois ordonne la vie si étrangement, et nous fait jouer des rôles si disparates. Non seulement il consentait, mais il remerciait Dieu de l'avoir mis là, de l'avoir choisi pour crier la souffrance imméritée, au cœur de la civilisation implacable, de la fête païenne. C'est là que l'avait conduit le vœu de pauvreté prononcé dans sa jeunesse, et qu'il avait renouvelé en signant le tract.

Dans de splendides fourrures, les plus belles femmes du monde descendaient des longues voitures, étincelantes de laque et d'argent, elles s'avançaient auprès d'hommes en manteau de coupe impeccable, calmes, nonchalants, souriants : les rois de la vie... Ils traversaient le trottoir dans la lumière rouge et or du néon, s'avançaient vers les amis qui les attendaient sous les lustres du café bruissant de rires, de musique, de paroles légères. Soudain, devant eux, cette forme noire – un petit homme voûté, aux gros souliers, au blouson de cuir déchiré, au maigre visage barbu – leur tendait un papier. La jeune femme avait un petit temps d'arrêt, un petit réflexe de refus ; elle pensait d'abord qu'il s'agissait d'un de ces clochards chargés de distribuer des prospectus publicitaires, elle allait passer quand elle remarquait la soutane, les décorations, le regard du prêtre et son sourire, ni obséquieux, ni moqueur, mais gentil, bon, tranquille. Elle ne comprenait pas, elle se méfiait et, en même temps, elle se sentait remplie de curiosité et un peu de peur devant ce regard. Il ne demandait pas la charité en musique comme les auteurs de l'Armée du Salut. C'était autre chose. Pour cette jeune femme, ce prêtre sincère évoquait un univers vrai, authentique, la figure lointaine, oubliée, regrettée, haïe peut-être, de ce Maître auquel il ressemblait un peu...

– Prenez, dit-elle à son compagnon.

L'homme prenait le papier, y jetait un coup d'œil. Tout en lisant il continuait sa marche vers le café, puis au moment de pousser le tambour, s'arrêtait, revenait sur ses pas, sortait son portefeuille et rendait le papier qui lui brûlait les doigts.

Il brûla les doigts de bien des gens, ce soir-là, sur les Champs-Élysées.

Et puis, l'Abbé entra lui-même dans les cafés de luxe. Possible que son passage gâchât la soirée de ceux-là qui n'aimèrent pas l'allusion aux « dividendes, aux planques, à la rigolade, aux soirées stupides à dix mille francs par tête... »

Ces têtes-là n'aimèrent pas son intrusion, dans leur monde – le monde si bien préservé des riches, – de cet ambassadeur du monde d'en bas. Ils n'osèrent pas demander au garçon d'aller chercher un agent, car l'Abbé était décoré : Légion d'honneur, croix de guerre, médaille de la Résistance. Sa soutane usée, ses sept décorations constituaient, dans l'extrême dénuement de sa situation, son unique protection contre l'hostilité de l'ordre qu'il osait troubler...

Et puis, peu à peu, avec la fatigue, la lente montée du désespoir, la nausée écrasante de l'à-quoi-bon... Cela le prit insidieusement, à l'entrée du boulevard Saint-Germain où il était revenu vers minuit. On lui avait donné un peu d'argent, deux mille francs, qui permettraient de nourrir les vingt malheureux d'Emmaüs un, deux jours. Mais après ? Mais l'immense besoin de la suite des jours... Oh, s'il le fallait, il recommencerait ce service. Ce qui surtout l'emplissait d'angoisse, d'une sorte d'horreur métaphysique, c'était l'inutilité de tout cela : si une vingtaine de malheureux étaient sauvés provisoirement, que pouvait-il faire pour la multitude des autres, de ceux qu'il connaissait, de ceux qu'il ne connaissait pas, qui, par centaines de milliers, souffraient en cette même nuit, et continueraient demain et longtemps à se débattre pour eux-mêmes, pour leurs enfants, dans d'atroces conditions de vie, dans la privation, le blasphème, le désespoir ? Il ne pouvait directement rien pour eux, pour ceux-là dont parlait son tract. Le geste de tendre la main pour donner le papier, recevoir un peu d'argent, ce geste qui lui coûtait tant de peine, comme son résultat restait restreint : un acte isolé, un cri perdu, dérisoire, stérile, et le besoin restait infini... Tant de pas, tant de « s'il vous plaît », tant de « merci », pour quelques centaines de francs. Alors qu'il s'agissait de bouleverser l'univers de l'injustice. Et son papier, qu'on prenait par politesse, qu'on parcourait des yeux, et qu'on jetait, pouvait-il espérer qu'il toucherait quelques consciences, et si cela arrivait, quel serait en fin de compte le bilan de cette révolte ? Tout continuerait : égoïsme, souffrances, plaisirs, désespoir ; là, argent qu'on gaspille, ici argent qui manque, indifférence, rires, pleurs, mort... et la vie fermée à la révélation continuerait. Et à qui s'en prendre ? Tant de mal, sans que personne ne fût vraiment coupable. Sauf quelques puissants responsables qui, volontairement, en pleine conscience, par un choix luciférien, préféraient leur bien, même s'ils devaient entraîner la ruine universelle.

Une petite rue adjacente au boulevard illuminé, une petite rue sans magasin, aux volets clos. Dans son obscurité, le Père vint cacher son désarroi. Appuyé au mur, écrasé de fatigue, il inclina la tête, il ferma les yeux dans son absolu abandon, il sentit l'irrésistible accablement qui lui faisait plier les épaules. Mon Dieu !... Mon Dieu !... Il se laissait aller, il perdait cœur, il n'en pouvait plus... Tassé contre le mur aveugle, il pleurait, et ces larmes le soulageaient un peu. Puis il se redressa :

– Non, il fallait que cela fût fait, il fallait, même avec un résultat insignifiant, que ce signe fût donné.

Il sortit de l'ombre, reprit courage, pour une dernière tentative.

Un petit café encore ouvert : les cinémas étaient déjà fermés. Un bistrot presque vide : seul un client et le patron. Le client immobile, l'œil vague, accoudé au comptoir, engourdi dans une rêverie triste.

L'Abbé lui tendit son papier. L'autre, surpris, s'en saisit, lut... et, pendant que le gros patron se plaignait auprès du quêteur des charges, des impôts si lourds qui mettent « sur la paille » les petits commerçants, l'homme solitaire, ayant lu, regardait le prêtre, mais, sans doute par timidité, ne fit pas un geste...

En sortant, l'Abbé s'était retourné : l'homme le regardait encore, et le Père n'oubliera pas ce regard intense, bouleversé, qui sollicitait un dialogue et n'osait...

Le lendemain, le Père trouva dans son courrier un tract : revêtu de ces quelques mots : « Hier, j'ai rencontré un prêtre, boulevard Saint-Germain, et cette rencontre m'a fait faire un retour vers le Dieu de ma jeunesse... Merci. » Pas de signature. L'inconnu du café en était-il l'auteur ? Un modeste billet de cent francs y était joint, plus précieux que des billets plus gros donnés avec indifférence.

Le Père fixa ce papier à son chevet.

Il l'a gardé comme une lettre de crédit sur la providence.

15

Noël à Clos-Fleuri. Le métier de chiffonnier.

Ce bout de papier, le Père l'a gardé, comme si cet inconnu, en l'assurant que son geste n'avait pas été inutile, s'était fait le porte-parole d'une foule d'autres inconnus. C'était la réponse à cet « À quoi bon ? » qui l'avait torturé dans la rue déserte, et l'espoir que son tract, tôt ou tard, porterait fruits. Et les jours suivants, d'autres réponses lui furent données, coup sur coup, qui rachetèrent ses larmes.

Avec la modique somme rapportée par sa quête dans Paris, la communauté put se nourrir quelques jours et acheter de modestes cadeaux pour les enfants de Clos-Fleuri, des ornements pour les petits sapins ramenés de la forêt. Le soir de Noël, le Père partit avec l'équipe faire le tour des roulottes, des pavillons et des tentes.

Le matin même, la famille de Martinet avait emménagé dans le cinquième chalet et le Père ne connaissait pas encore le locataire du quatrième, ce Charles qui détestait tant les curés.

Il gelait, une neige fine était tombée dans la journée. Ils frappèrent aux logis à l'heure où les enfants vont au lit, et comme ils ne pouvaient entrer tous dans les maisonnettes trop étroites, les compagnons laissaient pénétrer le Père, avec deux ou trois d'entre eux qui portaient le sapin. Dehors, les autres entendaient les cris de joie des enfants et, jetant un coup d'œil par les fenêtres, voyaient les visages heureux de ceux qu'ils avaient logés.

On rendit d'abord visite aux familles avec enfants, aux Vatier, à l'Espagnole, à Mme Marchand. Bientôt, le groupe d'Emmaüs se dispersa dans les divers foyers.

Les ménages faisaient connaissance avec les derniers hôtes d'Emmaüs, offraient à boire, et les hommes solitaires prenaient les gosses sur leurs genoux, les faisaient rire, accompagnaient de leur voix maladroite la chanson des bambins. Ainsi d'un bout à l'autre de Clos-Fleuri, dans ce coin perdu, dans les maisonnettes, dans les roulottes et sous les tentes, par l'échange des amitiés et des joies humbles, le passage des ouvriers du Père mettait une atmosphère de fête fraternelle. Et tous prenaient conscience de l'esprit d'Emmaüs qui leur avait donné la sécurité et une dignité nouvelle.

Le Père avait décidé de pénétrer seul chez Charles : si l'homme l'insultait, que personne n'en fût témoin. Tenant le sapin aux branches couvertes de guirlandes, il frappa. La porte s'ouvrit, l'homme, sur le seuil, dévisagea le visiteur.

– Joyeux Noël, dit le Père.

Derrière la silhouette immobile, il vit la femme qui desservait la table, les quatre enfants qui fixaient de leurs grands yeux le visiteur mystérieux, portant l'arbre étincelant de paillettes. Charles dit à mi-voix :

– C'est vous, Monsieur l'abbé ?

Il s'écarta.

– Vous êtes le premier prêtre à qui je laisse passer ma porte. Mais vous, c'est pas pareil. Entrez, Père.

Et lorsque le Père prit congé, vingt minutes après, Charles l'accompagna dans le jardin enneigé, jusqu'à la barrière, et, lui serrant la main, dit :

– Je ne crois pas au Dieu des autres... Pour moi, Père, le Bon Dieu... *Dieu, c'est ce que vous faites.*

Plusieurs des compagnons prolongèrent la veillée chez leurs amis, ainsi Djibouti chez les Vatier. Les autres, fatigués, remontèrent en groupe à Emmaüs. Le Père, partant à son tour pour aller chanter la messe de minuit à la chapelle d'Emmaüs, entra chez les Martinet où la lumière était encore allumée. Les enfants étaient couchés, la mère cousait des rideaux pour les fenêtres ; Martinet, assis devant la table où se dressait le petit sapin, se leva lentement à l'arrivée du Père. Son regard avait une expression un peu étrange, hagarde. L'Abbé vit ce visage crispé :

– Eh bien, qu'est-ce qui ne va pas ?

L'homme ne répondit pas d'abord, son menton se mit à trembler, des larmes emplirent ses yeux, il balbutia :

– Je pensais, Père, que c'est la première fois de ma vie que je suis seul chez moi...

Il était natif du Nord, d'une famille de neuf enfants.

– C'est la première fois, depuis deux ans de mariage, que ma femme et moi, sommes seuls dans une chambre, que nous sommes chez nous. On vivait à dix dans deux pièces avec les frères et les parents. Jamais, je n'ai pu me trouver seul avec ma femme sauf en été quand on s'en allait la nuit dans les champs... Vous nous avez sauvé de la honte et du dégoût de nous-mêmes.

Mais la parole de salut, du salut matériel d'Emmaüs, ce fut le dernier venu, Philippe le chiffonnier, qui la prononça quelques jours plus tard.

29 décembre. Après Noël, de nouveau la privation noire. Le Père repartit mendier. Il rentra exténué vers sept heures. Dans l'escalier, il rencontra le vieux Philippe qui balayait les flaques de neige.

– Veux-tu venir un instant ? lui dit-il.

Ils entrèrent dans le bureau froid. Le Père vida ses poches sur la table, et ils comptèrent le tas de billets et de pièces : 1 300 francs.

– Cela suffira peut-être pour ce soir et demain. Veux-tu porter cela à Alexandre, le cuistot, et qu'il aille acheter des sardines, du pain et un peu de vin qu'on coupera d'eau.

Pendant le maigre repas qu'il prenait parmi eux au réfectoire, le Père regarda chacun de ses compagnons, tour à tour, d'un long regard plein de son affection angoissée :

Djibouti, « l'Ours », le silencieux, devenu le plus ancien après le départ de Bastien pour l'hôpital ; Filot le colonial, autrefois riche à millions ; Jacquet, le jeune ouvrier chômeur, obligé, comme deux autres camarades, de se séparer de sa famille par manque de logis ; le petit Dédé sans famille et Pierrot qui avait fui la sienne, la brutalité d'un père ivrogne. Les apatrides, réfugiés politiques sans permis de séjour, les deux Espagnols exilés par un gouvernement de droite, et Kurt, ancien professeur en Europe centrale, fuyant un gouvernement de gauche. Raoul, l'ancien délinquant, Serge qui, au retour de Buchenwald, avait repris son poste de comptable et avait puisé dans la caisse ; les trois rapatriés d'Indochine ; Gabi avec son visage d'artiste, dont le Père ne savait rien sinon qu'autrefois il avait connu une certaine gloire au théâtre, sous un autre nom, et Lurçon « l'Aristocrate », toujours soigné, et qui ne pouvait s'habituer à tutoyer ses camarades ; Alexandre, le cuistot, autrefois courtier en laine, que le départ de sa femme avait tellement désespéré qu'il avait renoncé à sa situation, s'était laissé couler et reprenait ici son équilibre ; et « Patoche », (le Père ne savait que son surnom) le noyé repêché juste à temps ; et le nègre américain, Donat, peut-être un ancien déserteur ; Denis, le séminariste, qui, en s'engageant dans un élan de dévouement, n'avait peut-être pas pensé que les épreuves seraient si dures ; Philippe, le chiffonnier, et les trois ou quatre vieux qui avaient préféré une précaire liberté à l'hospice...

Le Père se refusait à les appeler des déchus, des coupables, des ratés, des clochards ; il voyait en eux surtout des victimes de la guerre, de l'injustice sociale, de la maladie, d'un foyer détruit, de leur hérédité, de leur éducation – des hommes frappés par le malheur, voilà, ce qu'ils étaient pour lui, et toujours, malgré tout, dignes de confiance. Quelques-uns alcooliques, d'autres anciens délinquants, d'autres encore incapables de s'adapter à un travail régulier : la société leur avait refusé toute chance de salut. Mais le Père ne les jugeait pas ainsi : pour lui, un homme n'était jamais perdu ; il faisait confiance à l'âme qui vit sous la gangue de leur pauvre apparence. Si humains, pensait-il, si reconnaissants, bien qu'ils disent rarement « merci », si dévoués, si amicaux, tellement plus généreux au fond (rendus par leur propre souffrance plus perméables à la souffrance des autres) que tant de gens qui se disent « bons chrétiens ».

Et maintenant, songea le Père en regardant ces visages d'enfants désemparés, que faire ? Les constructions sont arrêtées, je ne peux plus les nourrir. Les renvoyer demain ? Pour aller où ? à la rue, où ils seront arrêtés pour vagabondage ? à l'oisiveté avilissante de l'asile ? Les renvoyer à la solitude misérable, après leur avoir offert un peu de chaleur, de sécurité, d'amitié, de travail : un foyer ? Eux qui disent : « Le Père, c'est un sincère, il mange avec nous, dort sur la dure comme nous, travaille avec nous »... Vais-je décevoir leur confiance ? Demain, si aucun secours n'intervient, faudra-t-il leur dire : Nous n'avons plus rien, il faut nous séparer ?

Le lendemain matin Philippe, dit Raspoutine, frappa à la porte du bureau :

– Père, dit-il de sa grosse voix rauque, je suis peut-être un pauvre type, mais je vois clair...

– Que veux-tu dire ?

– Ben, j'ai bien compris comment vous avez fait hier pour nous donner à manger...

– Inutile d'en parler... l'essentiel est...

– Justement si, Père, faut en parler. En m'accueillant vous avez sauvé un homme, aujourd'hui je veux vous aider à en sauver d'autres.

– Comment, Philippe ?

– Permettez-moi de refaire ce que je faisais avant.

– Quoi donc ?

– J'étais biffin.

Chiffonnier... un de ces pauvres bougres qu'on voit au petit jour, avant que ne passent les camions de la voirie, fouiller dans les poubelles avec un crochet, enfouir leur répugnant butin de chiffons, d'os, de papiers, d'ordures, dans un sac crasseux. Comment peut-on vivre de ça ? de cette besogne misérable qu'il appelle un métier ? Et il parle « d'aider le foyer » !

Sans y attacher grande foi, le Père le laissa aller, descendre dans le petit jour glacé vers Paris, où il allait tenter, avec un crochet de fer, sa chance plus précaire que celle du mendiant.

Le soir, Philippe était de retour, il posa sur le bureau de l'Abbé un billet de cinq cents francs.

– Voilà pour le foyer, Père, ce que j'ai gagné.

– Avec ta... biffe ?

– Oui, Père, et j'ai encore un sac plein.

– Mais alors, c'est sérieux cette affaire de poubelle ?

– Ben, je vais vous expliquer : être biffin ou chiffonnier, ce n'est pas toujours ce qu'on croit : gagne-petit de clochard. Ça peut prendre aussi un autre nom : la récupération, l'une des sources de matières premières pour l'industrie. Il faut avoir la technique et s'organiser, vous comprenez ? Ne pas bricoler en petit, mais passer à l'échelon au-dessus, pouvoir stocker, se passer d'intermédiaire, faire le gros.

L'Abbé comprit que peut-être le fameux quart d'heure de retard de la providence venait de s'écouler avec le dernier jour de l'année.

– Mais à qui as-tu revendu le produit des poubelles ?

– Je connais des brocanteurs et des demi-grossistes. Si ça vous intéresse, je vous passerai les adresses...

Et Philippe initia le Père aux particularités du métier de chiffonnier qui comporte deux spécialités principales : la chine et la biffe.

– Ma spécialité, c'est la biffe, la fouille des poubelles. Pas parce que j'aime ça plus que la chine, mais je suis pas organisé. Le biffin solitaire, sans coin pour trier, nettoyer et stocker la marchandise, dépend des demi-grossistes et ne gagne pas lourd. Mais il est bien obligé de passer par là : les fabriques n'achètent pas le chiffon, le papier, le métal au kilo, mais par tonnes. Le prix peut aussi passer du simple au double : en vrac, le papier se vend quatre francs. Trié, emballé par tonne : dix francs et plus le kilo. L'isolé comme moi n'est pas de force, il ne peut pas discuter ses prix, et souvent le fouilleur de poubelle n'est qu'un pauvre bougre d'ivrogne qui, pour un sac plein, est trop heureux de recevoir un litre du demi-grossiste qui lui, peut s'enrichir et vite... Le chef d'un groupe de chiffonniers qu'il exploitait, est devenu millionnaire en trois ans. Millionnaire avant-guerre... À côté des fouilleurs piteux, s'organisent ainsi des équipes de jeunes, rapides, âpres, habiles, des drôles de spécialistes, de vrais récupérateurs : ils travaillent en famille, stockent, réparent, trient, revendent eux-mêmes, du détail et du gros. L'hiver, la poubelle... l'été, on les voit à Biarritz, roulant Cadillac, je n'invente pas... Ils réparent les vélos laissés pour compte et trafiquent les autos d'occasion. Par là-dessus, de l'élevage de volailles, et des cochons qu'ils engraissent avec les trognons de choux, les épluchures, les croûtons, les os, le pain moisi. Les bouchers leur abandonnent les viandes défraîchies, les épiciers les légumes et les fruits avariés. Je connais un vieux chiffonnier, peu raffiné bien sûr, qui ne se nourrit que du butin des poubelles. À peu près tout le contenu d'une poubelle peut être récupéré : les métaux, le platin (c'est les boîtes de conserve), le chiffon, le papier, le verre, le caoutchouc, les os, les légumes, le pain. On laisse seulement la cendre, le plâtras, et les restes trop avariés.

– Et la « chine » ?

– C'est la récupération dans les maisons.

Au cours des années, dans les greniers, les débarras, les caves, dans les recoins des appartements, misérables ou cossus, des objets délaissés, autrefois utiles et précieux, meurent de la mort lente des choses : miroirs ternis et fendus, statuettes noirâtres reçues par héritage ou en cadeaux de noces, fauteuils aux pieds cassés, rideaux dévorés de mites, collections de revues anciennes, livres grignotés par les souris, vêtements hors mode, lambeaux d'atours inutilisables, effarants bibelots de la belle époque, cadres écaillés, boîtes, caisses, tout cela que rongent le temps, les vers, les rats, et qui s'en retourne à la poussière originelle : voilà le filon, le trésor du chineur. Il n'y a pas si longtemps, on entendait son cri résonner dans les ruelles et les cours, son cri mélancolique, modulé comme une phrase de plain-chant : « Chiffon-ferraille à vendre. » S'il ne chante plus, il passe toujours, frappe aux portes, montant et descendant les escaliers : le client va déménager, ou a besoin d'un peu d'argent, ou simplement son regard vient de découvrir ces objets qui, toujours présents, échappaient depuis des années à son attention, et qui, soudain, l'encombrent. On peut encore en tirer parti... La vieille demoiselle dans le besoin attache, au moment de s'en séparer, une valeur immense à son dessus de cheminée, une bergère de bronze « artistique », souvenir de ses parents ; mais la valeur sentimentale ne correspond pas à la valeur marchande. Elle s'effare du prix dérisoire qu'en offre le chineur. Parfois, on demande à celui-ci de débarrasser une cave poussiéreuse où le propriétaire n'a pas le courage de se salir les mains. Il arrive que l'homme se paie par ce butin dédaigné, et qu'on lui donne même un pourboire pour ce service.

Dans son sac, dans une voiturette d'enfant, sur la carriole à bras, souvent dans sa camionnette, le chineur emporte son butin hétéroclite. Il réparera ce qui est réparable, le remettra dans le circuit de la vente au détail : marché aux puces, brocanteur, magasins d'occasions ou bien, ayant cassé l'objet, séparé le métal du bois, du cuir ou de la matière plastique, ayant trié le chiffon, le papier (et plus ce tri est poussé, plus le prix de vente sera intéressant), il revendra ces matières premières aux grossistes, ou directement aux fabriques à des prix qui ont leur cours officiel.

Exposant les particularités du métier de biffin et de chineur, Philippe omettait divers détails que le Père et ses hommes apprendraient par la pratique, et au cours d'expériences parfois pénibles.

D'ailleurs le Père n'était pas assuré que le métier fût si rentable, mais l'expérience valait d'être tentée.

– Père, si vous voulez, demain nous partirons à plusieurs, c'est le nouvel an, sûrement il y aura du « beau » dans les poubelles.

Les lendemains de fêtes, le chiffonnier reçoit en cadeaux, de milliers d'anonymes, les bouteilles vidées dans la nuit, les boîtes de conserves parfois encore pleines, des objets jetés parce que les cadeaux nouveaux les remplacent, des vêtements, des bijoux, des clés perdues aussi (que l'on rend et en retour on reçoit souvent un bon pourboire), des vases cassés... Il se passe tant de choses aux veilles de réveillons, et le chiffonnier, ce prospecteur de trésors dédaignés, fait souvent d'étranges trouvailles qui donnent à ce métier hasardeux un cachet d'aventures.

– Je prendrai peut-être Djibouti qui est aussi un ancien cloch' et un jeune, Dédé, s'il veut bien. Nous resterons dans la banlieue, Paris est trop loin.

Le lendemain, la communauté dormait encore quand Philippe et ses deux apprentis biffins quittèrent Emmaüs, avec leurs sacs et descendirent vers le centre de la cité de banlieue. Le jour suivant, ils partirent à quatre, poussant une voiturette d'enfant.

Le quatrième jour, le Père put dire :

– Il n'y a plus de problème.

Si, il restait des problèmes, des quantités de problèmes.

Le cinquième jour, un accrochage.

16

La fouille des poubelles. Un « accrochage ».

Le jour n'était pas encore levé quand ils descendirent l'avenue. La neige, à demi fondue la veille, avait gelé dans la nuit, et la boue craquait sous les pas des cinq compagnons. Le milieu de la chaussée était noir, mais sur les bords s'amassaient des tas d'écume qui luisaient faiblement dans la lumière des lampes électriques. L'avenue bordée de maisonnettes, de villas sans lumière, s'enfonçait dans le brouillard vers le carrefour ; sur les trottoirs, entre les bandes de neige, se creusait un sentier verglacé où les gens, devant leur seuil, avaient jeté du sel et de la cendre.

Les biffins d'Emmaüs traversèrent silencieux la cité de banlieue endormie, poussant péniblement dans les ornières durcies la voiture d'enfant. Guidés par Philippe, ils se dirigèrent vers le quartier commerçant, par-delà le pont. Invisible sous la brume, l'eau lourde bruissait doucement contre les piliers, faisant monter des bouffées de froides odeurs de marécage.

Un clairon enroué se mit à sonner faiblement vers le fort, et, quelques minutes après, la sirène de l'usine d'armement.

– Je connais au carrefour de la route nationale un petit bistrot ouvert à sept heures, dit Philippe au groupe silencieux. On prendra un verre pour se réchauffer avant de commencer le boulot.

Ils accélérèrent le pas, aperçurent bientôt dans un halo la lueur bleutée du premier tube au néon au bord de la nationale, et s'engagèrent sur la vaste place du carrefour.

Le col relevé, le sac sur les épaules pour se protéger du froid humide, Philippe et le petit Dédé allaient devant. Djibouti et Denis le séminariste suivaient, la main sur la poignée glacée de la poussette dont une roue grinçait à la cadence de leur pas. Raoul, l'homme à la médaille tatouée, traînait en arrière, mâchonnant des rêveries amères.

Sur la chaussée crissante, les autos filaient en trombe vers Paris, de plus en plus nombreuses : de grosses voitures d'hommes d'affaires, de patrons, de grands employés, des camions en retard pour l'ouverture des Halles, et des fourgonnettes de jardiniers, de fromagers de la Brie.

À cent mètres, le foyer rougeâtre du premier bistrot ouvert...

Sur le trottoir, Djibouti s'arrêta un instant, sa jambe commençait déjà à « tirailler ». Il alluma une cigarette, en tendit une à Raoul. Celui-ci suivait des yeux un autobus roulant vers la capitale, un sourire crispé sur son visage maigre et violet de clown triste ; ses yeux plissés riaient... riaient vraiment en regardant la grosse voiture verte disparaître dans le brouillard. Djibouti comprit ce sourire de l'ancien prisonnier : aller dans Paris, s'enfoncer dans l'épaisseur de la ville, marcher librement dans les rues : là seulement, la liberté a un sens.

– Tu parles !

– On n'est pas si mal à Emmaüs.

– C'est pas ce que je veux dire.

Ils se remirent en marche vers le café rouge, Raoul poussant la voiturette aux côtés de Denis, sur les pavés glissants qui succédaient à l'asphalte.

– La ville m'étouffe, dit Denis.

– Toi, tu es un petit cul-terreux, dit Raoul... Un petit curé cul-terreux.

Puis il donna un coup de coude au garçon qui se taisait et ricana sans méchanceté :

– Je te dis ça pour blaguer... Faut bien te dessaler un peu.

– Je sais bien, dit Denis, et tu as raison en un sens : je ne connais pas la ville, c'est vrai que je dois me dessaler, comme tu dis.

En vidant son rhum, Philippe expliqua qu'il connaissait le « placier » du coin qui ne venait guère avant sept heures. Les voitures de la voirie passaient environ une heure après.

– Le placier ? demanda Denis.

– Le biffin régulier, avec une autorisation de la mairie de fouiller les poubelles : il a un tapis, un sac, ou un carré de toile cirée pour étaler sur place le contenu. Chacun a son secteur. Remarque que j'ai ma carte pour Paris, donnée par la préfecture de Police, mais mon secteur est sur Ranelagh-la-Pompe. Le beau quartier, plus riche qu'ici. Elle n'est pas valable en banlieue. On va s'activer, pas besoin d'avoir des histoires avec le régulier et les boueux. Il y a déjà des poubelles qui font sentinelle.

Ils vidèrent leur verre et se partagèrent en deux équipes : Philippe et Dédé sur le trottoir de gauche, Djibouti et Raoul sur celui de droite.

– Toi Denis, t'es un délicat, dit Philippe avant de se séparer, ça te dégoûterait de fouiller les poubelles, tu suivras avec la poussette.

– J'ai manié le fumier dans la ferme de mon père, dit le séminariste, et il ne faut pas penser que c'est de l'ordure, mais de l'argent pour Emmaüs.

– Moi, je pense toujours au gars qui a trouvé un collier de perles de treize mille francs.

– Il l'a rendu ? demanda Denis.

– Bien sûr... bien sûr... dit « Raspoutine », avec un petit rire... assez parlé, au boulot.

Chaque équipe emporta trois sacs. À la main, et au crochet, les biffins se mirent à explorer rapidement le contenu des boîtes : si cela en valait la peine et si elle n'était pas trop lourde, ils la retournaient sur le sac posé à terre, étalaient les détritus, triaient le « beau ». Plus souvent, ils l'écumaient sans la basculer, extrayaient chiffons, papiers, boîtes de conserves, bouteilles, écartaient les ordures ménagères. Le sac, une fois rempli, ils le portaient sur la voiturette.

Ils firent ainsi une partie du boulevard. Plus loin, le contenu des boîtes changea : après les rues commercantes et populaires, ce fut les quartiers bourgeois. Ils trouvèrent des reliefs de repas plus riches, os de poulets, restes de gâteaux, fruits à demi pourris, et quelques jouets déjà cassés et dédaignés, des bouquets de jasmin, de roses, qui offerts pour le nouvel an, cinq jours auparavant, s'étaient fanés.

– De l'ordinaire, grogna Philippe. Prenons toujours les pommes.

Et comme Dédé faisait la moue il ajouta :

– Tant que tu n'auras pas mangé de ce que tu as trouvé dans la poubelle, tu ne seras pas un vrai biffin...

Les lampadaires s'éteignirent, le jour était blême. Le ciel restait lourd, annonçait la neige prochaine.

Devant une pharmacie, ils découvrirent un petit coffret laqué, noir et or, en apparence intact, vide, seule la serrure était cassée. Trois maisons plus loin, une vieille machine à écrire ancien modèle, 1910, avec des touches qui manquaient... Ils la portèrent sur la voiture. De l'autre côté de la rue, Djibouti et Raoul récupéraient une trottinette à pédale, un sac de dame encore utilisable, un pantalon, un petit cadre en cuir pour photo.

– Ça commence à rendre, je le sens, je le sens venir, mon collier à treize mille balles, grommelait Philippe.

La fièvre du prospecteur avait aussi saisi Dédé : à peine le couvercle soulevé, il plongeait sa main dans l'amas douteux de chiffons graisseux et d'épluchures. Soudain, le gosse poussa un cri.

– Bon Dieu ! dit Philippe, j'avais dit de me laisser d'abord déblayer avec le crochet.

Dédé avait retiré sa main où un tesson de bouteille était encore enfoncé dans la paume, le sang se mit à couler lentement.

– Faut te laver en vitesse... ça peut s'infecter.

C'est alors qu'au bout de la rue, le placier parut. Dans la fièvre de la quête, les biffins d'Emmaüs avaient perdu la notion du temps.

Huit heures et demie. Un petit bonhomme à barbiche, à lunettes, qui eût ressemblé de loin à un bureaucrate, n'étaient son sac, son crochet, son manteau sale et sa casquette. Il fixait, immobile, Philippe et Denis, puis son regard se porta vers l'autre équipe.

– Autant discuter, dit Philippe.

Il s'avança :

– Salut Antoine.

L'autre lui répliqua vivement :

– Qu'est-ce que tu fous ici, Philippe, ton coin, c'est pas la Pompe ?

– Si, mais je vais te dire...

Le placier jeta un coup derrière lui, puis, sans méchanceté :

– Sacré couillon... tu tombes bien aujourd'hui, c'est lundi, ma femme m'accompagne... Elle s'amène, tu la connais...

– J'insiste pas, dit Philippe, je suis dans mon tort, je te dois un litre, Antoine.

Il fit demi-tour et cria :

– Allez, les gars, on plie bagage...

Dédé empoigna le sac de sa main ensanglantée. Ils traversèrent la rue, se dirigèrent vers Djibouti.

– Fini pour aujourd'hui, dit Philippe.

Denis fit virer sa voiture.

– Non mais... cria derrière eux une voix de femme. Ils vont filer ! Bande de salauds... revenez voir braconner dans le coin...

Le bruit du moteur couvrit sa voix : la voiture de la voirie tournait le coin de la rue. Ce n'était pas comme les modernes « SITA » de Paris, ces énormes coffres clos dans lesquels les ordures, basculées à l'arrière, sont amenées vers l'intérieur par une grille mobile comme par une mâchoire à monstrueuse dentition mastiquant sa nourriture. Dans la plupart des cités de banlieue, les entreprises de déblaiement utilisent encore un simple camion à benne.

Les deux rippeurs, courant de chaque côté, arrachaient d'un mouvement vif les lourdes poubelles, et les lançaient vers le biffin en bottes debout sur la plateforme au milieu des détritus. Celui-ci les retournait, les renvoyait aussi vite, et la boîte à ordures vide, rendue aux rippeurs, résonnait sur le trottoir comme une cloche fêlée. La voiture repartait vers la porte voisine ; et pendant qu'elle roulait, le biffin faisait un premier écumage rapide, enfournant chiffon, métal, papier, dans les curons – ou sacs – pendus contre la cabine du chauffeur. Ce ramassage se poursuivra pendant le trajet jusqu'au champ d'épandage, et même sur le terrain de la décharge. Le butin sera partagé entre tous les hommes de la voiture, rippeurs, chauffeur, et biffin.

En se retournant, Philippe vit la femme agripper au passage l'un des boueux, un grand maigre en chandail rouge, désigner du doigt l'équipe d'Emmaüs. La voiture s'était arrêtée. L'autre rippeur vint aussi écouter les doléances de la chiffonnière. Ils s'approchèrent tous les trois du chauffeur qui passait sa tête par la fenêtre de la cabine. Le rippeur au chandail rouge leva la main, fit signe à Philippe d'approcher.

– Attendez-moi, dit celui-ci à ses copains, on va s'arranger.

Il haussa, leva les épaules, en grommelant :

– Ça me ferait mal au ventre de leur laisser tout ce butin...

Il s'en fut vers la voiture, mains dans les poches. Penchant la tête, le chauffeur lui dit, comme du haut d'une tribune :

La femme d'Antoine rouspète parce que...

– Oui, cria la chiffonnière, il est venu avec toute son équipe braconner dans notre coin ! Qu'est-ce qu'ils nous ont laissé ?

– T'es biffin ? demanda le chauffeur.

– Oui, dit Philippe, j'ai ma carte.

Il fouilla dans son portefeuille, lentement, pour laisser aux gars le temps de se calmer...

– De toute façon, c'est pas son coin, cria la femme.

Le chauffeur regarda la carte...

– Elle n'est valable que pour Paris.

– Écoute, dit Philippe... si on fait ce boulot, c'est pas pour nous.

– M'en fiche bien pour qui, glapissait la mégère, regardez ce qu'ils emmènent... au moins huit sacs.

– C'est pour le foyer d'Emmaüs, acheva Philippe.

– Pour le foyer d'Emmaüs ? Attends un peu, dit le chauffeur. Pour ce curé qui construit à Clos-Fleuri ?

– Oui, tu connais ?

Je pense bien, mon frangin lui a acheté un lot et s'est bâti là-bas une maisonnette : Charles, si tu connais...

– Oui, je vois.

Mais ça ne nous rend pas ce qu'ils ont biffé sur notre secteur, reprit la femme.

– Ça va, dit le chauffeur à Philippe, donne deux cents francs à Antoine ; mais il faudra dire au duré de ne plus vous envoyer par ici. T'as de la chance d'être tombé sur moi.

– D'accord, dit Philippe, je transmettrai au Père.

Pour éviter le retour de ce genre d'incident et ne pas faire de tort aux placiers et aux boueux jouissant du « monopole » de la récupération dans la rue, le Père décida d'entreprendre la chine. Il fit ronéotyper un petit papier qui, déposé dans les boîtes aux lettres du voisinage, annonça le passage des chineurs d'Emmaüs. À la fin de la première matinée de collecte, Philippe revint avec son équipe en disant :

– Père, il y a tant de choses que je n'ai pas pu tout ramener ; il faut y aller tous.

Alors le Père rassembla les compagnons et partit avec eux. Depuis ce jour de la mi-janvier, la récupération devint l'industrie de base d'Emmaüs, lui permettant, non seulement de vivre indépendant, mais d'aider au financement de ses chantiers de construction.

17

André l'ingénieur.

Le concierge du 7 *bis* relut le petit tract dactylographié qu'il venait de trouver dans la boîte aux lettres de l'immeuble :

« Pour subvenir aux besoins des œuvres du foyer Emmaüs (hébergement de sans-abri, construction de logements, etc.) son directeur collecte : métaux, vieux papiers, chiffons, vêtements, chaussures, bouteilles, etc.

On passera pour le collectage le 14 janvier.

Merci d'avance. »

– Qu'est-ce qu'on fait de ça, dit-il à sa femme, en lui remettant le papier avec le paquet de lettres à distribuer aux étages.

Des prospectus de commerçants, de vente-réclame, il en trouvait des dizaines par mois dans la boîte et les mettait généralement au panier. Mais les notes annonçant le passage de l'employé du gaz, de l'électricité, étaient épinglées sur le petit panneau du vestibule. Dans un cas comme celui-ci, il était perplexe : on ne jette pas un papier d'une œuvre religieuse, ça porte malheur. Je le montrerai à la patronne, dit-il.

Puis tous deux se mirent à trier le courrier :

– Tiens, une lettre d'Argentine pour l'ingénieur, dit l'homme. Je lui demanderai le timbre.

La femme prit le paquet et monta sonner au premier, à l'appartement des propriétaires : Mme Gilbert ouvrit elle-même. Jolie, trente ans, une Méridionale d'humeur bienveillante. Son mari, directeur commercial d'une entreprise d'exportation, s'absentait souvent, roulait la semaine vers les succursales des grands ports.

– Faut-il afficher ça, Madame ?

La propriétaire lut le papier.

– Emmaüs, mais je sais ce que c'est ! Mon mari connaît bien le Père, s'écria-t-elle avec sa pétulance d'Arlésienne... l'Abbé-bâtisseur... Il passera demain... il faudra bien les recevoir... Mais je vais m'en occuper.

Elle garda le papier. La concierge pensa qu'on ne pouvait trouver une patronne plus sympathique, et continua la distribution. En redescendant, elle croisa sur le palier du second, une jeune fille, la fiancée de l'ingénieur : une petite bourgeoise de bonne famille à en juger par sa fourrure. Peut-être une future locataire. Les deux femmes échangèrent un sourire.

André l'ingénieur venait de lire sa lettre d'Argentine ; quand on sonna.

– Je vous apporte, dit sa fiancée en entrant, un livre qui vient de paraître. Je ne l'ai pas lu, le titre m'a paru amusant. Ça vous changera de vos bouquins d'économie politique.

André glissa ses mains sous les manches de fourrure chaude de la jeune fille, embrassa doucement sa tempe parfumée.

– Ne me décoiffez pas, murmura Jeanne.

Puis, s'écartant lentement :

– Je vous emmène déjeuner à la maison, mes parents ne sont pas là... Ou bien, allons au restaurant ? Mais, vous ne dites rien, qu'est-ce qui ne va pas, André ?

Le jeune homme prit la lettre d'Argentine.

– Ça ne s'arrange pas comme nous l'espérions, Jeanne.

– Quoi donc ?

– Notre voyage en Amérique...

– Eh bien moi ça m'arrange plutôt, dit-elle, et ça ne change pas notre projet, nous nous marierons à Pâques et resterons à Paris, voilà tout.

– Oui, ça ne change rien, dit André, mais j'espérais...

– Courir l'aventure ?

Il lui offrit une cigarette blonde, et sortit une bouteille de porto.

– Je ne sais pas ce qui se passe, dit-il, mais je ne me plais plus à la fabrique.

– Oh ! je vous en prie, dit Jeanne d'un ton léger, vous n'êtes plus un étudiant...

Le jeune homme eut un soupir.

– D'accord, j'ai vingt-quatre ans et je suis le fils du directeur, mais je respire mal à la fabrique, physiquement et moralement... l'odeur des détersifs, des essences synthétiques, le travail au laboratoire ou au bureau... Et puis sur l'organisation même du travail à la fabrique, je ne suis pas d'accord avec papa.

– Ne dites pas de bêtises.

– Cette exploitation du personnel... J'ai calculé que sur le prix de vente d'un savon, à la sortie de l'usine, la part de l'ouvrier...

– Ça devient grave si vous y mêlez la politique... Il ne s'agit que de votre part à vous, pour nous faire vivre plus tard.

Elle ajouta en souriant :

– Futur directeur et futur père de nos enfants...

Elle s'approcha de lui, passa la main dans ses cheveux.

– Allez, venez prendre l'air...

– Oui, ça devient grave, dit-il sombrement, votre parfum, savez-vous à quoi il me fait penser ?

– C'est du « Rire de gitane ». À une gitane qui rit, j'imagine.

– Non, à une ouvrière qui ne rit pas. C'est nous qui fabriquons ce parfum et j'ai regardé hier la femme qui le met en flacon. Elle fait ce geste du matin au soir.

Sa main droite mima le geste de prendre un flacon vide, de le tendre à un bec de robinet dont la gauche pressait un levier, de passer le flacon rempli à l'ouvrière voisine qui vissait le bouchon.

– Et ainsi vite, très vite, du matin au soir. Je me demande à quoi elle pense.

– Qu'elle gagne sa journée...

– Oui, de quoi payer ses repas, son lit... et puis après ? La vie, c'est autre chose, c'est avoir le loisir d'en profiter un peu.

Jeanne haussa les épaules.

– Vous m'agacez. Que votre père achète une machine et n'en parlons plus.

– Et la femme sera en chômage quant la machine aura pris sa place.

– Oh assez ! C'est la vie. On n'y peut rien. En attendant, votre ouvrière en parfumerie fait un travail moins désagréable que celui des chiffonniers.

– Bien sûr, il y a des ouvriers plus misérables, c'est ça le terrible.

– Et il faut que je réfléchisse à tout cela en faisant mes achats ? Je n'oserai plus entrer dans un magasin.

– Au contraire, votre rôle consiste à acheter le plus possible.

– Parce que mes parents sont riches... C'est un mal d'être riche ?

Il dit :

– Peut-être...

Ils se regardèrent fixement... Un petit silence, cinq secondes d'un silence aigu, très dur, comme une lame tranchante qui sépare avec douleur deux caractères, deux destinées...

– À cause de ce parfum, et parce que j'aime le luxe, vous me détestez, dit Jeanne à mi-voix en baissant la tête.

Elle aimait à mettre ainsi les choses au point, la situation au clair, créer de l'irrémédiable.

– Pourquoi, mon Dieu ?

Mais, dans la voix toujours nette, un désarroi... Sa main gantée esquissa un petit geste inattendu, ridicule, attendrissant, dont André se souvint par la suite. Elle se pinça délicatement le nez, recueillit une petite goutte claire comme une larme...

– Je m'étais parfumée pour vous, et vous me détestez.

– Mais, qu'est-ce qui se passe, s'écria soudain André, qu'est-ce que vous dites que je vous déteste, ma chérie ?

– Je ne suis pas votre ché...

Il l'embrassa sans qu'elle se défendît.

– Non, non, je ne vous déteste pas... ce parfum, vous avez bien raison de le mettre.

– D'autant plus que c'est vous qui m'en avez fait cadeau.

– Et bien raison d'être jolie.

Il l'embrassa encore.

– Je suis un sauvage. Oui, c'est vrai, un sauvage : je rêvais de partir sans un sou pour l'Argentine, et d'y faire fortune pour vous.

– Vous êtes un fou.

– Et j'oubliais de vous remercier pour le livre. En descendant, ils aperçurent sur le panneau d'affichage, au rez-de-chaussée, deux petits papiers, fixés par des punaises. Le premier, sur une feuille de papier à lettre rose à gros grain, portait un dessin à l'aquarelle ; à l'intérieur d'un cœur, une maisonnette à toit rouge, géométrique, stylisée comme par un enfant, avec un gracieux tire-bouchon de fumée sortant de la haute cheminée, des rideaux aux fenêtres. Et de chaque côté, un petit bonhomme traînant une charrette à bras chargée, et deux autres portant des sacs. En dessous, la légende : « Si votre cœur n'est pas dur... Donnez aux œuvres d'Emmaüs. » Mme Gilbert s'était appliquée, elle avait pris la règle, et tracé en lignes régulières les tuiles du toit, les briques des murs... Épinglé sous ce dessin, ils lurent le tract tapé à la machine, annonçant le passage des chiffonniers.

– Qu'est-ce que c'est ? dit en souriant André.

Le soir, après avoir lu un chapitre d'un traité d'économie politique intitulé : « Communisme et Capitalisme », André délit la bande du livre offert par son amie, ouvrit au hasard. Le bouquin livra ce passage :

« On imagine assez peu le nombre de ces êtres humains à bout de ressources et de souffle, qui s'éteignent en cachette, se terrent dans leur trou pour se voir mourir... Il faudrait consulter les registres des commissariats, faire les chiens crevés, établir des dossiers. Seules trois lignes de faits divers les signalent, et encore, pas tous. Femme paralysée, et trop faible pour appeler, grignotée vivante par des rats sur son grabat obscur, appréhendant, entendant, voyant, puis sentant leur présence qui fait hurler l'œil. Pauvres vieux et vieilles morts solitaires dans un état de dénuement physique incroyable et un décor infernal de noirceur, de puanteur, et de terreur... Suicidés dont on ne signale la disparition que bien trop tard, averti par des odeurs insolites traînant sous les portes. Clochard saisi par le froid sous des sacs et des planches de son clapier, au fond d'un terrain vague, épouvantail raide et barbiflard dont le regard de la mémoire ne peut plus se détourner. Fou musicien mort d'inanition et de dignité dans sa mansarde, auprès des gouttières et des géraniums, couché et bien bordé dans ses couvertures... Fille blonde et grasse qui louchait, assassinée de sa propre main par une aiguille à tricoter, en voulant tuer sa “faute”.

... Mais il n'est pas besoin d'attendre la mort pour entrer de plain-pied dans l'horreur de certains habitacles. Bon nombre de célibataires, et solitaires (de couples aussi), vivent dans un terrier humain, ou dans une pièce obscure sans fenêtre, sans vasistas (si ce n'est une vitre découpée dans le plafond scellée par le temps et la poussière) et devant laisser ouverte la porte de temps en temps, pour y voir assez clair et se livrer à des travaux de couture indispensables : rue Visconti, rue des Hautes-formes, passage de l'Avenir, de la Trinité... [1] »

– Rue Visconti... pensa André, c'est à deux pas de chez Jeanne ; elle ne sait pas... Moi non plus, je ne sais pas si à deux pas d'ici...

Il ferma le livre, éteignit la lumière, mais le sommeil ne venait pas. Pourquoi ce malaise, ce tourment, que ni ses parents, ni Jeanne ne pouvaient comprendre ? Que voulait-il au juste ? Le jeune homme ne s'en rendait pas compte lui-même. Était-ce seulement le goût de l'aventure exotique qui l'avait poussé à écrire en secret en Argentine ? Ou le besoin de partir à zéro, de prouver ses forces. D'échapper à l'étouffement d'un bonheur bourgeois qu'on n'a pas mérité, à l'obscur remords de ne rien devoir à soi-même, mais à sa famille riche, à la peur d'être englué dans l'égoïsme de ce milieu de privilégiés et de devoir étouffer ce besoin généreux de justice et de sacrifice ? Ces sourdes aspirations étaient-elles de la folie, comme disait Jeanne ?

Dans la chambre flottait le parfum tenace du « Rire de Gitane ». Il se leva, ouvrit en grand la fenêtre, aspira une gorgée d'air glacé comme on boit de l'eau. Mais, à la pureté de la bise du Nord, se mêlait l'odeur de fumée de charbon des usines d'Aubervilliers. Il neigeait sur Paris, sur la banlieue, sur les abris des hommes, sur les épaules des hommes.

---

1. J.-P. Clébert, *Paris insolite*, éditions J'ai lu, 1961.

18

La « chine » passe... Un cas de conscience.

– Le Père n'est pas venu lui-même ? demanda Mme Gilbert très déçue.

– Il est parti avec une autre équipe, répondit Filot, qui ajouta après un coup d'œil au grenier :

– Il faudra faire au moins deux voyages.

Mme Gilbert avait mis une blouse blanche, pour fureter dans les coins où elle n'avait jamais pénétré, elle était contente de découvrir toutes ces choses laissées dans les combles par l'ancien propriétaire. Deux lits-cages, des chaises crevées, une baignoire écaillée, des amas de livres, des caisses d'étoffes, de vieux tableaux.

– Vous allez vous salir, Madame, dit Filot.

Elle rit. Elle s'amusait, ouvrait des malles, en tirait des chiffons, des journaux datés de 1925.

– Je n'étais jamais montée ici, dit-elle, mon mari a hérité de la maison, il y a trois ans. C'est curieux comme tous les greniers se ressemblent. C'est tout à fait comme dans celui de mes parents, à Arles. J'ai l'impression que je vais découvrir le fauteuil de ma grand-mère... Oh, mais regardez ça, c'est inouï.

Les quatre chineurs la rejoignirent. Au fond, sur une grosse poutre qui traversait les combles, une douzaine d'oiseaux empaillés sur leur socle. Un perroquet au ventre bleu et violet, le dos gris de poussière, trônait entre des oiseaux plus petits, choucas, canard sauvage, sarcelle, merle, coucou, gelinotte. L'artiste empailleur avait tenu à donner aux animaux des attitudes « vivantes », du « mouvement ». Bec ouvert, la tête dressée dans le défi, ou baissée pour prendre l'envol, les ailes entrouvertes ; les volatiles perchés sur les poutres regardaient de leurs yeux de verre approcher la petite dame blanche et les quatre chiffonniers. Le choucas n'avait qu'un œil qui brillait d'un éclat doré, dans le noir des plumes.

– Je me souviens maintenant, murmura-t-elle, que mon mari m'avait parlé de cet oncle chasseur... mais le perroquet ?

Songeur, et cachant sous son gros bec jaune un rictus amèrement ironique, le grand perroquet bleu semblait planer dans la pénombre. La lampe électrique à l'entrée du grenier faisait étinceler les plumes sous les ailes et sur le poitrail.

– Il n'a tout de même pas tiré ce perroquet à Fontainebleau... dit Mme Gilbert.

Elle recula lentement, son excitation tombée. Un malaise, une angoisse la saisirent à l'improviste, entre cet oiseau maléfique et ces hommes patibulaires. Elle recula entre les caisses, balbutiant :

– Je vous laisse travailler. Tout cela est à vous. Il y a encore la cave. Vous viendrez me voir avant de repartir.

Et elle descendit en courant vers la lumière...

– C'est marrant, les choses qu'on trouve, dit pensivement Filot.

– Allons-y, d'abord le plus lourd, la baignoire...

– Savoir si la carriole résistera, dit Lurçon, l'Aristocrate.

Denis et Gabi se saisirent des pieds arrière.

– J'aurais cru qu'elle était plus lourde, dit Denis.

Lorsque le lent cortège tourna sur le palier du second, Mlle Lucienne entrouvrit sa porte et dit :

– Vous passerez, nous avons quelque chose pour vous.

– Oui, dit Filot, on fait aussi les appartements. On sonnera tout à l'heure, ou peut-être cet après-midi.

Le grenier débarrassé et la carriole chargée à casser les ressorts, il restait des sacs à remplir.

Denis et Filot sonnèrent au troisième. André ouvrit sa porte. La jeunesse de Denis le surprit : un copain de son âge, même plus jeune, faisant le chiffonnier ?

– Mes parents sont absents, dit-il, et dans ma chambre, je n'ai pas grand-chose à vous donner, que quelques bouquins...

– Ça ne fait rien, dit Denis, excusez-nous.

– Attendez, entrez.

Il leur ouvrit la porte. Filot et Denis entrèrent. Vestibule luxueux, mais rien à chiner dans la petite pièce d'étudiant, où le seul luxe était une reproduction d'un Renoir et un tapis jeune et rouge couvrant le lit : des livres, sur tout un rayonnage couvrant un pan de mur au fond.

– Je n'ai que du porto, disait André.

– Ça n'est pas la peine. On est un peu pressé.

André remplissait les trois verres, il avait envie de bavarder avec Denis, de lui demander comment il en était venu là, à faire ce bizarre métier, si jeune, si délicat, auprès de l'autre chiffonnier, au visage bouffi, mal rasé, son père, peut-être ?

Étrange, cet intérêt qu'il éprouvait depuis quelque temps pour les autres hommes, pour leurs conditions de vie. Il demanda :

– Vous êtes chiffonnier ?

– Oui, dit Denis en souriant.

– De métier, je veux dire ?

– C'est notre métier à tous, à Emmaüs.

– Mais avant ?

– Oh ! moi dit Filot après un moment de silence, j'étais patron d'un comptoir à Madagascar.

– Et moi séminariste, dit Denis. Chiffonnier volontaire.

Il y eut un silence.

– Les copains attendent, dit Filot.

Brusquement, André alla à la bibliothèque et ouvrant les bras rafla tous les livres d'un rayon : quelques-uns tombèrent que Denis ramassa. Il lut sur la couverture : *Composés chimiques des savons. Alcaloïdes utilisés dans l'industrie des parfums industriels. Qu'est-ce que la productivité ?* Puis *L'homme et sa destinée.*

– Est-ce qu'au poids du papier, ça vous intéresse ?

– Tout nous intéresse, dit Filot, quand on peut en tirer quatre sous. Emmaüs vit de ça.

Les bouquins disparurent dans son sac, heurtant le plancher avec un bruit sourd quasi funèbre...

– Allez... grand nettoyage... aidez-moi... dit le jeune homme à Denis. Second rayon !

– Si vraiment vous n'en avez plus besoin...

– On croit qu'on va en avoir besoin jusqu'au jour où... Prenez.

En serrant la main sur le palier aux deux biffins chargés des sacs remplis de ses livres, il demanda :

– Mais qu'est-ce que c'est, cette entreprise d'Emmaüs ?

De sa main libre, Filot fouilla dans la poche intérieure de son manteau, lui tendit le tract du Père. « Pour eux à quoi bon vivre encore... »

–Tenez, lisez ça... Au revoir et merci.

Sur le palier du second, Mlle Lucienne, qui guettait leur passage, ouvrit sa porte. Elle tenait une pendulette Second Empire, ornée d'une statuette de bronze.

– Dites-moi, combien donneriez-vous pour cela ? ...

Filot, courbé sous le sac, la regarda de biais.

– Rien du tout, Madame, nous n'achetons pas.

Et il continua son chemin.

Peu avant midi, la vieille fille monta frapper à la porte de M. André :

– Les chiffonniers sont venus chez vous ? Ils m'ont dit qu'ils « n'achetaient pas ». Vous leur avez donc donné vos livres ? C'est ridicule.

Le jeune homme sourit, haussa les épaules. Pendant des années, on croit que les choses sont nécessaires, et brusquement... Il tendit le tract. Elle lut avec de brefs hochements de tête, murmurant de temps à autre.

– Évidemment... Évidemment, je comprends...

– Ils doivent revenir cet après-midi...

– Je vais voir ce que j'ai de trop.

Elle descendit, mal à l'aise, l'appétit coupé ; elle éteignit le réchaud et regarda son logement. Elle le regarda avec des yeux neufs, comme si chaque accessoire du décor de sa vie venait d'acquérir soudain une valeur très précieuse et menacée : le lit avec le couvre-lit ouvragé par sa mère, le secrétaire marqueté, surchargé de bibelots dont une pendule Second Empire, ornée de l'ange du silence de Clodion ; la bibliothèque avec les six volumes de l'Encyclopédie Larousse, achetés péniblement à crédit avec ses gains de professeur dans un collège libre ; le tapis, le fauteuil avec le coussin en cuir de son père, un petit vase japonais, le lampadaire à pied, les deux tableaux, dont l'un était un original, œuvre d'un ami, peintre de la Creuse, le petit poste de radio, le fourneau... Puis, dans la petite cuisine, les ustensiles indispensables... Indispensables... Tout était indispensable. L'objet le plus précieux était un petit crucifix en or orné de rubis, fixé à la tête de son lit. Tout à l'heure, brusquement, elle s'était décidée à vendre la pendulette à l'Ange, parce que le 15 janvier, le terme réglé, elle se trouvait à court. Cela lui arrivait de temps à autre, et plusieurs fois, elle avait tenté de liquider sa pendulette ; elle l'avait déjà proposée à un horloger, puis à un antiquaire qui l'avaient refusée : ce n'était même pas un Second Empire original, mais une copie, datant de 1900. Un brocanteur lui en avait offert un prix si dérisoire que Mlle Lucienne avait replacé la pendulette sur le secrétaire. Le mécanisme était encore bon mais elle ne se donnait plus la peine de le remonter, et préférait un vulgaire réveil-matin plus pratique... Son regard caressait ces choses reçues de ses parents, ou acquises par de difficiles économies : tout cela qui était son bien, son pauvre petit bien indispensable à un minimum d'aise, de sécurité. Les choses parmi lesquelles on a vécu depuis des années, depuis l'enfance nous protègent de leur amitié fidèle... Non, en vérité, elle n'avait rien à donner.

Le cœur en paix, elle se leva, donna un tour de verrou à sa porte. Aussitôt accompli, ce geste machinal la surprit.

– Pourquoi ai-je fait ça ? Je ne ferme jamais la porte au verrou.

Elle haussa les épaules, luttant contre le retour de la vague de malaise. Décidément, ce passage des chiffonniers, la lecture du tract l'avaient impressionnée plus qu'elle n'osait se l'avouer. Elle murmura :

– Tu vieillis ma fille... À la soupe.

Elle but péniblement un bol de bouillon et, incapable d'avaler quoi que ce soit de solide, se chauffa du café. Puis se mit à corriger des devoirs : elle avait cours de quatre à cinq.

Distraite, inquiète, comme en faute. Pourquoi avoir fermé la porte au verrou, sinon parce qu'elle craignait le retour des chiffonniers ? Elle n'avait pas peur de ces hommes, mais peut-être honte de leur refuser son obole. Non, je n'ai rien, je n'ai rien, je n'ai rien à donner. Sur le secrétaire, le petit ange de bronze, le doigt sur les lèvres, lui paraissait plus charmant que jamais. Ces choses qui sont à nous, cette gentillesse des choses, – cette bonté des objets, – cette emprise insidieuse, – cette odieuse tyrannie des objets.

Soudain, tout changea. Elle pâlit comme prise de nausée. La tyrannie des choses... ce sont elles qui vous possèdent, qui s'accrochent malignement à vous, qui vous entourent comme de perverses manies superstitieuses, vous imposent le goût malsain du passé, la peur de vivre dans le dénuement, du renouvellement de soi-même, la peur de l'avenir. Les choses héritées du passé vous contraignent à persévérer dans votre destinée médiocre, tissée d'aises précaires, de courages à court terme.

Oh ! mon Dieu, que je suis misérable ! Debout, vacillante dans une sorte de vertige, d''écœurement d'elle-même, telle que les choses l'avaient à la longue façonnée, Mlle Lucienne, maintenant, suppliait Dieu d'avoir la force de se renier, de commencer un destin vierge, une vie de joie, de force, de ferveur gratuite dans la pauvreté.

Rien à donner ? Tout, tout ça... Et son regard se porta avec une sorte d'horreur vers l'ange de la pendule, le secrétaire de marqueterie, le coussin, le tapis, le seau à charbon : tout cela qui pouvait servir à d'autres... Les mots du terrible tract lui revinrent à l'esprit :

« Vous tous qui pouvez... Donnez tout de suite, aujourd'hui, chaque jour, tout ce que vous pouvez... »

« Donnez parce que ce soir des bébés pleurent...

« Donnez parce que des pères et des mères blasphèment... »

Elle passa les mains sur ses tempes, moites de sueur. Et le débat cessa d'un coup. Brusquement, il n'y eut plus de problème... la paix de l'altitude.

Le Père contemplait le crucifix en or orné de cinq rubis que Filot venait de lui remettre.

– Estampillé quatorze carats, Père. Si les pierres sont vraies, ça vaut au moins dix mille balles.

– Vingt-cinq mètres carrés de tôle d'occasion pour le toit des Raymond, dit le Père avec un soupir.

19

Affaires courantes. Le compotier.

Dans le bureau, Mademoiselle comptait l'effectif d'Emmaüs au 12 février...

– 26, 27, 28, 29 avec celui qui est arrivé hier soir, le veuf ; cela a presque doublé en un mois. À ce rythme, nous ne pourrons pas tenir, Père.

– Il faudra bien, il faudra bien, murmura celui-ci en ouvrant le courrier.

Une lettre de l'E.D.F. l'informait que si les notes échues depuis décembre n'étaient pas réglées par retour, on se verrait contraint...

Dehors, neige par rafales, mêlée de coups de soleil rapides. Un camion remonta lentement la rue, vira devant la porte et pénétra dans la cour en écrasant le bord du parterre.

– Enfin, voilà Carol, le chiffonnier en gros, il paie comptant, dit le Père avec soulagement.

– Il est temps qu'il nous débarrasse de ce qu'il y a en bas, il n'y a plus de place à la cave.

Le Père descendit recevoir le gros client de la chine d'Emmaüs. Mademoiselle se replongea dans ses comptes inextricables.

Dix minutes après, le téléphone. Une voix de femme.

– Je suis une amie de Mme Gilbert, qui m'a parlé du Père, de son œuvre admirable. J'ai quelque chose pour lui.

– Si vous voulez bien nous donner l'adresse...

– Avenue Daumesnil. Le Père pourra-t-il venir cet après-midi ? Je serais heureuse de faite sa connaissance.

– Cet après-midi, le Père ne pourra venir lui-même, nous enverrons des hommes.

– Mais je ne vais pas donner cela à n'importe qui ?

– Vous pouvez leur faite confiance, Madame.

Cela valait la peine d'envoyer la deuxième équipe tout de suite, avec la voiture à bras. La première, avec la Renault achetée récemment, roulait déjà vers Montrouge collecter un lot de pneus usagés. Dans la C4, achetée en janvier, Filot était parti au marché aux puces. Ces deux voitures d'occasion, même quand elles consentaient à rouler toutes les deux à la fois, ne suffisaient plus aux besoins de la maison. Mais pour l'instant, impossible de rien acheter même à crédit. D'abord régler les dettes urgentes : achat de matériaux et de nourriture. Le rapport de la chine ne comblait pas le déficit. À nouveau et toujours, la vie au jour le jour, la danse sur la corde raide.

Heureusement, la maison Carol allait payer comptant le stock de la quinzaine. Mademoiselle prit un châle, descendit avec l'adresse de la dame de l'avenue Daumesnil. La giboulée neige et pluie l'assaillit à l'angle de la maison. Abrités par le camion, le Père discutait avec le chiffonnier en gros, dont les hommes sortaient les sacs de marchandise de la cave.

– Le cuivre, le zinc, les non-ferreux ont baissé, avec les importations américaines, Monsieur l'abbé, disait l'homme. Tenez, regardez les cotes de la bourse d'hier.

Il dépliait péniblement le journal dans le vent pluvieux. Mademoiselle contourna une pyramide de ferraille non encore triée, et se dirigea vers l'atelier de casse. Le baraquement avait été terminé quinze jours avant. Sous l'auvent pendait le grand perroquet bleu qui n'avait su trouver meilleure destination.

– C'est Bobi qui l'a accroché là, pensa Mademoiselle.

Dans l'atelier, il faisait chaud. Philippe et Bobi brisaient, démontaient, sciaient les objets irréparables, invendables, condamnés. Séparément, dans cinq tonneaux métalliques, ils jetaient les morceaux de fer, de zinc, de cuivre, de plomb et le « divers », – et dans une caisse de bois le combustible, bois, cuir, matière plastique ; enfin, dans une autre, le déchet du déchet : pierre, morceaux de marbre, de porcelaine.

Un vieux, arrivé la veille, assis près du poêle sur un bidon, roulait une cigarette. Il se leva gauchement à l'entrée de Mademoiselle.

Les objets s'entassaient à terre, sur l'établi et sur les étagères : tuyaux en serpentins, lampes à pétrole, casseroles de cuivre, dessus de cheminée, moteurs de moto – ce que les réparateurs avaient laissé de moins intéressant dans le tas en pyramide formé par les arrivages successifs de la chine depuis un mois.

Au mur pendait un clairon dont le tuyau avait été troué par une balle. Bobi, l'ancien de Verdun, n'avait pas eu le courage de démolir cette relique qui était venue le rejoindre à Emmaüs. Comme les hommes, chaque objet, venu échouer ici au dernier stade de sa déchéance, avait son histoire, peut-être une longue, une mystérieuse histoire à raconter, qui n'intéressait plus personne. Outils ou bibelots, passés entre tant de mains, avaient joué leur rôle dans des scènes d'amour ou de violence, donné leur témoignage, leur service et tout prenait fin ici avec le coup de marteau de Bobi, le coup de scie de Philippe. Et ils commençaient déjà, dans les gros bidons métalliques, leur fusion dans le néant fécond, – une régénération sous d'autres apparences, pour d'autres servitudes.

– Vous n'allez pas casser ça, dit Mademoiselle, en touchant la tête de l'ange de silence en bronze, surmontant la pendulette donnée pat Mlle Lucienne.

– La clé de la pendule est perdue, dit Bobi. Filot n'en veut pas pour son marché aux puces. Il a dit qu'au poids du bronze, ça rapportait plus : il y en a plus de deux kilos.

Le vieux Bobi parlait en zézayant et en lâchant parfois un filet de salive. Sa mâchoire inférieure mutilée, arrachée par un éclat, lui faisait un museau de lapin.

Sous la rare moustache, de sa bouche entrouverte, sortait une grosse incisive supérieure, noirâtre, mais au-dessus de l'horreur, deux beaux yeux bleus, enfantins, limpides, tranquilles.

Comme Philippe, il était un biffin de métier. Ancien bachelier, il aimait encore lire et philosopher.

Mademoiselle caressait la douce tête ronde de la statuette.

– Que c'est dommage, murmura-t-elle.

– C'est ce qu'on se dit chaque fois, Mademoiselle. Mais l'essentiel, c'est que ça serve au maximum. Je vous assure que quelquefois, ça fait de la peine de casser des bibelots comme ça. Surtout de penser que ce bronze-là servira peut-être à faire des balles.

– Je l'emporte. Peut-être qu'à Clos-Fleuri ça fera plaisir à quelqu'un.

Puis elle tendit à Philippe le papier avec l'adresse de la dame de l'avenue Daumesnil.

– Ça a l'air intéressant, dit-elle, une amie de Mme Gilbert.

– Je me souviens, dit Philippe. Je prends deux hommes. Il est dix heures ; il faut deux ou trois heures, le Bois de Vincennes à traverser avec la carriole à bras. Peut-être la dame nous offrira quelque chose. Je prends avec moi Dédé et Kurt l'Autrichien.

– Non, dit Mademoiselle, les papiers de Kurt ne sont pas en règle, prenez Léon.

Quand elle revint au bureau, le Père parlait avec Djibouti, promu chef du chantier de construction. Penchés sur le plan de Clos-Fleuri, ils étudiaient le projet de canalisation d'eau.

– Le difficile, disait le Père, n'est pas d'amener l'eau, c'est de l'évacuer. Clos-Fleuri est un fond. Il faudrait traverser le talus de chemin de fer pour le diriger de là, vers la Marne... J'en ai parlé avec l'Ingénieur. Il dit qu'au bas mot les travaux reviendraient à deux millions. On fera des puisards.

Djibouti hocha la tête.

– Bon, n'en parlons plus. Où en es-tu ?

– On pose l'électricité chez les Martinet. On termine la rue.

– Est-ce que les scouts t'ont un peu aidé, samedi dernier ?

– Bien sûr... bien sûr... Il faut pas les décourager.

– La maison Marchand sera terminée après-demain. On pourra disposer de la roulotte.

– Oui, par priorité aux Sansenne. Le grand-père a pris des rhumatismes à vivre sous la tente depuis un mois.

Machinalement les deux hommes se tournèrent vers la fenêtre. Le ciel s'était encore assombri, de gros nuages lourds couraient au ras des toits. Il fit soudain si obscur que Mademoiselle, qui tapait à la machine, dut allumer la lampe.

– J'y pense, dit le Père, cette carcasse Bréguet. On m'a proposé pour pas cher un autobus qui servait aux transports des officiers entre Paris et Villacoublay. C'est construit comme une carlingue d'avion, tu sais : lattes et toile légère.

– Pour les Farisa ?

– Oui.

Ils se penchèrent à nouveau sur le plan. Le père effaça à la gomme le mot, « tente » sur les lots 14 et 18 et inscrivit « roulotte » et « autobus ». Enfin sur le lot de Mme Marchand, il effaça « roulotte » et dessina la silhouette d'une maison. Huit silhouettes semblables occupaient leur emplacement numéroté. Ce dessin enfantin donnait l'impression d'un jeu, d'une avancée de pièces sur un damier : huit maisons contre douze tentes, roulottes et carcasses d'autobus. La partie n'était pas encore gagnée. Tant de familles attendaient un toit. Djibouti se dirigea vers la porte.

– L'entreprise N. a laissé dans le fossé le long du talus un tas de débris qu'il faudrait enlever.

– Oui, dit le Père, des plâtres.

– Pas seulement, il y a du métal, des bouts de tôle, de tuyaux et des planches à récupérer.

– Bien, prends la charrette.

Mademoiselle se retourna :

– Elle vient de partir pour la chine, avec Philippe.

Un chant monta dans la rue, se rapprocha, un chœur de voix jeunes, scandant une marche :

Va, d'un bon pas, ne faiblis pas
La route est ta meilleure amie, mon gars.

Au bruit des pas se mêla soudain le martèlement de la grêle. Le chant faiblit. La troupe scoute hâta le pas et pénétra en bon ordre dans la cour, et là se dispersa, criant et riant. Quelques garçons coururent se réfugier sous l'auvent du réfectoire Le plus gros de la bande s'enfuit vers l'auberge. Resté seul dans la cour, sous le jaillissement dru de l'averse des grêlons, le chef, un grand jeune homme en culotte courte, cria :

– Troupe Saint-Louis... Je n'ai pas dit de rompre les rangs. Puis il haussa les épaules, et auréolé d'un halo dansant de poussière blanche, il traversa d'un pas stoïque la cour.

Djibouti, près de la porte, se retourna vers le Père :

– J'oubliais de vous parler du papier de la maison Marchand. Elle a choisi l'échantillon, il faut huit rouleaux à...

Le Père l'interrompit :

– Peut-elle payer elle-même ? ... Il nous est impossible d'avancer un sou.

Une voix nette, d'une sécheresse inaccoutumée.

Djibouti dit après un silence :

– Bon, elle attendra. Ce n'est pas important.

Le Père dit plus doucement

– Si, c'est important, le papier est un isolant, et par ce temps, avec ses gosses... Je demanderai au droguiste, on lui doit déjà...

Il se retourna vers la secrétaire :

– Je viens de toucher 23 000 francs du produit de la chine. J'espérais au moins 35 000. Il faut tout de suite envoyer un acompte à l'E.D.F. Depuis décembre qu'ils menacent de nous couper le courant... et comme nous ne pouvons pas non plus nous passer d'essence... Je ne vois qu'une économie à faire : sur la nourriture. Sinon, je suis obligé de renvoyer des camarades : nous sommes trop nombreux et...

Le téléphone l'interrompit. Mademoiselle décrocha, puis :

– Père, c'est pour vous, un prêtre-ouvrier.

Le Père prit l'écouteur :

– Oui, bonjour, François...

Il leva la main faisant signe à Djibouti d'attendre.

Il écouta longuement :

– Je vais voir ce que je peux faire, dit-il, envoie-les-moi. Au revoir, François. Merci.

– Mon Dieu, soupira-t-il en raccrochant, une famille de six personnes. Des squatters expulsés. Ils s'étaient casés depuis huit jours dans une maison délabrée, sans occupant depuis 1944. Le propriétaire avait été prévenu, mais n'avait pas donné de réponse, et cette nuit, il a envoyé la police.

– Il reste deux tentes libres, dit Djibouti.

– Oui, tu les installeras à Clos-Fleuri côte à côte, sur le lot 19.

– Il faut attendre le retour d'une voiture, dit Djibouti. La Renault ne va pas tarder.

Le Père prit sa cape :

– Viens voir avec moi ce qui reste au magasin comme couvertures. Il y a encore un fourneau qui doit être utilisable.

Vingt minutes après, le téléphone :

– Emmaüs ?

Une voix de femme, nette, étudiée, un peu précieuse, traînant sur la dernière syllabe, demandait à parler au Père.

– Le Père est occupé, dit la secrétaire... Si je peux lui transmettre.

Une hésitation, puis :

– Il s'agit, Madame, d'un fauteuil à enlever, d'un fauteuil qui m'encombre.

– Si vous voulez me donner l'adresse... notre équipe passera un de ces jours.

– Je voudrais m'en débarrasser aujourd'hui, et je ne le remettrai qu'au Père. Vous comprenez, c'est un beau fauteuil... mais *il m'encombre* !

– Je comprends fort bien, Madame, mais le Père... Dans la rue un grondement monte, s'amplifie, puissant, ébranlant l'air comme le tonnerre d'un avion géant. Les vitres se mettent à trembler. Mademoiselle n'entend plus la donatrice. Elle-même élève la voix :

– Le Père est occupé par le logement d'une famille.

Le vieux Renault donne à plein ses 10 CV épuisés, hale péniblement sur la montée sa cargaison de pneus usagés. En virant pour traverser le porche, le moteur fléchit, crache deux salves, puis repart à plein, remonte dans l'aigu, le bruit semble traverser la pièce, les vitres de l'autre façade entrent aussi en transe... et toujours, dans l'écouteur, la voix sèche, obstinée, comme d'une somnambule :

– Je sais que ce que fait le Père est très beau, très touchant. Mais enfin CE FAUTEUIL M'EMCOMBRE... !

– Impossible de venir aujourd'hui, c'est à prendre ou à laisser. Le logement d'une famille passe avant l'enlèvement d'un fauteuil...

– C'est aujourd'hui ou jamais.

Clac... Mademoiselle raccroche, ferme les yeux. La mécanique s'est tue. Le silence, la grande paix, un vide pur, comme une chose toute nouvelle et que pendant un instant plus rien n'encombre.

Puis l'écho de la voix retentit à nouveau dans les oreilles de Mademoiselle, et lui fait souvenir du premier coup de fil, de cette autre dame de l'avenue Daumesnil vers laquelle les chineurs sont en route, avec la charrette à bras.

– Espérons qu'elle leur donnera à manger aux pauvres garçons. Ils ont au moins pour deux heures de marche.

Philippe, le petit Dédé et Léon, un bon copain, toujours joyeux, un ancien de l'Assistance arrivé au début de la semaine, traversaient sous la grêle le Bois de Vincennes, poussant la carriole sans ressorts. Peu avant midi, ils étaient rendus à l'adresse, trempés, suant et soufflant. Belle maison, balcons à balustres, la récolte serait bonne, la dame si généreuse devait comprendre les choses. Elle leur offrirait au moins un verre.

Quatrième étage... La petite bonne les regarda du haut en bas.

– Nous venons pour ce que la dame a promis.

Elle ouvrit de grands yeux méchants, elle n'était pas au courant, la petite bonne, elle alla prévenir la dame, en laissant les gars dans le corridor.

– Mignonne, a chuchoté Léon, ça s'annonce bien.

– Tiens-toi bien dans le monde...

La jeune fille est revenue et les a priés d'attendre un moment.

Ils ont attendu vingt minutes, debout dans le corridor, frissonnant de froid dans leurs vêtements mouillés.

La dame apparut brusquement, alerte, pimpante, parfumée. La quarantaine. Un dynamisme inquiétant.

– Ah oui, je vous oubliais ! s'écria-t-elle. J'ai quelque chose pour M. l'abbé. Mon amie, Mme Gilbert, m'a dit. Quel homme étonnant !... Oui, je sais ce que fait M. l'abbé, la vraie charité chrétienne ! Que c'est beau ! Aller aux malheureux, aux mendiants, aux clochards. Moi-même, je m'occupe d'œuvres...

Quand la dame commença de parler avec tant d'impétuosité, les gars d'Emmaüs avaient d'abord souri poliment. Puis Philippe fronça le front. Clochard... D'accord, il avait été un clochard, mais cela lui déplaisait qu'on oubliât qu'il était maintenant un travailleur.

Et puis l'Abbé n'était pas « Monsieur l'abbé » mais le « Père » leur Père... Ceux qu'on appelle « Monsieur l'abbé » leur paraissaient d'une autre race. Les dames qui parlaient de « charité » et d'œuvres sur ce ton constituaient aussi une race d'humains bien différents de ceux auxquels profitait à l'occasion cette « charité ». Elles étaient l'élite, pour elles la « charité » était un luxe supplémentaire. Elles ne vivaient pas avec les pauvres, elles ne risquaient pas leur vie, elles ne se compromettaient pas réellement avec les pauvres. Mais tant pis, laissons-la parler, se dit Philippe, on verra bien le bout du rouleau et on passera aux choses sérieuses.

La demie de midi avait sonné, la dame parlait encore.

Les chineurs auraient bien voulu se mettre au travail, mais les bourgeois sont bavards, ils parlent si bien, si vite, ils savent tant de choses ; à les entendre on peut coire qu'ils comprennent tout. La dame racontait ses malheurs pendant la guerre, elle répétait : « J'ai bien souffert aussi je sais ce que c'est... » Soudain, elle s'interrompit :

– Mais vous devez avoir faim... attendez une seconde...

Elle rentra vivement dans la belle chambre. Ouf ! Les gars se sont regardés, ont souri : on l'a bien mérité notre casse-croûte...

Elle reparut portant haut, avec précaution, un compotier de porcelaine.

– Voilà, s'écrie-t-elle triomphalement ce que je vous avais promis. Du pur Limoges. Il est un peu cassé... Mais vous pourrez en tirer quelque chose...

Sur le trottoir, Dédé voulut le foutre en l'air, le réduire en miettes, ce compotier ébréché dont on ne pourrait rien tirer, et pour lequel ils avaient perdu leur matinée.

– Non, gardons-le en souvenir, a dit Philippe. Ça vaut le coup...

Ils repartirent, le ventre vide, poussant la carriole vide.

20

Nouvelles menaces sur le foyer. L'idée de Bobi.

Ce même jour de février, au début de l'après-midi, le chef scout s'avança vers le Père qui sortait sur le perron :

– Nous allons travailler à votre chantier de Clos-Fleuri, dit-il.

Le soleil apparaissait par intermittences, mais le vent restait glacé. La troupe s'était assemblée en bon ordre dans la cour. À la tête de chacune des trois patrouilles flottait le fanion. Les yeux des gosses aux visages pâles de froid fixaient le Père... Les genoux nus tremblaient.

– Oui, je vous remercie, murmura le Père. Mais je crains qu'il n'y ait pas grand-chose à faire.

– Il y a toujours quelque chose à faire pour des gars de bonne volonté, dit le chef d'une voix épanouie, pour se faite entendre des gamins.

– Peut-être... aider nos hommes là-bas à ramasser des débris de construction. Il y a un tas de morceaux de tôle, de ferraille, de bois dans le fossé, le long du talus.

– C'est cela Père. Je vous remercie. Il faut que les garçons comprennent... Ce sera une chic B.A.

Le Père sourit, pensant :

– La charité... c'est d'une autre dimension que la B.A. Mais pourquoi le décevoir ? À quoi bon lui expliquer que la B.A. louable bien sûr, est plus semblable à une hygiène personnelle, à un sport, qu'au véritable service de ses frères, qui n'a de sens que si veille sans cesse en nous la profonde exigence du sacrifice. L'aide de ces enfants allégera la fatigue de Djibouti, lui permettra de se consacrer à d'autres travaux : l'installation des squatters... voilà l'essentiel.

Le chef, s'étant tourné vers sa troupe, se mit au garde-à-vous :

– Scouts, toujours...

– Prêts ! crièrent les vingt petites voix mal accordées.

– Recommencez : Scouts, toujours...

– Prêts !

Vers quatre heures, un jeune homme frappa au bureau. Le regard droit et chaud, le visage net, un manteau confortable. Il se présenta comme étudiant, déclara s'intéresser aux questions sociales. Il désirait s'initier sur place, par une expérience personnelle, à la marche d'une entreprise communautaire du genre d'Emmaüs, ni étatique, ni capitaliste.

– Emmaüs n'est pas seulement une entreprise commerciale, dit le Père.

– Je sais, dit le jeune homme.

Puis après un silence :

– J'ai lu votre tract. Je crois avoir compris.

– Si vous voulez seulement étudier notre organisation, je puis vous expliquer, c'est très simple : récupération et construction. Le travail des sans-foyer aidant à loger les familles sans abri.

– Pour approfondir cela, je désirerais travailler avec vous, et puis, mettons que j'éprouve le besoin... de faire un stage...

Le Père perçut la pudeur du garçon, réfléchit un instant : ce jeune homme arrivait le jour même où on allait être obligé de réduire ou l'effectif de la communauté, ou la nourriture.

– Il m'est bien difficile de vous garder... Notre situation est si précaire.

Mais le visiteur insista, disant qu'il travaillerait pour rien, et au besoin paierait les repas comme pensionnaire.

En lui-même le Père s'étonnait une fois de plus de l'émotion, de l'admiration que les témoins d'Emmaüs éprouvaient en pénétrant l'esprit réel de la communauté. Cette secrète exigence du dévouement présente en tout homme, plus ou moins effective, plus ou moins traduite en actes. Comme cela était beau, et comme il fallait aussi se méfier des enthousiasmes. Seul un long engagement comme celui de Denis, leur conférait l'authenticité.

– Voyez-vous, dit-il, je ne veux pas vous décourager, mais nous devons refuser des aides pour une journée, nous ne les acceptons que si c'est pour une durée suffisante, et que si celui qui vient à nous a véritablement le temps de pâtir et de partager les difficultés de notre vie, et de tenir quand même.

– Je m'engage pour six mois, dit André.

Bobi alluma la lampe de l'atelier de casse.

– Ça va pas mieux ? dit-il à Philippe qui, assis près du fourneau, les épaules douloureuses, frissonnait, ne parvenant pas à se réchauffer, depuis son retour sous la pluie de la place Daumesnil.

—Je vais demander du vin à la cuisine, on le chauffera, ça te fera du bien.

Philippe ne répondit pas, il se sentait si fatigué, si oppressé dans la poitrine : il toussait et la toux ne le soulageait pas. La maladie... voilà le seul butin ramené de la chine de la journée, avec le compotier ébréché. Bobi revint les mains vides, et dit d'une voix de catastrophe :

– Il n'y a plus de vin. Alexandre ne blaguait pas. On ne boira pas de vin ce soir... Merde alors ! Ça va mal. Donne-moi trente balles. Je vais au bistrot. Si je vois le Père, je lui expliquerai.

Philippe haussa ses épaules douloureuses, fouilla ses poches. À ce moment, un chant se rapprocha :

« *Il était une charrette... tirez les gars...* » Des voix juvéniles retentissaient tout proche, près du tas de ferraille devant l'atelier, puis se turent brusquement.

– Videz tout cela ici, dit le Père.

Bobi sortit sur le seuil. Les scouts faisaient basculer la charrette, répandaient au pied de la pyramide le chargement de débris de métal, de bois, de vieux sacs de ciment.

– Tu vois, Bobi, dit le Père en entrant dans la zone de lumière de l'atelier, ces petits gars ont fait les chiffonniers comme nous.

– D'où ils ont ramené ça ? dit Bobi.

– De Clos-Fleuri, ce qui était resté en vrac sur le chantier...

Il se retourna vers les scouts.

– Merci, vous êtes de chics garçons, vous avez fait une belle B.A., hissez ici la charrette.

– Au revoir, Père.

Les garçons s'éloignèrent en riant, heureux de leur journée. Bobi haussa les épaules.

– Savez-vous, Père, ce qu'ils ont fait, ces petits gars ? Ils ont chiné.

– Non, Père, ils ont fait la biffe sur le tas. Paraît que la chine ne rapporte pas assez ; moi, je pourrais vous indiquer des endroits d'où chaque jour on rapporterait vingt fois ça, sans se casser la tête : c'est sur les champs d'épandage.

Près de son fourneau, Philippe se mit à tousser, des quintes longues, profondes. La cloche tinta pour la soupe.

– La biffe sur le tas, Père.

Au réfectoire, après le repas, le Père se leva et prit la parole.

– Attendez, j'ai quelque chose à dire.

Les hommes près de la porte s'arrêtèrent. Les voix mornes se turent. Triste repas : soupe et fromage et pas de vin.

Debout entre les deux tables du fond, le Père, au moment de parler, se souvint que le 29 décembre, il avait failli faire la déclaration qu'il ne pouvait plus différer aujourd'hui. Ce jour-là, il l'avait remise au lendemain et le lendemain matin, Philippe lui proposait de fouiller les poubelles, ce qui avait provisoirement sauvé Emmaüs. Aujourd'hui, on en était presque au même point.

Les trente hommes, dont la plupart avaient gardé leur coiffure tournaient vers lui des regards inquiets. La fixité de ces regards durs, à l'ombre des visières... Ils avaient faim. La privation du vin surtout était dure.

– Vous le savez, dit-il, le bénéfice de notre travail, c'est le camarade qui entre. Notre travail doit pouvoir rapporter assez pour accueillir un nouvel ami. Mais nous ne faisons plus de bénéfice, nous sommes trop nombreux. La chine ne rapporte pas assez pour nourrir trente hommes. Aujourd'hui un hôte nouveau, avant-hier deux, cinq dans la semaine. Malgré tout le mal que chacun se donne, nous ne pouvons, avec seulement deux voitures et une charrette collecter davantage, donc vendre davantage. Les constructions de Clos-Fleuri laissent des frais à notre charge.

Quelques-uns baissaient la tête, ils pensaient : pas besoin d'en dire plus, on a compris.

– Voilà donc où nous en sommes : ou bien renvoyer les derniers arrivants, et ne plus accepter personne, ou rester tous ensemble et ne plus manger que soupe et fromage sans vin... À vous de décider. Cela est dur, de se priver, d'autant plus que le métier est épuisant.

Léon avait pâli. Arrivé de l'avant-veille, il risquait le renvoi.

Deux frères espagnols réfugiés, travaillant à Emmaüs depuis trois jours, comprenant à peine le français, échangeaient à voix basse quelques mots dans leur langue. Dans le silence et l'immobilité qui figeait tous les hommes, le vieux qui travaillait à la casse avec Bobi et Philippe se leva et traînant les pieds se dirigea vers la porte en marmottant :

– En route pour Nanterre !

– Attends un instant, dit le Père.

L'autre haussa les épaules sans se retourner.

– Pas la peine. C'est tout vu.

Et il sortit.

Le voisin du veuf, le dernier arrivé, le regarda, puis détourna les yeux.

– C'est à vous de décider, redit le Père.

– On reste tous, grogna une voix.

Le Père retint Bobi, le faisant asseoir près de lui :

– Qu'est-ce que tu disais tout à l'heure, au sujet de la biffe sur le tas ?

21

La biffe sur le tas.

Il pleuvait depuis deux jours ; en fin de soirée, quelques éclaircies jetaient un arc-en-ciel dessus la plaine. Le champ n'était que boue nauséabonde. Il fallait patauger, déblayer la gadoue avant de mettre au jour les ordures que le gel cimentait encore entre elles. Plus profond, c'était le règne de la pourriture et des larves.

La décharge s'avançait des deux côtés de la route argileuse en un talus haut de trois mètres. En lisière du dépôt, un homme travaillait près d'une roulotte : chiffonnier solitaire qui exploitait le champ pour son propre compte. Les gars d'Emmaüs voyaient la silhouette noire et menue œuvrer, se redresser, porter un sac sur la carriole arrêtée au bord du chemin. Ils éprouvaient de l'estime pour ce travailleur isolé, comprenaient la force de leur communauté.

Les six apprentis biffins d'Emmaüs, sous la direction de Bobi, à petits coups de crochets, de fourches, ou à la main, exploitaient le filon d'ordure. Ils glanaient les richesses qui feraient vivre la communauté : papiers, chiffons, ferrailles, chaussures, os, boîtes de conserves. Ils enfonçaient leurs trouvailles dans les sacs ou bien les lançaient dans trois gros bidons de fer où les chocs rompaient le silence chuchoté de la pluie. Leurs chaussures s'enfonçaient dans les immondices visqueuses.

Ils avaient entrepris ce travail la veille ; la camionnette apporterait le soir des tentes pour ceux qui demeureraient en permanence sur place. Ce serait une vie difficile, mais les six hommes étaient volontaires.

Pour André, tout cela était un rêve, mais il avait désiré vivre un rêve semblable. Il avait rêvé de terres vierges à défricher en Argentine, il vivait la même aventure à quinze kilomètres de Paris. Coiffé d'un chapeau melon, une toile imperméable jetée sur le manteau crasseux, marchant péniblement, il arrachait à la boue ses trésors. À ses côtés, les camarades accomplissaient la même tâche élémentaire. Le vent... la pluie... l'espace... la paix en soi. Il avait rêvé d'abandonner un travail trop facile et absurde ; ici les circonstances seules étaient absurdes (ce décor surréaliste qu'il n'aurait jamais imaginé auparavant), mais le travail avait un sens bien clair : ce chiffon infect, lavé ce soir, vendu demain, ferait vivre Emmaüs.

Il se redressa, regarda Lurçon, « l'aristocrate », qui n'avait pas encore vaincu sa répugnance et travaillait avec des gants en fronçant le nez. À vrai dire, le champ ne sentait pas encore mauvais, comme en été, quand pulluleraient les mouches et les larves ; mais parfois, quand la fourche soulevait un paquet d'ordures, l'odeur endormie dessous se réveillait, sautait au visage et disparaissait, emportée par le vent. Alors la figure de Lurçon se crispait, il serrait ses mâchoires noircies de barbe. André sourit. Il pensa au délicieux parfum « Rire de Gitane ». Il se dit, une fois de plus, que tout cela serait nettoyé, lavé, trié, et deviendrait de la matière première pour la fabrique, de l'argent, du pain, pour Emmaüs. Le fumier donne du blé.

Le vieux Bobi se redressa, les reins lui faisaient mal. Il essuya ses mains à son manteau et prit une cigarette.

L'odeur du tabac frappa les hommes comme un cri : Pause ! et les réveilla de leur active somnolence. Ils se redressèrent, se regardèrent :

– Bon, on n'est pas aux pièces, dit Patoche, l'ancien noyé.

André eut envie de répondre : « Si précisément, on est aux pièces », mais se contint. Les copains étaient volontaires, ils savaient que le salut d'Emmaüs, que leur salut, dépendait de chaque morceau récupéré.

– Non mais, enfoiré, regarde ce que tu laisses derrière toi ! dit Bobi à Lurçon en donnant un coup de fourche dans une boule de crins à matelas noirs semblable à une chevelure. L'amas de poils pris dans la boue brunâtre résistait à la fourche... puis un lambeau céda, pendant au bout de l'outil, dégouttant de boue, comme un scalp sanglant.

– Excusez-moi, murmura Lurçon. Il tourna le dos aux camarades, fit en titubant une dizaine de pas vers le bord du talus, et vomit.

Bobi haussa les épaules :

– Délicat, va ! J'ai trouvé un jour, sur la décharge de Villecresne, un nouveau-né à demi pourri. Ça m'a pas fait dégueuler. C'est la vie. Faut penser qu'on est des chercheurs d'or et qu'on trouvera un trésor dans ce sacré fourbi : un copain chiffonnier a découvert, un jour, une caisse à savon avec des boîtes de conserves soudées, drôlement lourdes. Il en ouvrit une : de l'or. De l'or fondu dans les boîtes. Il l'a signalé : au bout d'un an c'était à lui. Il est aujourd'hui millionnaire, roule bagnoles américaines... faut voir.

André sourit : légende ou vérité, l'histoire réveillait l'ardeur des biffins. Après tout, c'était possible, tout était possible, la vie aux mille aventures quotidiennes de la capitale et de la banlieue déposait ici des épaves effarantes, les plus insolites reliques. Ici, plus encore que dans les greniers où fouinaient les chineurs, les choses touchaient à la fin de leur existence de choses. Ici, le rendez-vous avec le néant, le grand cimetière des choses. Et de ce néant, on tirait encore des ressources de vie. André se redressa, empli d'un sentiment de force et de joie. Il avait voulu cela : aller au bout. Il regarda avec amitié ses compagnons, la gueule démolie du vieux Bobi, Patoche, l'ancien noyé, les deux frères espagnols, taciturnes, et Lurçon « l'aristocrate » qui, bravement, reprenait le travail. Il les estima. Il pensa à son père, directeur de parfumerie, à leur bel appartement, à leurs deux villas, à leurs autos. Rien de cela ne lui appartenait plus. Ce qu'il avait voulu en venant à Emmaüs, c'était se trouver seul et nu, parmi des hommes seuls, vrais et nus.

« Vous êtes snob », lui avait dit sa fiancée... Son cœur se serra, il reprit le crochet, et se mit à la fouille, pour essayer de chasser l'amertume et l'angoisse qu'il sentait poindre : Jeanne... ce malentendu entre eux : pourquoi ne voulait-elle pas comprendre que ce « stage » chez les chiffonniers était aussi nécessaire à André qu'une cure de désintoxication ? Il avait besoin de vérité, de rencontrer des hommes vrais, de vivre avec eux, de prendre force auprès d'eux... « Mais alors, lui avait-elle dit encore, n'avez-vous pas assez de force en vous ? N'avez-vous pas honte d'en mendier chez les clochards ? » Impossible de lui expliquer ce qui restait obscur pour lui-même : seul un homme comme l'Abbé ou comme le petit Denis pouvait comprendre cette exigence. Pour clore le débat, Jeanne avait dit : « Vous avez le goût de la déchéance. » Alors, André avait souri, renonçant à sa défense : « Oui, peut-être... »

Ils mangèrent sur place. Le soir, trois camions de la voirie déversèrent leur cargaison près de la roulotte.

Les hommes d'Emmaüs arrêtèrent de travailler.

– Nom de... grogna Bobi. On est là à gratter la gadoue déjà exploitée, on devrait faire un tour jusque là-bas sur la décharge fraîche...

– Oui, mais c'est ce coin-ci qui nous a été désigné par le chef de la décharge, dit André...

Le responsable du terrain d'épandage, intermédiaire entre les compagnies de voirie et les propriétaires de terrains, chargé de surveiller les déversements réguliers des détritus, répartit entre les chiffonniers les lots d'exploitation. Sa Peugeot noire suivait le dernier camion.

– Allons-y, dit Bobi.

– C'est vrai, on pourra discuter, pensa André, notre coin ici est le moins riche de la décharge.

Ils se mirent en route, pataugeant dans les flaques, trébuchant dans les profondes ornières creusées par les poids lourds. Deux camions étaient déjà repartis.

Le dernier camion recula jusqu'au bord du dépôt. Sa benne se leva lentement et son contenu se déversa sur le talus. L'équipe du camion agrippait au passage un morceau. Ils froncèrent le sourcil à l'approche des gars d'Emmaüs. Le responsable de la décharge, bottes de cuir et chapeau mou, discutait avec le chauffeur en fumant une cigarette.

– M'sieur Robert, dit Bobi notre coin n'est pas bien beau.

– Vous êtes nouveaux venus sur le terrain.

– Qu'est-ce qu'ils veulent ? cria l'un des chiffonniers.

– Arrangez-vous avec « Fernandel », dit le chef de la décharge. Je lui ai désigné ce lot, il fait équipe avec les rippeurs du camion.

« Fernandel », biffin professionnel, propriétaire de la roulotte : un grand type dont la veste trop courte laissait voir le torse tatoué. Son visage rappelait celui de l'acteur, mais ses dents étaient gâtées et son expression triste.

Il s'approcha du groupe, son crochet à la main :

– Qu'ils aillent se faire foutre, dit-il d'une voix profonde.

Les trois gars du camion le suivirent. André songea à l'expression courante : « Bataille de chiffonniers ». Éviter cela pour le Père.

Il dit :

– Notre lot a déjà été fouillé par les gars des camions et les biffins, il n'y reste plus grand-chose.

– Et alors, dit l'un des rippeurs, faut vous servir sur un plat.

– Si je vous dis ça, dit André, c'est pas pour moi. Je ne travaille pas pour moi.

– Pour le pape ?

– On essaie de vivre en communauté...

– Qui c'est votre patron ?

– Un prêtre.

Les autres se mirent à rigoler.

– Un curé ? Ils se foutent de nous.

Bobi dit :

– Ben oui, le curé qui était député.

– Un curé député ! dit « Fernandel », de plus en plus fort ! Les curés ne sont pas députés et surtout ils se foutent pas mal des chiffonniers, sans blague...

– Si, dit le chef de la décharge. C'est vrai. Leur curé m'a demandé un lot.

– Bon Dieu, s'écria « Fernandel », si les curés se mettent dans le truc, on est foutu.

– Te laisse pas faire, dit l'un des rippeurs.

– Ce tas est à nous, dit « Fernandel », que je voie ton curé, je lui ôte l'envie de rôder dans mon coin.

– Je n'insiste pas, dit André. On s'en va.

– T'es bien bon, dit Bobi.

Près de lui les deux Espagnols, les yeux flamboyants, serraient leur fourche.

– On s'en va, répéta André.

– Retourner gratter de la merde, dit Bobi, tandis qu'ici... Il fit un pas vers le tas plein de trésors récupérables.

– Foutez le camp, gronda « Fernandel », sinon ça va chauffer.

Une corne d'auto retentit sur la route. André reconnut la silhouette de la vieille Renault.

La biffe sur le tas.

– Tiens, voilà le Père, dit-il avec soulagement.

Le Père descendit avec Djibouti.

– Ben merde alors ! dit « Fernandel ». C'est vrai, un curé !

Ébahi, il regardait la canadienne usée, la soutane salie, le vieux béret et le visage barbu.

– Bonjour, dit le Père avec un sourire. Nous n'avons pas pu venir plus tôt. Il se tourna vers André :

– J'amène la tente.

Le cercle s'était tu.

Son regard fit le tour des visages. Il tendit la main au chef de la décharge, à « Fernandel », à ses camarades qui la serrèrent après un moment d'hésitation. Ils reconnurent une main de travailleur.

– J'étais en train de leur demander, dit Bobi de nous laisser travailler ici, où la décharge est plus fraîche.

Le Père, en l'écoutant, regardait le torse de « Fernandel ».

– Tu as un bien beau tatouage, dit-il.

L'homme écarta sa veste : un visage, celui du Christ... Au-dessus, ces mots : *Il a souffert*, au-dessous : *Moi aussi.*

– C'est beau, dit le Père gravement, où t'es-tu fait faire ça ?

– Au bagne.

– On va s'entendre, dit le Père.

– Je veux bien, dit Fernandel, en découvrant dans un sourire ses grandes dents gâtées.

22

Marché aux puces. L'épileptique.

Drôle de journée pour Filot.

Dans le vent cinglant qui tournoyait au rond-point de la Porte de Montreuil, entre les hautes bâtisses neuves, il avait étalé sa marchandise sur le bord de la place herbeuse et, stoïque, le col du manteau relevé, il attendait en grelottant.

Le marché aux puces était presque désert, ce matin-là. À l'autre bout de la pelouse, cinq ou six bancs bâchés. Emmaüs ne pouvait encore se payer un étalage : la « fleur » de la chine s'entassait sur la pelouse. Un cheval de bois, une trottinette, deux carabines à flèches, une bicyclette de gosse à trois roues, un damier sans pions, un coffret dont la marqueterie précieuse s'écaillait, un vieux phono à pavillon avec cinq disques, un buste de Vénus en « marbre véritable », un guéridon de style 1900, deux portemanteaux, un album de vieux timbres (dont la moitié était arrachée), des brocs, des bassines, des cadres, deux paires de patins à roulettes et des malles, cinq grosses malles d'osier ; et, parmi ces objets, Filot, immobile, semblable à un vieux mannequin de cire, laissé pour compte.

La camionnette reviendrait le chercher le soir. Fumant une cigarette, mains aux poches, frissonnant dans son manteau, il guettait, immobile, l'éventuel client. La journée démarrait mal ; bleus de froid, les gens passaient vite, sans s'arrêter : ménagères du quartier, quelques vieux traînards qui, pour tuer le temps, touchaient à tout et n'achetaient rien ; de rares collectionneurs. Vers midi, viendraient les gosses des écoles et les hommes sortis du boulot. Ce samedi matin, l'Abbé lui avait dit qu'il manquait cinq mille francs pour donner aux biffins les deux cents francs du dimanche. Or, cinq mille francs, c'était une somme qu'on gagnait difficilement en vendant des rossignols au marché aux puces.

Mais cela pouvait arriver. Le marché est imprévisible comme une partie de pêche ou de chasse, le gibier déroutant. La psychologie de l'amateur de vieillerie n'est pas celle d'un client ordinaire. Sur les boulevards, le badaud ne demande, au fond, qu'à se laisser prendre au bagout et aux tours de passe-passe du camelot. L'accessoire que propose celui-ci n'est pas indispensable, mais nouveau, amusant, bon marché et on a toujours un peu d'argent à perdre. Au marché aux puces, les clients, ce sont l'accessoiriste de théâtre amateur ou un antiquaire du centre ou un collectionneur. Mais généralement la partie se joue entre pauvres. Quelle prudence, quelle méfiance, que d'hésitations avant de se décider à demander le prix.

Depuis dix minutes, un vieux retraité examinait le phono, vérifiait du doigt le saphir et la membrane, lisait lentement les titres des disques... Filot alluma une autre cigarette... ferma à demi les yeux. Ne pas intervenir... ne pas interrompre prématurément l'examen, car aussitôt le gibier farouche fuira, dans sa peur d'être « possédé au baratin ». Il faut laisser au client l'impression d'avoir fait une trouvaille, une aubaine... mais attention, ne pas attendre l'instant où l'intérêt peut décroître. Filot s'éveilla de son engourdissement :

– Le mécanisme est bon, dit-il, belle occasion...

– On peut mettre un disque ? demanda le vieux, timide.

Les gars de la marine. Le cellulo était terni, rayé, mais c'était le seul disque qui ne fût pas fendu... Filot l'avait essayé à Emmaüs. Quelques mesures d'un orchestre aigrelet, et le chœur d'hommes s'élança avec entrain, mais indistinct, et si lointain que le son semblait venir du fond de la malle qui supportait le phono.

Du pôle sud au pôle nord
Dans chaque petit port
Plus d'une fille blonde...

Le vieux pencha la tête, sa bouche édentée baillait un sourire ; un jeune couple, une ménagère, deux écoliers s'arrêtèrent et s'approchèrent pour se réchauffer le cœur à ce misérable foyer de joie.

Les affaires vont enfin démarrer :

– Combien ?

– Trois cents francs avec les disques.

Le vieux voulut marchander : deux cent cinquante francs. C'était pour un cadeau à sa belle-sœur. Il n'était pas riche... sa faible retraite... Filot ne fit pas de sentiment, la vie n'était pas affaire de sentiment. Être le plus fort en acceptant un risque, faire céder les autres, imposer son prix en refusant le marchandage... et le vieux céda.

Cette petite victoire l'emplit d'un orgueil amer, en lui rappelant ses succès d'homme d'affaires quand il brassait des millions. Filot, patron d'un grand comptoir à Tamatave, employait cinquante indigènes. Souffrant de paludisme, il était revenu dans le Nord, en 1938, et avait placé toutes ses économies dans la construction d'une magnifique villa près de Lille. Deux ans après, c'était l'invasion, le pillage de ses collections et l'incendie de sa maison. À quarante-cinq ans, Filot ne put remonter la pente, repartir à la recherche de la fortune. L'État lui avait versé une indemnité dérisoire. Il était entré peu à peu dans une sorte d'apathie, travaillant ça et là comme comptable. On le remercia, et il vécut au jour le jour. Il était arrivé en décembre à Emmaüs sur les indications d'un ancien copain colon. Dans la froide matinée de mars, sur ce vaste carrefour venteux, dans ce quartier de pauvreté, de laideur, Pilot rêvait de finir ses jours à Madagascar, mais jamais ce rêve n'était parvenu à secouer son apathie. Il n'avait pas d'argent. Et même s'il parvenait à partir, il savait que les sans-travail sont nombreux outre-mer.

– Combien les patins à roulettes, M'sieur ?

– Cent francs.

Les deux écoliers firent la moue, recomptèrent une fois de plus leur monnaie.

– On n'a que quatre-vingt-dix francs.

Filot haussa les épaules :

– Tant pis, mes petits gars...

Filot ne défendait plus son intérêt, il n'avait plus aucun désir personnel. Mais il devait défendre la vie d'Emmaüs. Les hommes d'Emmaüs ne l'intéressaient pas en eux-mêmes. Comptait-il parmi eux un ami ? Djibouti peut-être. Mais, c'était toute la maison, de l'Abbé aux petits chiens-loups, qu'il devait défendre.

Sur son champ de bataille de la Porte de Montreuil il devait aujourd'hui gagner cinq mille francs.

L'Abbé, à cette place de vendeur, aurait fait la réduction au vieux et à ces gosses qui avaient tant envie de leurs patins à roulettes. Il se sentirait bien payé par leur sourire et dirait que, d'une façon ou d'une autre, ce petit cadeau serait rendu au centuple...

La réussite d'Emmaüs, improvisée, basée sur la confiance en l'homme et au hasard (ce que l'Abbé nommait « la providence ») restait pour Filot un mystère. Pour lui, la vie était une bataille à mort, dans la nuit de la jungle. Ici, en France, cette bataille prenait des formes civilisées, se déroulait à coups de billets, gros et petits, mais le fond humain n'en était pas moins implacable.

Vers le soir, il vendit, à un directeur de troupe théâtrale, quatre malles livrables à domicile, rue Changarnier. Filot ramenait cinq gros billets et d'autres plus petits à Emmaüs.

Quand les réverbères s'allumèrent, la camionnette conduite par Dédé vint le chercher avec le reste de sa marchandise.

Deux hommes traversaient lentement le boulevard Soult en direction de la Porte de Vincennes ; l'un d'eux portait un accordéon en bandoulière ; il prit son copain par le bras.

– Tu ne vas pas faire l'imbécile, Marco.

– Je sens que ça va venir, gémit l'autre. Ne me lâche pas, Henry.

– Bon Dieu ! retiens-toi jusqu'au bois.

– Ne me laisse pas tomber, Henry. Fais pas le salaud...

– Non, bien sûr.

Le bras commençait à trembler. Non, ils ne pouvaient pas s'arrêter dans un bistrot, le patron appellerait les flics. Henry avait peur des flics, pour une raison bien précise. Le mieux serait d'atteindre le terrain vague près de la Porte de Vincennes, et laisser Marco s'étendre un peu : « Peut-être ça passerait comme ça, avec du repos, un verre de lait chaud que j'irais chercher au café en face du métro. »

– Attends, je vais te dégager le col.

Le bras tremblait de plus en plus fort. Ils traversaient la rue Changarnier, quand les jambes de l'épileptique cessèrent de le porter. Henry put l'entraîner jusqu'au trottoir et, le laissant se débattre à terre, il s'écarta en s'essuyant le front ; machinalement, il prit une cigarette.

– Pourvu qu'il ne se mette pas à hurler.

Peu de monde, heureusement dans ce coin, à cette heure. Quelle saloperie, quelle déveine, ce soir surtout où ils devaient jouer dans un petit bar, Porte de Montreuil : tout était foutu. La deuxième crise du mois ; il leur restait exactement deux cent sept francs en poche. Pas de quoi prendre une chambre.

La crise pouvait durer cinq minutes comme une heure : de toutes façons, après, Marco serait si épuisé qu'il ne pourrait jouer.

Une femme passa, ralentit le pas, puis traversa vivement la rue en se retournant plusieurs fois.

– Elle me prend pour un assassin, je ne peux tout de même pas ficher le camp, le planquer là...

– Heu... Heu... râlait l'homme à terre, en se tordant.

– Si, se dit Henry, je vais foutre le camp, avec son accordéon qui vaut au moins quarante billets...

Il entendait les talons et la tête de son copain qui frappaient le trottoir, ses ongles raclaient l'asphalte, et ce bruit le figeait sur place.

Derrière les volets, sous lesquels Marco gisait, un poste de radio déversait de la musique. Le malade se mit à crier plus fort.. Des gens approchaient...

– Tais-toi... Tais-toi... murmura Henry. Bon Dieu ! tais-toi.

La sueur lui collait la chemise sur le dos. Il s'écarta un peu. Oh, et puis qu'on appelle les flics, qu'on emmène Marco, qu'on le refoute en tôle, à l'hôpital pour quelques semaines ! Revenir à Nanterre, c'est ce qu'il peut risquer de plus grave... Tandis que moi, inutile de faire le malin, de jouer à cache-cache avec la poisse.

La police de Rouen le recherchait, une histoire vieille de six mois... cambriolage de péniches.

– Je fous le camp, se répéta Henry, sans bouger de place.

Soudain, derrière les volets, le poste se tut, et le concierge en bras de chemise, entrouvrit à demi la porte ; la lumière éclaira le malade à terre, agité de secousses comme un pantin. L'homme jeta un rapide regard inquiet sur Henry, un regard de peur, pensant : une bataille de voyous.

– Mon copain est malade, cria le garçon en hâte, avant que la porte ne se refermât, il a comme ça des crises.

La porte claqua, puis se rouvrit lentement, resta entrebâillée, l'homme avança sa lourde tête, parut hésiter. Il balbutia :

– Malade ? On peut pas le laisser là.

– Y a rien à faire, vaut mieux ne pas le toucher.

– Il y a une pharmacie tout près.

Henry répondit avec colère :

– Bon Dieu, je vous dis qu'il y a rien à faire.

Le concierge le regarda avec méfiance :

– Je vais téléphoner, grogna-t-il. Et il ferma la porte.

– Allez, je file, se dit Henry, une fois de plus.

À ce moment, une camionnette tourna le coin de la rue, ralentit. Les phares éclairèrent le malade à terre et le garçon debout près de lui.

– Qu'est-ce qui se passe, dit placidement Filot, penchant la tête par la portière ? Mon copain est malade.

– Faut le ramener chez lui.

– On n'a pas de domicile.

Filot rentra sa tête, parla à voix basse avec Dédé, puis :

– On peut l'embarquer, comme ça ?

– Oui, je crois que la crise est passée.

Marco, immobile, paraissait dormir. Un peu de bave coulait de ses lèvres, ses yeux révulsés s'abaissaient lentement, ses doigts ensanglantés se détendaient.

Il s'éveilla dans le dortoir d'Emmaüs.

23

Soirée chez des amis.

– Vous n'en sortirez jamais, dit lentement le vieux consul, père de Mme Gilbert, en examinant avec attention son cigare.

Les convives s'étaient tus et regardaient le Père. Dîner d'intimes chez les Gilbert. Le Père n'avait accepté de venir que pour rencontrer ses amis : deux députés, un lettré hindou disciple de Gandhi, M. Gilbert, l'homme d'affaires, et l'hôtesse.

– Vous ne connaissez pas encore toutes les ressources du Père, dit M. Gilbert. S'il était lancé dans les affaires, nous serions tous dans sa poche.

– Le Père s'est lancé dans une affaire d'où il ne sortira jamais, répéta avec obstination le vieillard.

– Si je m'y suis mis, ce n'est pas pour en sortir, dit le Père.

Le consul lui jeta un coup d'œil flamboyant. Les autres sourirent, sauf l'Hindou dont le regard ne quittait pas le visage du Père.

Mme Gilbert tendit la coupe de fruits à son hôte d'honneur.

– Père, vous n'avez rien mangé. Prenez au moins un fruit.

– Volontiers.

Le consul se mit à fumer son cigare, l'air profondément contrarié. Cette histoire d'Emmaüs qu'il venait d'entendre, lui laissait une impression désagréable, un malaise : il eût préféré l'ignorer. La misère du monde, ce gouffre qui donne le vertige, cette malédiction qui corrompt toute tranquillité n'avait pas sa place dans une conversation mondaine. Le cigare avait mauvais goût. L'évocation de la misère donne à tout un mauvais goût. En parler est de mauvais goût. Et, à nouveau, les paroles, vives et légères, voltigeaient autour de la table.

Le Père découpait pensivement une pomme.

– Pourquoi n'avez-vous pas mangé, dit Mme Gilbert. Êtes-vous souffrant ?

– Non, murmura le Père, il faut m'excuser.

Il pensait : avec tout ce qu'on nous a servi aujourd'hui, la communauté entière aurait pu se nourrir, mais il ne voulait pas peiner son hôtesse...

Le consul leva la main et dit en détachant les syllabes :

– Ra-tio-na-li-ser, voilà ce qu'il faut... placer le problème de l'indigence sur un plan technique.

– Pourquoi pas ? dit le Père. La « charité technicienne »...

L'Hindou fronça les sourcils.

– Multiplier les œuvres, reprit le vieil homme, mais je ne crois pas en ce domaine, aux petites initiatives privées, ni d'ailleurs à l'État. Ce sont les grosses entreprises qui doivent prendre tout en main.

Les grosses entreprises peuvent à l'occasion jouer les mécènes, financer leurs œuvres d'entraide et de bienfaisance... Action partielle, et rarement désintéressée car elle sert leur publicité. Mais renonceraient-elles à leurs privilèges pour une vraie justice sociale ? C'est un problème de nation, d'État, de lois, de justice et surtout de l'application de ces lois par des responsables compétents, hardis et sincères.

– Comment l'État règle-t-il le problème de la misère, grogna le consul, des palliatifs à court terme...

– Je sais bien, dit le Père, en se rappelant le temps où, député d'un département lorrain, il avait dû constater l'impuissance d'un représentant du peuple devant les manœuvres des gros intérêts privés et des passions partisanes.

Il dit :

– Réformer les institutions paralysantes et surtout le cœur et l'esprit des hommes...

– En attendant, ce sont les grosses entreprises qui ont les moyens...

– Et tous les moyens leur sont bons...

Et le Père raconta comment le représentant d'une marque d'apéritif était venu lui offrir d'imprimer aux frais de sa firme les tracts d'Emmaüs, à condition que le verso portât ces mots : « Offert par le pastis X... » Le Père avait répondu : « Au carrefour des misères où je me trouve place, je connais beaucoup d'hommes et de familles dont votre pastis a causé le malheur. »

– Mais vous êtes terrible, s'écria le consul... Pour lutter contre la misère, il faut employer des moyens efficaces, et quels sont les vôtres ?

Le Père dit, avec le ton tranquille de l'évidence :

– D'abord, dans l'urgence, donner toutes ses forces, tout son temps... à celui qui souffre.

– Donner sa vie ? Et vous croyez pouvoir réussir en vous plaçant, au départ, dans les conditions de perdre à coup sûr ?

Le Père haussa légèrement les épaules :

– Perdant, gagnant, qu'est-ce que cela veut dire ? Le Christ fut-il perdant ou gagnant ?...

– Je respecte... grommela le consul... Mais vous avez dit : « d'abord »... et ensuite ? »

– Ensuite, agir sur les causes du mal, les révéler, secouer

l'opinion, le pouvoir, en prouvant par l'action qu'on pourrait y remédier...

– L'action d'Emmaüs pourra-t-elle jamais toucher l'opinion, secouer l'inertie du pouvoir ?

– Allons ! s'écria Mme Gilbert, que ces propos trop sérieux ennuyaient, laissez de côté la politique, votre café refroidit.

« La politique, pensa le Père, quel beau mot : l'organisation de la cité, la science de la répartition des ressources et des tâches de la cité entre tous les citoyens, pour le bien de chacun, surtout des plus faibles... »

Le consul dit à mi-voix, comme pour lui-même :

– Peut-on vraiment secouer l'opinion, éveiller les cœurs ? Tentative stérile. Il ne faut pas donner aux gens conscience de leur honte. Il ne faut pas leur rendre la vie impossible.

– Allons, papa, ne tourmentez pas le Père, dit Mme Gilbert en se levant.

– C'est lui qui me tourmente, grogna le consul, en sortant péniblement de son fauteuil. Il s'approcha du Père, et d'une voix confidentielle :

– Vous a-t-on au moins de la reconnaissance ?

– D'abord, est-ce là une règle d'action ? Mais oui, mais oui : il y a quinze jours, quatre ou cinq d'entre les compagnons sont entrés en procession dans mon bureau, m'apportant une pendulette dans laquelle ils avaient inséré une petite lampe électrique illuminant l'image du Bon Samaritain... et mille autres gestes délicats...

– Et leur parlez-vous de Dieu ?

– C'est eux qui m'en parlent les premiers, quand ils sont un peu ivres.

– Pfou... souffla le consul.

On passait au salon. L'hôtesse tourna le bouton d'un énorme poste de radio. Une voix joviale de commissaire-priseur en jaillit :

– Trente-deux mille francs ! Voulez-vous continuer ?

– Oui.

– Sixième question : Qui fut le premier président de la Troisième République ?

L'Abbé murmura : Thiers, de 1871 à 1873.

– Pourquoi ne te présentes-tu pas à « Quitte ou double » ? dit un des députés.

L'Abbé sourit :

– Faire le clown au cirque ? Servir d'agent publicitaire à une grosse entreprise ?

– Pourquoi pas ? Il y a là un moyen de te dépanner.

– Et si j'échoue ? Je ne veux pas ridiculiser l'habit que je porte.

– Qui veut la fin...

– Car, après tout, s'écria le consul, tout ne marche que par l'argent...

L'Hindou, silencieux, fixait toujours sur le Père son regard intense.

– Bien sûr, murmura celui-ci.

Mme Gilbert avait tourné le bouton et la musique s'échappa de l'appareil : un concerto brandebourgeois. L'ample harmonie s'imposa d'un coup, éclata comme un brasier. Les phrases, l'une à l'autre nouées par une passion à la fois brûlante et savante, pareilles à des reflets de feu dans une eau rapide, pure et glacée. Les amis s'étaient tus. Le Père avait fermé les yeux.

– Cela aussi, pensait-il, cette joie aussi m'est interdite. Vivre avec *eux*, c'est ne m'accorder d'autres joies que celles qui leur sont possibles. L'art, la poésie, la musique sont choses belles, mais... et eux. Ne pas m'évader... Je me suis évadé ce soir.

Il tressaillit : le consul lui criait à l'oreille :

– L'argent... vous dépendez de l'argent...

Le Père se contraignit à sourire.

– Notre subsistance dépend de notre travail, dit-il. Cette position assure notre indépendance, et nous permet d'accepter les dons ou prêts de n'importe qui, sans avoir à en rendre compte, même de ceux dont les richesses sont d'origine contestable.

– Pfou... souffla le consul.

L'Hindou ébaucha un geste, se contint.

– Non, plus j'y pense, plus l'idée me paraît réalisable, dit le député : présente-toi à « Quitte ou double ». Le cirque passe dans la région parisienne la semaine prochaine. Ça te fera une publicité monstre pour Emmaüs.

Alors, le Père regarda son ami, l'Hindou, et lui sourit.

– Qu'en pensez-vous, Mahani ?

Le sage répondit d'une voix sourde :

– Pour sauver son enfant, qui ne se jetterait dans une mare boueuse ?

Le Père reçut, quelques jours après, un mot du consul.

« Vous nous avez secoués, écrivait-il, on en a besoin quelquefois. Merci. » Un chèque y était joint.

24

Djibouti, les machines et les bêtes.

Au printemps, Djibouti quitta l'équipe de construction de Clos-Fleuri et revint à Emmaüs.

Le Père lui avait demandé s'il savait conduire et s'il avait son permis.

– Oui, Père, mais je ne veux plus rouler, ça m'attire la poisse.

– Es-tu superstitieux ?

Djibouti raconta son accident près d'Étampes.

– Du moins, veux-tu prendre en charge l'atelier de réparations mécaniques ?

– Oui, c'est ma partie.

– C'est l'un des postes les plus importants de la maison, maintenant que nous avons sept voitures...

Djibouti s'installa un petit atelier entre le grand hangar et le potager. Il y rangeait ses outils et y dormait, et tout le jour et souvent la nuit, il se penchait sur l'un des pitoyables véhicules de la communauté, tous achetés d'occasion. Il avait pitié d'eux, il les soignait avec sollicitude et compétence. Et sa vie se déroulait calme, laborieuse et solitaire.

Mais, le dimanche, Djibouti allait à Clos-Fleuri, apportait des bonbons ou un joujou à Noëlle. Il mangeait avec les Vatier, et souvent passait l'après-midi chez eux. Aux beaux jours, on partait en promenade le long de la rivière.

À Emmaüs, les compagnons disaient de Djibouti qu'il était un ours, qu'il n'avait pas de copain, que c'était un parle-tout-seul. Il est vrai que, lorsqu'il enfonçait sa tête dans le capot d'une voiture, on entendait Djibouti discuter à mi-voix ; mais il ne parlait pas tout seul. Il parlait à la mécanique. Il dialoguait avec le moteur comme un médecin avec son patient, l'interrogeait sur son mal, grondait le récalcitrant, lui reprochait sa mauvaise volonté.

Djibouti n'avait pas de copain particulier à Emmaüs : l'amitié des choses, de ses machines et des outils lui suffisait. Et il s'attachait avec une fraternelle sollicitude aux moteurs les plus usés, aux voitures menacées d'être livrées à la casse. Il avait surtout voué une amitié rageuse à l'ancêtre, à cette vieille Renault 1925 achetée aux premiers jours de la chine, qui était tombée vingt fois en panne et dont le Père avait dit qu'il n'y avait plus rien à en tirer.

« Une vieille vicieuse », pensait Djibouti quand il la voyait revenir, remorquée par un camion.

– Pourrie de caprices, grognait-il, te voilà encore, tu te fous de nous, hein ? tu fais la forte tête, attends un peu... »

Le sourcil froncé, sa cicatrice rouge de colère, il empoignait la clé anglaise. Mais sa colère tombait vite. On ne pouvait se fâcher contre une bête malade. Il fallait la guérir avec délicatesse et patience, lui redonner confiance en elle-même, apprivoiser ce mauvais vouloir.

– Dis, tu voudrais pas tout de même qu'on te foute à la casse, qu'on t'envoie à la fonte... Qu'est-ce que tu as cette fois-ci... La magnéto, hein ? Je savais bien que t'irais chercher un truc compliqué... Eh ben non, je vais pas te la remplacer, ta magnéto... t'en payer une neuve... je vais rafistoler.

Le riche peut mépriser les choses, gaspiller, détruire, se servir de tout sans rien aimer, remplacer une voiture qui a cessé de lui plaire. Le pauvre est lié aux pauvres objets, il est forcé d'aimer les vieilles choses qui sont son seul bien, et à la longue les choses répondent à cet amour. Djibouti sentait que la vieille âme malade de la magnéto, qu'il démontait doucement, répondait à sa sollicitude, cette pauvre petite vie aspirait à la santé, à un nouveau service.

– C'était simple, une lame dévissée, grognait-il à mi-voix... Là, les vis, ne foutez pas le camp. Amène-toi, dit-il en sortant l'induit, laisse-toi faire, sois pas méchant.. Klin... Klin... Vous en faites pas les fils, tout à l'heure, je m'occupe de vous.

Il tapait de la paume contre les vieilles tôles de la Renault.

– Tu rouleras encore, que tu le veuilles ou non, vieille bourrique et le Père sera content.

Les autres pouvaient dire que Djibouti était un parle-tout-seul et qu'il vivait en sauvage. Mais le Père, lui, le comprenait. Un jour, il lui avait dit que « les choses ont reçu leur lot d'incarnation et participent à la rédemption du monde ». Djibouti avait approuvé, sans bien saisir le sens de ces mots compliqués.

À côté du garage, l'atelier des casseurs : Djibouti entendait les coups de marteau, le grincement de leur scie qui s'attaquaient aux objets condamnés Le bruit lui faisait mal, il n'aimerait pas faire ce boulot de démolition, nécessaire aussi pourtant, puisque la ferraille refondue redeviendrait de l'acier, redeviendrait un moteur flambant neuf : c'était peut-être ça que le Père appelait la résurrection des choses.

L'amitié pour le Père et les machines, la protectrice rumeur de la communauté, Noëlle et ses parents : tel était le monde de Djibouti et il suffisait à remplir son vieux cœur. Et puis il y avait les bêtes d'Emmaüs, les chiens. Son Finaud ne l'avait pas quitté depuis qu'il l'avait recueilli sur le premier chantier de la Barrière. Il avait « fait » aussi le chantier de Clos-Fleuri, et la chine, et la biffe, et, maintenant, il était son camarade de travail au garage.

L'amitié de Finaud n'était pas jalouse. Les soirs de printemps quand le travail ne pressait pas, il accompagnait Djibouti au poulailler, à la porcherie et au chenil Léon, le préposé à la « ménagerie », jouissait de l'estime de Djibouti. Un dimanche après-midi, l'« Ours » avait exceptionnellement accepté de boire un verre, au café du carrefour, avec plusieurs compagnons d'Emmaüs. À six heures, Léon s'était levé :

– Excusez-moi les gars, faut que je parte...

– T'as un rendez-vous ?

– Oui, un rendez-vous.

– Sacré veinard ! Un dernier verre, à tes amours...

– Non, pas le temps...

– Mais si, faut toujours faire attendre les filles.

– Les filles peut-être, mais pas mes bêtes...

Elles l'attendaient dans le crépuscule, collées contre le grillage au fond du parc d'Emmaüs, les chiens, les cochons, la volaille, affamées et inquiètes...

Léon était un athlète tranquille et jovial. Ancien engagé volontaire dans la marine, par goût de la bougeotte. Il déchanta vite : on ne bougeait pas beaucoup sur un bateau militaire. Forte tête, pas porté sur la discipline, il tira une douzaine de mois pour des motifs « honorables » : bordées irrégulières et conséquences, injures à officiers, bagarres, évasions. Il traîna à Marseille. Sa force et sa beauté lui assurèrent l'hospitalité dans le quartier des femmes. Mais Léon en partit par un besoin incompréhensible de propreté. Il traînait depuis trois mois à Paris, quand il découvrit Emmaüs.Il demanda à l'Abbé de le laisser s'occuper des bêtes. Cet instable avait trouvé là une assise et sa vie n'était plus la même depuis que des êtres l'attendaient.

S'occuper des trois cochons, des poules et des canards, des douze chiens, et bientôt d'une chèvre, ce n'était pas une planque. Chaque jour, avec les déchets de la cuisine, il faisait au fond du parc, la soupe des cochons dans une lessiveuse. Il nettoyait la bauge, donnait le pain à la volaille, faisait la tournée des trois chenils.

Certains des chiens avaient été recueillis dans la rue ou sur le champ de gadoue, les sans-race, les plus affectueux. Comme les hommes, ils avaient connu le désespoir de la solitude dans les rues vides, la faim, le froid, des nuits dehors : cela ne les avait pas rendus méchants. Dans leurs errances, ils avaient accumulé une réserve immense de tendresse qui s'extériorisait enfin, pour ceux qui leur apportaient la nourriture et des caresses. Jamais les compagnons ne les brutalisaient.

– Les bêtes, c'est très important pour Emmaüs, dit parfois l'Abbé.

Important, car ces êtres aimants n'étaient pas sans influence sur des hommes à qui la vie avait souvent refusé la chance d'aimer et d'être aimés. Et les hommes d'Emmaüs choyaient les bêtes, moins par sentimentalité que par solidarité. Certains leur avaient été donnés à la chine. Un voisin leur avait demandé de garder son épagneul le temps d'un voyage, et n'était jamais revenu.

Et les chats ! ils grouillaient autour de la cuisine. Des gens du voisinage, sachant Emmaüs ouvert à tous, même aux bêtes, venaient de nuit abandonner de petits chats sur la pelouse.

Dans une cahute de banlieue, où les compagnons avaient trouvé une vieille infirme mourant de faim, il y avait dix-huit chats. La femme s'était privée pour les nourrir. Ils en avaient recueilli quelques-uns et avaient lâché les autres dans la nature. La folle s'était plainte à la Société protectrice des animaux.

Quand le pain manquait aux hommes, on se séparait des chiens. Les sans-race faisaient de bons gardiens pour les ménages de Clos-Fleuri. Quant aux racés, Léon les vendait à un chenil des Champs-Élysées, non sans regret, non sans un sentiment de faute. Les bêtes ne sont pas des marchandises. Il avait, un jour, vendu un joli petit griffon. Le chien était revenu, frétillant, délirant, se roulant à terre, si éperdu de joie qu'il ne pouvait plus aboyer. Léon avait détaché le beau collier, l'avait jeté au feu sans lire le nom du propriétaire. Le Père l'avait grondé, était allé rendre l'argent au chenil, mais on avait gardé la petite bête.

Les soirs de printemps, surveillant les gambades des animaux lâchés dans le parc, Léon et Djibouti fumaient une cigarette sous le pommier en fleurs. La meute, heureuse, tournait en jappant autour des deux hommes paisibles.

Et l'argent que gagnait Djibouti, quatre cents francs par semaine, il le versait à la Caisse d'épargne au nom de son amie Noëlle.

III

L'espérance est la plus forte...

25

« Quitte ou double ».

Le Père n'avait pu prendre au sérieux l'idée de concourir à « Quitte ou double ». Aussi ce projet était-il loin de sa pensée, lorsque au début d'avril, il traversa Chantilly au volant d'un camion chargé de vieux meubles, produit d'une journée de chine à Senlis.

– Tiens, un cirque, dit le jeune homme qui l'accompagnait.

Le chapiteau se dressait sur l'esplanade, entouré de plusieurs roulottes métalliques. La foule allait et venait aux abords de la palissade blanche. Le soleil d'une douce après-midi printanière lustrait le décor de fête, faisait étinceler les toits des voitures, les frontons bariolés de la ménagerie, les ornements multicolores dressés pour la parade ; le vent agitait les oriflammes, les banderoles de publicité. De l'énorme tente emplie pour la séance de l'après-midi, jaillissait une musique amplifiée par les haut-parleurs, entrecoupée d'applaudissements et de rires. Le cirque donnait, ce jour-là, sa première séance de la saison, commençait ici son périple de dix mois à travers la France.

– C'est le cirque du « Quitte ou double » ? demanda le Père.

– Oui.

Le Père freina près de la palissade, contre laquelle s'appuyait un homme à casquette rouge :

– Que voulez-vous faire, Père ? demanda le compagnon. Ça vous tente d'aller au cirque ?

– Oui, ça me tente.

Il passa la tête par la portière.

– Dites-moi pour se présenter au « Quitte ou double »...

L'homme, surpris, regarda le prêtre, le camion chargé de vieilles chaises et de sommiers branlants :

– Voici la roulotte de François Chatelard, dit-il, en touchant sa casquette. C'est à lui qu'il faut vous adresser...

À la fin de l'après-midi, les concurrents inscrits pour la séance du soir se trouvaient réunis à la terrasse d'un café où François Chatelard allait leur faire subir un examen éliminatoire. Ils étaient une dizaine dont une jeune femme, sans doute institutrice. Les hommes blaguaient pour cacher leur trac, se répétaient :

– Qu'est-ce qu'on risque ?

Ils regardèrent avec curiosité entrer un prêtre barbu qui s'assit à l'écart avec son compagnon.

Le soleil couchant illuminait la place, les arbres, la foule de flâneurs joyeux sortant du cirque. Le Père n'était pas sans inquiétude. Avait-il le droit de servir la publicité de cette grosse entreprise, même s'il ne s'agissait que d'une marque de savonnette ? Il s'était avancé dans cette « mare » dont avait parlé son ami hindou. Risquer, et peut-être dans quelques instants allait-il sortir battu de l'épreuve. Mais la pensée d'un échec ne le troublait guère. Tout cela était à demi réel. Le vrai problème : Emmaüs... François Chatelard entra petit, rond, alerte, une serviette à la main, s'assit à une table de la terrasse et fit l'appel des candidats. Trois seulement seraient retenus pour le gala du soir... Il sortit de la serviette son fichier bourré de cartons où les questions étaient classées par spécialités.

– Sur quoi voulez-vous être interrogé, Monsieur l'abbé ?

– Cela m'est égal, dit le Père.

– Eh bien, nous prendrons, si vous voulez, une spécialité qu'on nous demande peu souvent, « questions d'actualité ».

– Allons pour les « questions d'actualité ».

Chatelard lui tendit une feuille blanche et un crayon.

– Voici ma première question : vous en écrirez la réponse.

Le soir, vers 10 heures, pendant que se déroulait la première partie du spectacle à laquelle il ne participait pas, Zappy Max vint passer la tête à la fenêtre de la roulotte où se trouvait François Chatelard. Celui-ci, en bras de chemise, se penchait sur un appareil enregistreur et « travaillait » la bande de la séance de l'après-midi. Il faisait parler, crier, chanter l'appareil, choisissait les passages qui passeraient le lendemain à la radio, stoppait les rouleaux, coupait avec des ciseaux le ruban plastique, collait l'un à l'autre les fragments, et relançait les cris, les rumeurs, les paroles, les rires... D'un enregistrement d'une demi-heure, il ne devait retenir pour l'antenne que quelques minutes et les coupures devaient se mélanger sans que les raccords soient sensibles à l'oreille. Travail délicat de mise au point qui l'absorbait plusieurs heures, parfois tard dans la nuit. Les extraits les plus intéressants des bandes ainsi travaillées étaient transmis par ligne téléphonique spéciale, à Paris, au centre radio, et là, enregistrés, et lancés au jour voulu sur l'antenne. Des millions d'auditeurs écoutaient l'une des émissions les plus populaires du réseau de langue française.

– Ça n'a pas été fameux cet après-midi, dit Zappy, la tête à la fenêtre de la roulotte. Cette étudiante qui m'a répondu que le *Voyage au bout de la nuit* était de Jules Verne...

– Dis donc, ce soir, ce sera meilleur, dit François en tirant vivement la bande enregistrée en arrière, ce qui fit couiner l'appareil comme une troupe de canards en colère. Tu auras un curé qui est drôlement fortiche.

– Il passe en quelle série ?

– « Questions d'actualité »... Les autres sont quelconques. Où en est-on ?

Zappy tendit l'oreille : les rires du public sous le chapiteau, les ondes de rires enchaînées les unes aux autres, soulevées par les gags en cascade de clowns acrobatiques.

Les Craddoks, dit Zappy, c'est l'entracte. Je me sauve. Après la séance, viendras-tu dîner aux flambeaux dans les écuries du château ? Il paraît que ce sera grandiose... avec sonneries de cor de chasse, piqueurs en costumes, du tralala...

Il imita le son de la trompette :

– Mon boulot,... dit François.

Plusieurs voix de jeunes filles, sur la place, en dehors de l'enceinte, se mirent à crier :

– M'sieur Zappy, M'sieur Zappy...

– De dos aussi, on te reconnaît, dit Chatelard.

– J'suis populaire, gouailla Zappy, en roulant des yeux blancs.

Il fit un petit saut, et sa tête disparut.

François stoppa l'appareil, ferma le contact. Avant de se rendre dans la voiture d'enregistrement qui, pendant l'entracte, pénétrait sur la piste du cirque, il s'assit à sa table et choisit dans son fichier les questions pour les trois concurrents du soir, glissa les cartons dans trois enveloppes.

– Voyons ce que donnera le « curé fortiche » se dit-il. Qu'il tienne au moins jusqu'à trente-deux mille.

À la quatrième question, le Père sourit franchement.

– Je vous vois sourire, s'écria Zappy, puis-je vous demander pourquoi ?

Il le déconcertait un peu, ce petit curé en blouson déchiré, aux souliers boueux, qui avait répondu avec une parfaite tranquillité aux trois premières questions de politique qui eussent embarrassé des spécialistes : Qui était président du Conseil en 1947 ? Quelles avaient été les conférences internationales à quatre après l'armistice ? Quel est le nom officiel des états d'Indonésie ?

– Je souris, dit le Père, parce que je trouve curieuse cette quatrième question que vous me posez.

– Le nombre de députés à l'Assemblée nationale ? Mais peu de Français le savent, Monsieur le curé, et si j'interrogeais chaque personne de l'assistance...

– Je vais vous dire : j'ai été député... Nous étions 600...

Zappy se recula, il y eut un petit temps de stupeur, puis les bravos descendirent du haut des gradins, envahirent l'amphithéâtre.

– Bravo ! criait Zappy. Combien, monsieur Tiroir ?

– Seize mille francs...

– Seize mille francs, vous continuez ? ...

– Oui, pourquoi pas ?

Le malaise du Père, à l'instant où il avait pris place sur l'estrade, devant le micro, s'était dissipé ; il avait accepté le risque de ce rôle, face à la foule qui, peut-être, guettait, pour s'en amuser, sa première faiblesse, à côté de cet homme chargé d'être drôle, éventuellement à ses dépens, et qui, dans son habit blanc, dansait autour de sa soutane noire.

Maintenant, il les sentait tous désireux de le voir réussir. Ils encourageaient gentiment, par leurs bravos, ce prêtre pauvre, en blouson usé, ils espéraient le voir remporter une petite somme dont on voyait qu'il avait si grand besoin, pour s'acheter, au moins, un blouson neuf. Mais voici qu'il leur avait dit sa qualité d'ancien député, et de réponse en réponse, ce sentiment de pitié se changeait en stupeur... et en admiration. Oh, mais cela devenait tout à fait passionnant ! L'enchère montait, et le risque que l'étrange candidat acceptait une fois de plus avec une audace quasi inconsciente, donnait au jeu un attrait presque angoissant.

À l'Assemblée nationale qu'on venait d'évoquer, comme lors de conférences innombrables, de congrès, de réunions électorales, le Père s'était trouvé ainsi livré au public, armé des seules ressources de son esprit. Mais alors ce n'était pas ce jeu, un peu dégradant, financé par une marque de savon. Il savait émouvoir, retourner, par la force d'une pensée sincère, la conviction de l'adversaire. Maintenant, il jouait. Or, après ces quatre questions, il lui semblait que le jeu se déroulait presque sans lui, spectateur d'un autre qui jouait à sa place comme s'il dictait lui-même les questions :

– Que signifient les initiales FAO ? dit Zappy.

Le Père avait connu à l'ONU le fondateur de la *Food Agricultural Organisation* : le *hasard* comme disent les gens.

Derrière lui sur l'estrade, à droite, un petit homme chauve assis derrière une table annonçait des chiffres, sortait des billets d'une cassette. Zappy répétait en criant le chiffre, comme aux enchères...

La foule applaudissait. Puis retentissait le « Voulez-vous continuer ? » La seule phrase qui lui demandait un effort, parce qu'elle remettait en question son engagement.

Mais il s'enfonçait de plus en plus profondément dans cette « mare » pour retirer son enfant en danger : oui, il continuait. Et d'autres chiffres, si énormes qu'ils n'avaient pas encore pris signification, voletaient lourdement autour de lui, l'écho frémissant se perdait dans le halètement des gradins obscurs.

– Qui est le plus âgé de Churchill et de Staline ?

– Que signifie le sigle BUS ?

La facilité des questions lui donnait une bizarre impression de tricherie, comme à un adulte jouant avec des enfants.

Zappy s'était écrié : « Mais, Monsieur le curé, vous avez une mémoire phénoménale ! » puis avait cessé ses plaisanteries.

« *Quitte ou double* ».

Le Père mesurait le malaise de la foule à l'intensité du silence qui accompagnait ses hésitations, aux « Assez ! assez » qui répondaient pour lui à la question traditionnelle. Le trapéziste dont l'audace tord les entrailles de l'assistance, qu'il ne cède pas au péché du trop-bien ! Avec un petit choc, le Père reprit terre : tout cela était très sérieux. Il pourrait acheter le camion, payer l'arrière du terrain de Clos-Fleuri. Tout cela était réel et sérieux. L'argent.

Il dit :

– Oui, j'arrête.

La foule soulagée applaudit. Zappy cria en trépignant :

– 256 000 ! Vous vous arrêtez, c'est votre droit. Voulez-vous savoir à titre de curiosité la question suivante ?

– Si vous voulez, dit le Père.

– Pourquoi la rue Saint-Jacques porte-t-elle ce nom ?

– Parce que les pèlerins partant pour Saint-Jacques de Compostelle quittaient Paris par cette rue.

– Bravo... vous auriez pu gagner 521 000 francs...

Le Père haussa les épaules en souriant... Le jeu... M. Tiroir s'avançait, dans les mains un paquet de grands billets de dix mille francs.

L'éclair des lampes flash de reporters photographes.

– Puis-je à mon tour poser une question ? dit le Père en souriant.

– Mais volontiers, dit Zappy Max surpris, à vous le micro.

Il s'inclina et il s'écarta d'un petit pas danseur. Le Père s'avança. Il avait gagné le droit d'être meneur de jeu, de conduire enfin la partie comme il l'entendait. Il avait une question à poser à son tour, non seulement au public présent, mais aux centaines de milliers d'auditeurs qui, demain, l'entendraient aux quatre coins des ondes. Il avait quelques paroles à dire, et c'est pour avoir la possibilité de les lancer à la face du monde qu'il était monté sur l'estrade. Il prit la tige du micro, comme on prend une arme. Il dit :

– La question que je voudrais poser à chacun de vous est la suivante : combien allez-vous m'envoyer pour bâtir des logis aux sans-logis ? Car, si j'ai pu vous amuser, j'en suis heureux, mais ce n'est pas pour m'amuser que je suis venu...

Et, en peu de mots, il expliqua Emmaüs.

– Si vous voulez, dit le Père.

Deux heures du matin. Le Père, entouré d'une foule étonnée, était remonté dans son camion, et roulait vers Emmaüs, pendant que les cors de chasse sonnaient sous les voûtes des anciennes écuries du château de Chantilly ; les flammes des torches et des chandelles faisaient rutiler les costumes rouges des chasseurs, étinceler les bijoux, les toilettes des femmes, la vaisselle d'argent et de cristal sur la table fleurie. Une jeune femme passait avec un plateau où les convives du banquet déposaient pour Emmaüs les offrandes qui se montèrent à la moitié de la somme gagnée au cirque.

Sur la route, le Père, épuisé, souriait et songeait aux moyens inattendus et pleins d'humour que prend la providence pour rattraper son quart d'heure de retard. Mais, après tout, que représentait cet amas de billets dans la poche de son blouson ? Le salut définitif d'Emmaüs ? Oh non... un secours, un allégement de quelques soucis, mais les besoins de la communauté restaient immenses ; et bientôt, le Père s'absorba dans ces problèmes. Son compagnon s'était endormi. Soudain, le moteur eut des ratés, s'arrêta. Panne d'essence en pleine campagne.

Au loin les rares lumières de La Courneuve.

Le jeune homme se réveilla :

– Il faudrait aller jusqu'au garage : avez-vous de quoi payer, Père ?

L'un et l'autre avaient oublié le gain. Ils éclatèrent de rire. La nuit était douce, ils décidèrent de dormir dans le camion.

26

Un journaliste découvre Emmaüs.

– Dites donc, Chassat, avait dit le rédacteur en chef, ça peut faire un papier amusant, ce curé qui a ramassé une fortune au « Quitte ou double ». Allez faire un tour chez lui : des échos, des portraits de clochards réjouis de l'aubaine, du pittoresque, du pathétique, sa cour des miracles en liesse, vous voyez le genre... et de l'émotion aussi, hein ? Cinquante lignes, pas plus, et deux photos... Attendez, je demande l'adresse.

Trois jours après, le jeune journaliste n'avait pas encore livré son papier ; il pensait : « Cet article que je veux écrire, le chef le prendra tel qu'il sera. Je ne veux pas qu'il coupe ou retouche une ligne... Tel quel, ou il ne paraîtra pas. » Mais il en retardait encore la rédaction. Ce n'était pas la matière qui faisait défaut. Non, il hésitait parce que le papier qu'il voulait écrire ne ressemblait guère à celui que le rédacteur en chef lui avait demandé de « torcher » en cinquante lignes. Entre-temps Chassat avait découvert Emmaüs. Ç'avait été une révélation dont il ne pouvait parler en style d'échotier. Il était venu interviewer une vedette de l'actualité et c'était à l'âme d'Emmaüs qu'il avait eu affaire. L'âme souffrante, courageuse, espérante de la communauté réclamait de lui un témoignage sérieux, complet, réclamait aussi son engagement, sa participation à la même lutte. Un *service.*

Et le journaliste essayait de mettre en ordre les notes et les impressions accumulées depuis ce matin où, bloc-notes en poche, appareil photo en bandoulière il avait gravi la montée d'Emmaüs.

Dans l'autobus, il s'était dit, comme au début de chaque reportage : « Faisons-nous un esprit neuf, alerte, curieux, non prévenu ». C'est simple, je ne sais rien de ce curé, sinon qu'il a gagné 250 000 francs à « Quitte ou double ». Il dirige un asile. Je ne sais rien d'autre. Au fond, ça m'embête, je préférerais interviewer une autre vedette. Terminus. Voici l'avenue. Pourquoi diable un asile de clochards... une cour des miracles est-elle venue s'incruster dans cette banlieue semi-bourgeoise ?

En montant, il avait jeté un coup d'œil sur les jardinets soignés, que décoraient de fausses margelles de puits en briques peintes et vernies, avec des rocailles, des chats, des colombes en porcelaine suspendues dans les branchages, naïves fantaisies rococo de petits propriétaires qui soignent avec amour l'abri de leurs vieux jours.

En haut de l'avenue, une cloche tinta, tira le visiteur à elle, il dépassa une école maternelle, toute neuve. Quelques pas encore. Pas moyen de s'y tromper. C'était là. Un écriteau : « EMMAÜS. Foyer d'action sociale et centre de rencontres internationales. »

Drôle de nom pour une « cour des miracles ». Le portillon de bois était grand ouvert pour laisser libre passage aux voitures dont les roues avaient creusé la cour de profondes ornières. L'aspect de la maison ne donnait pas l'impression d'un asile : un bâtiment de belle allure, avec perron et balcon. Cinq fenêtres de façade, toit d'ardoise mansardé. Cour devant avec pavillons latéraux et parc derrière : cela eût pu être la demeure d'un médecin à la clientèle fidèle et cossue, d'un notaire retiré, fortune faite.

« Le Château de la purée ! bon titre pour l'article », pensa Chassat.

Il y avait de la lumière dans la maison, dans les pavillons de la cour, sous les tentes. Une odeur de café lui parvint du pavillon de gauche, quand la porte s'ouvrit devant des ombres frileuses. Des hommes mal éveillés, l'un avec une capote militaire, pénétrèrent dans le local.

Le journaliste flaira Emmaüs, se laissa pénétrer par l'atmosphère où vit son homme : or, ce n'était pas l'atmosphère d'un asile, mais plutôt d'un cantonnement de soldats, ou d'une communauté de travail. Un moteur se mit à grogner derrière le bâtiment principal. Une voix cria :

– Jean, le cric !

– Je l'ai prêté à Guy.

– Grouille-toi Louis.

Cet usage du prénom n'est pas une habitude d'asile, ni de caserne, ni d'usine, avait pensé le journaliste. La vie en communauté, la solidarité dans le travail ne lui sembla pas suffire à l'expliquer.

Près de lui, un homme sortit d'une cave, les bras encombrés de jouets, qu'il déposa sur la plate-forme d'une camionnette. Il demanda gentiment au journaliste :

– Vous cherchez le Père, Monsieur ? Il vient de dire la messe, guettez-le près du perron ou du côté du réfectoire.

Le jour s'était levé. Une dizaine d'hommes (non, décidément, ce ne sont pas des clochards...) poussaient un camion vers la pente de l'avenue. Les roues évitaient de justesse des cadres, des statuettes, des chaises rangés contre le mur de la maison.

Les objets ! le journaliste découvrit, avec un effarement ravi, leur invasion : voilà du pittoresque. Depuis le bibelot jusqu'à l'armoire à glace, depuis un perroquet empaillé jusqu'au canoë en caoutchouc, en passant par le chiffon, le papier, la ferraille des carcasses d'auto : trésors et déchets plus variés que les accessoires d'un studio de cinéma. Ce bric-à-brac sans style, et de toutes les époques, envahissait les allées, les hangars, les tentes, s'infiltrait dans les logements, s'accumulait près du potager en une immense nature morte. (À noter et à photographier.) Le camion qui démarrait en emportait une cargaison. Une équipe en déchargeait une autre. « Un déménagement », notait l'esprit non prévenu.

Un déménagement, voilà à quoi pensait notre visiteur qui amassait un trésor d'images pittoresques. Un déménagement urgent, rapide et un emménagement parallèle, aussi urgent, aussi rapide : des objets partaient, d'autres arrivaient. Et, malgré l'impression de désordre et d'improvisation que pouvait donner un premier coup d'œil, tout semblait s'accomplir de manière préconçue. Chaque homme devait avoir sa spécialité, chaque objet sa destination.

Le journaliste nota sur son carnet : « Entreprise de chiffonniers, petite usine et non un asile... Atmosphère très spéciale... Activité dans l'entente, travail en communauté... » Il interrogea l'un des travailleurs :

– Puis-je voir le Père ?

– Voyez au bureau, dit l'homme en montrant le perron.

Un premier bureau d'accueil : téléphone, casiers, machine à écrire. Au mur, liste des effectifs, répartition des équipes, tableau du matériel roulant, schéma de travail d'une maison correctement organisée.

« Où est la cour des miracles qu'imaginait le rédacteur en chef ? »

Chassat se présenta au petit homme d'une cinquantaine d'années qui balayait. L'autre sourit :

– Journaliste ? ... attendez un instant.

Il poussa une porte dans la cloison de sapin. Derrière cette cloison, plusieurs voix :

– Tu grouperas ton circuit, dit la plus grave teintée d'un accent suisse. Trois maisons dans le VIIe. Essaie de revenir pour midi.

Une voix jeune répondit :

– La nourrice du Berliet est dessoudée, et Patoche est malade.

– J'irai le voir. Pour le camion, vois Djibouti.

Le planton annonça la visite d'un journaliste... La voix grogna :

– Il s'est trompé de métro, ton journaliste. C'est pas ici le zoo.

Derrière la cloison, Chassat entendit et sourit : amusant, à noter.

Le planton revint :

– Le Père est chez lui, il va descendre. Si vous voulez parler à M. Luc.

« M. Luc » le fit asseoir dans un fauteuil, et le pria de l'excuser un instant. D'abord l'expédition des affaires courantes : listes d'adresses à remettre aux compagnons qui partent pour la collecte de la chine.

– La chine ?

On lui expliqua qu'il s'agissait du ramassage des objets dans les maisons. (À noter, pensa Chassat.)

L'un des deux hommes, debout, plia sa liste et partit.

À travers la toile transparente qui remplaçait la vitre de la fenêtre, on vit passer la forme floue d'un camion, avec des hommes debout sur la plate-forme.

– Départ pour la biffe sur le tas, dit M. Luc à l'adresse du journaliste.

– La biffe sur le tas ?

– Récupération sur les champs d'épandage.

– Ah bien ! (À noter, intéressant.)

La sonnerie du téléphone. M. Luc décrocha.

– Oui... C'est que nous ne recevons pas de femmes... c'est impossible.

– ...

– Se sont-ils adressés à la Croix-Rouge ?

– ...

– Ils pourront manger, mais impossible de les loger.

– ...

– J'en parlerai au Père. Qu'ils viennent tout de même. Ils lui parleront de vive voix, c'est préférable.

Il raccrocha avec un soupir, tendit une feuille au second des hommes, très maigre, en salopette.

– Tiens, Raoul, le Père a laissé ça pour toi.

L'autre déchiffra lentement l'écriture nerveuse :

– « Voir pour Miette : la cuisinière sous le hangar. » Qui ça Miette ?

– C'est cette famille dont la bicoque a brûlé la semaine dernière vers Rosny, et que le Père a logée provisoirement sous une tente à Clos-Fleuri.

– Bon, on va voir...

Il sortit.

– Ouf, dit M. Luc. Enfin un moment de calme.

Il tourna vers le visiteur son visage carré, au crâne chauve, de sexagénaire. Derrière les gros verres des lunettes, un regard bleu. Les lèvres généreuses font une moue de scepticisme teintée d'amertume. Chassat apprit plus tard qu'après quarante ans de bureau, incapable de supporter l'inactivité de la retraite, M. Luc, notaire suisse, avait offert à Emmaüs son aide volontaire.

– Donc, vous voulez voir le Père. Je ne veux pas le déranger : il dépouille son courrier... Mais si je peux vous renseigner...

– Oui, expliquez-moi cette maison.

Le notaire commençait à expliquer Emmaüs, quand on frappa à la porte : un jeune homme à la main bandée venait se faire soigner. Les blessures s'infectent vite dans ce métier. Le notaire, faisant fonction d'infirmier, nettoya les plaies douloureuses.

– Je vous l'ai dit plusieurs fois ! Mettez toujours des gants.

– J'avais des mitaines, Monsieur Luc, des chaussettes de grosse laine.

– Si cela ne s'arrange pas, il faudra aller demain voir le docteur en ville.

On entendit à l'étage au-dessus cliqueter une machine à écrire : Mademoiselle répondait au courrier. On frappa encore. Le chef cuistot passe la tête :

– M'sieur Luc, la note du vin.. Le représentant de chez V... fait le litre cinq francs moins cher.

– Vois le Père.

Le notaire reprit son exposé, et Chassat accumula les notes : la genèse de l'entreprise, sans plan préconçu, les étapes successives de l'œuvre, les épreuves ; le courage de cet homme que soutenait la foi.

– Mais, vous-même ? demanda le journaliste.

Le notaire haussa les épaules. Croyant ? Athée ? Sceptique ? De toutes façons, un homme généreux.

Soudain, la porte s'entrouvrit, une voix jeta hâtivement :

– Je file à la préfecture, au sujet du terrain de la Hêtraie. Impossible de remettre. Je rentrerai avant midi.

– Père, un instant...

Mais déjà la porte était refermée. Le journaliste avait entrevu un visage ascétique, au long nez droit, une barbe noire, des yeux sombres, fiévreux.

On entendit bientôt le bruit d'une auto qui démarrait...

– Et voilà, c'est toujours comme ça, dit le notaire, je ne le vois qu'en coup de vent.

Ils furent à nouveau interrompus par l'arrivée de deux architectes-conseil qui voulaient étudier avec le Père le lotissement d'un nouveau terrain.

– Acheté avec le « Quitte ou double » ? plaça le journaliste.

Le notaire répondit que cette aubaine rendait possible le versement d'un premier acompte pour l'achat d'un nouveau terrain à bâtir, et l'acquisition d'une ou deux voitures d'occasion. Mais il fallait tant d'argent pour accueillir, secourir, loger, donner le minimum aux hommes, aux familles qui arrivaient chaque jour les mains vides : l'aubaine du « Quitte ou double » était une goutte d'eau dans la mer.

Il répéta à mi-voix :

– Une goutte d'eau dans la mer.

La matinée s'avançait. En attendant le retour du Père, le journaliste était sorti. Il fit un tour dans le parc. Le soleil pâle traversait les jeunes feuillages des hauts marronniers. L'air sentait la terre fraîche et l'herbe neuve. Chassat explora tous les recoins du centre, bavarda avec les ouvriers casseurs, radioélectriciens, mécaniciens, réparateurs, cordonniers et manœuvres. Il visita la chapelle, le réfectoire, se laissa offrir un café par un petit cuisinier barbu ; il regarda les charpentiers monter un hangar, caressa les chiens à travers le grillage du chenil, bêtes toutes éperdues de tendresse. Il vit revenir le camion des chineurs avec une haute cargaison branlante, vite déchargée et triée ; des voitures entrer et sortir, une « Vedette » s'arrêter devant le portail et un monsieur avec une serviette demander à voir « Monsieur l'abbé ».

Puis, une femme poussant une voiture de bébé et un homme donnant la main à une petite fille avaient franchi timidement la grille, encouragés par l'écriteau : « Soyez les Bienvenus. » Elles demandèrent à parler au Père.

« Voir le Père » pensa Chassat, « parler au Père », « le Père décidera... », « le Père arrangera ». C'était le refrain de la maison, un cri d'enfant perdu.

À midi, il n'avait pas osé accepter l'invitation du notaire à partager le repas de la communauté. Il était allé déjeuner dans un bistrot, au carrefour. Et là, il découvrit que tout l'esprit de son reportage devait être modifié.

Il ne pouvait parler d'Emmaüs sans entraîner ses lecteurs vers les champs de gadoue, et les chantiers de construction. Cette aventure d'Emmaüs avait un arrière-plan si dense et si enchevêtré, si riche d'humanité et de... spiritualité, que le jeune journaliste se sentait soudain découragé. Il comprenait que son hebdomadaire illustré, bourré de belles filles, de faits divers sanglants, d'échos de coulisses, de cinéma, de romans sentimentaux en images, de chroniques sportives ne publierait sur Emmaüs qu'un article truqué.

Non, il ne s'agissait plus d'un simple reportage sur les impressions d'un pauvre curé, lauréat de « Quitte ou double ». Cette chance ne constituait qu'un mince épisode au regard de l'extraordinaire aventure d'Emmaüs.

– Le papier passera tel quel, ou ne passera pas, se répétait-il. Mais il n'était pas encore écrit, à peine imaginé.

Il put joindre le Père, toujours pressé, à sa sortie du réfectoire. Accueil direct, simple, sympathique.

– Il faut que je parte tout de suite en auto, dit le Père. Le plus simple est que vous veniez avec moi. Nous serons de retour vers six heures.

Mais Chassat n'eut pas le loisir de bavarder avec lui, pour l'interviewer sur ses impressions de lauréat à « Quitte ou double ».

– Excusez-moi dit le Père au journaliste, en démarrant. Je n'ai le temps de parler de questions du foyer qu'en roulant en auto. Êtes-vous bien ?

– Oui, parfaitement bien.

Sur la banquette avant, un jeune homme d'Emmaüs avait pris place.

Dieu, qu'il conduisait vite sur les pavés de la banlieue ! La vieille bagnole criait casse-cou de toute sa carcasse, qui vibrait, tintait, grinçait. Le Père accélérait avec la tranquillité d'un somnambule et parlait d'Emmaüs avec son jeune assistant. À l'arrière s'empilaient une tente, des couvertures, un matelas, et un petit fourneau ; et coincé contre la portière branlante à la serrure peu sûre, Chassat se cramponnait, tendait l'oreille vers la conversation du Père et de son compagnon. Tout cela présentait un caractère aventureux, offrait les éléments d'un reportage vivant, mais, pour la première fois depuis ses récents débuts dans le journalisme, le jeune homme éprouvait l'impression désagréable et assez humiliante d'être parfaitement inutile, d'être toléré par gentillesse, par la faveur qu'un adulte accorde à un enfant. Il lui était venu, depuis qu'il s'était initié à Emmaüs, un sentiment d'infériorité très déconcertant. Quand il allait interviewer une vedette, une actrice ou une reine de beauté, l'accueil qu'on lui réservait le rendait très conscient de son prestige de journaliste, de sa puissance de maître de l'opinion publique, très fier de son métier, le plus beau métier du monde. Or, ici, chez ces hommes engagés dans l'action pour la vie, son rôle de témoin avait quelque chose de futile. Si, à son tour, par sa plume, il ne pouvait aider pratiquement au salut d'Emmaüs, si de sa visite, il ne retirait qu'un papier pour amuser le public, sa présence ici n'avait aucun sens, et constituait un abus de confiance. Chassat serra les poings, et pensa une fois de plus :

– L'article que j'écrirai passera tel quel...

On quitta la ville. Soleil sur la plaine fleurie... Randonnée vers le champ d'épandage puant où vingt chiffonniers travaillent dans un vol de mouches ; puis vers le terrain en friche planté de bosquets d'acacias et de hêtres, à la limite de la Brie, cette « Hêtraie », où le Père projetait d'édifier une cité de trente pavillons. Pour l'instant, c'était le désert, la brousse. Une famille avec trois enfants attendait sur l'herbe, au bord de la route, la tente que le Père leur apportait : la première famille de pionniers, hier errante, aujourd'hui presque déjà un foyer.

Puis, ce fut la montée vers une petite gare du chemin de fer de ceinture où le Père marchanda l'achat d'un vieux wagon « 40 hommes, 8 chevaux ».

Visite à un second dépôt de détritus, où stationnaient deux roulottes. Le Père entra dans l'une d'elles pour réconforter une femme malade, dont on entendait jusque dehors les gémissements. Deux petites filles jouaient autour de la voiture. Au moment de repartir, l'un des huit biffins qui vivaient dans la seconde roulotte et qui exploitaient le champ vint apporter un petit chien perdu : il rejoindrait les autres au chenil d'Emmaüs. Le Père pria Chassat de prendre la bête puante avec lui à l'arrière de la voiture.

L'après-midi finissait. Retour au faubourg. Arrêt chez un ferrailleur qui achetait à Emmaüs le platin, puis, devant une entreprise de bâtiment.

Enfin, à la nuit, on repassa par le chantier de construction de Clos-Fleuri. À l'extrémité du terrain, et séparés de la petite cité par une clôture, se dressaient plusieurs hangars. Là, serait édifié l'entrepôt où la marchandise de récupération, le gros de la chine seraient stockés, triés et expédiés, de façon à désencombrer Emmaüs. Ainsi la communauté deviendrait grossiste et se passerait d'intermédiaires.

En arrêtant l'auto devant l'entrée de l'entrepôt, le Père dit à Chassat :

– Tenez, là-bas, ce camarade est un ancien collègue à vous, un journaliste qui est venu travailler avec nous, il y a deux mois.

Chassat n'avait pas eu envie d'interviewer son collègue le journaliste. Il avait eu sa ration de pittoresque vécu.

Pendant que le Père et son compagnon s'étaient éloignés de la voiture, Chassat, le chien endormi sur ses genoux, s'était senti envahi par une amère rêverie.

La nuit était tombée. Deux énormes gazomètres se dressaient comme deux murailles noires sur l'écran rougeâtre du couchant. Dans les petites maisonnettes, des lampes brillaient, on entendait des airs de musique, les aboiements d'un chien. Chassat pensa à la fois avec pitié et envie à son collègue le journaliste, qui avait renoncé au plus beau métier du monde pour celui de chiffonnier-bâtisseur.

Chassat n'avait pas eu envie de lui parler, de l'entendre lui dire :

– Le journalisme, j'en ai eu marre, un jour. J'ai eu besoin de faire autre chose, quelque chose de vrai...

Chassat s'imaginait entendre ces mots. Il imaginait l'homme ajoutant : un boulot constructif.

Lui, Chassat, il resterait fidèle à son métier qui peut être le plus beau métier du monde. Seulement, il faudrait pouvoir écrire tout ce qu'on pense, tout ce qu'on sent, la vérité qui claque, qui choque, qui bouleverse, qui fait mal.

– L'article que j'écrirai sur Emmaüs passera tel quel...

L'article parut *tel quel.*

Et les mois suivants, de nombreux journaux français et étrangers, de toutes tendances, déléguèrent à Emmaüs leurs reporters. La télévision, la radio rendirent Emmaüs célèbre dans le monde.

Entre autres, un magazine féminin à grand tirage suscita une féconde campagne de dons, accompagnés de lettres bouleversantes. (L'une d'elles postée de Belgique était adressée à : *M. l'abbé Emmaüs. France.*) « Je vous envoie mille francs, et ma voisine, une vieille dame très pauvre, a voulu y joindre le maximum de ses possibilités : donc ci-joint mille vingt francs. »

« Voici cent mille francs. Ne me remerciez pas. N'oubliez pas mon adresse pour venir de temps à autre secouer mon égoïsme. »

De plusieurs lettres : « Je vous remercie d'exister... »

Mais à certaines qui exprimaient un enthousiasme platonique, le Père était tenté de répondre : « Vous me dites votre émotion et votre admiration, hélas ! je ne suis pas encore parvenu à faire cuire l'émotion et l'admiration dans nos marmites... »

La célébrité d'Emmaüs livrait au grand jour le scandale de la misère, et la solution apportée par la communauté. Le Père entreprit des tournées de conférences qui secouèrent la conscience publique.

Mais la vie profonde du foyer n'en fut pas modifiée... car dans le même temps qu'arrivaient de nouveaux secours, les détresses ne cessaient d'affluer, les problèmes se multipliaient. De l'arbre planté dans le sol de la misère jaillissaient des rameaux sans cesse plus forts, parce qu'une fertilité inépuisable les nourrissait.

L'article de Chassat tomba sous les yeux d'un salaud.

27

« Casino ».

Marcelle, la petite bonne de l'hôtel, se glissa, souriante, dans la chambre aux volets clos. Charles D., dit « Casino », étendu en bras de chemise sur le lit, entrouvrit un œil. La sueur lui perlait au front ; une chaleur d'orage oppressait la ville.

– Tu ne t'ennuies pas trop, mon grand ? murmura-t-elle.

– Heu... grogna-t-il.

– Tiens, voilà de la lecture. J'ai chipé ça au café.

Elle sortit de dessous son tablier un illustré datant de trois semaines.

– R'ci, dit-il, sans faire un geste pour le prendre.

Elle le posa sur le lit, s'assit sur le bord, et regarda avec une expression d'admiration le visage aux traits lourds qu'ennoblissait une barbe drue en fer à cheval.

– Ce que tu parais grand, comme ça, étendu. Ce que tu es fort, dit-elle. Pas comme les autres articles...

Puis son sourire s'éteignit.

– Dis, j'ai entendu le patron parler de toi : ça fait trois semaines que la chambre n'est pas payée...

Il fronça les sourcils, et après un silence :

– Est-ce qu'il y a un piano chez lui ?

– Oui, même que sa gamine jouait dessus avant de partir au pensionnat chez les sœurs. T'as une idée avec ce piano ?

– Une petite idée, oui : l'installer dans la salle du bistrot et y jouer le soir, pour créer une ambiance, tu comprends ?

– Chic, s'écria-t-elle enthousiasmée, et un bal le samedi ! C'est l'heure de l'apéritif, et il est de bon poil à ce moment-là. Prépare-toi, je file. Je te monterai quelque chose à manger vers neuf heures.

Une demi-heure après, Casino descendait dans la salle. Il tenait à la main le petit carton à musique qu'il n'avait pas abandonné depuis vingt ans, depuis le temps où il composait des chansons à la mode.

Le patron fit une moue hostile quand il lui exposa son offre. L'« Artiste » lui inspirait une instinctive répugnance.

– Il y a déjà un poste de radio dans la salle.

– De la musique mécanique, répliqua le musicien, vous comprenez bien que ce n'est pas la même chose que si vous aviez un pianiste attaché à l'établissement.

– Le piano est à ma fille... Et puis, je vais vous dire : ça donnerait à la maison le genre bastringue.

– C'est une fausse opinion, répliqua Casino froissé, les plus chics cafés des boulevards ont des orchestres. Ça attire la clientèle.

Ce dernier argument fit hésiter le patron.

– Faudrait d'abord savoir ce que vous savez faire.

Ils passèrent dans l'appartement privé, dans le salon ciré, sanctuaire entretenu avec un soin jaloux, Casino salua la patronne, s'assit au piano, et annonça en s'inclinant : « Frissons bleus ».

Depuis dix ans, il n'avait plus posé ses mains sur un clavier. La gauche surtout accrochait, perdait le rythme. Avec des « Attendez... c'est encore un peu rouillé... » il recommençait la mélodie, les veines du front gonflées par l'effort, en fredonnant de sa voix rauque les paroles à peine intelligibles, à demi-oubliées, et qu'il essayait de déchiffrer sur sa partition...

« Le soir des oublis et des abandons... »
« Le frisson des silences... »

Le patron rit rondement :

– Vous n'auriez pas quelque chose de plus moderne, de plus rigolo ?

– De rigolo ? Casino froissé ferma le carton ; se leva.

La femme lui jeta un regard navré. Ils rentrèrent au café.

Le patron paya une tournée d'apéritifs, puis, quand les deux hommes furent seuls :

– C'est pas tout ça, dit-il, mais j'ai besoin de la chambre.

– Alors, pour ces séances de musique, on pourrait monter un petit orchestre.

– Ce sera pour plus tard. J'y réfléchirai. En attendant, vous me devez trois semaines.

– Je vous réglerai demain.

– J'y compte.

Casino sortit comme s'il allait dîner au restaurant. Mais il n'avait pas de quoi se payer un repas. Comme promis, la petite bonne lui monterait dans sa chambre une assiettée en cachette des patrons.

L'atmosphère s'était allégée, il avait dû pleuvoir dans la banlieue.

– Sale type, grognait Casino. Jaloux de moi à cause de Marcelle... Je ferais aussi bien de filer ce soir... Mais où coucher cette nuit ? Où trouver une planque tranquille. Je vais toujours chercher du boulot.

Il acheta un journal du soir pour consulter les annonces. Il se dirigea vers le faubourg du Temple.

S'évader, trouver une combine, en sortir, filer vers le Midi... peut-être avec Marcelle qui était fille de ressources.

Sur le quai, le long du canal Saint-Martin, les gosses couraient en criant, un clochard au bas de l'escalier, près de l'écluse, se lavait les pieds. Les frondaisons des platanes s'épanouissaient au-dessus de l'eau, dorées par le soleil couchant. Et là, dans ce coin à l'écart de l'infernale kermesse des boulevards, un peu de silence, l'odeur des feuilles, l'odeur des verdures après la pluie, odeur de soir d'été, d'une douceur si triste, si angoissante pour le cœur déchu.

Casino s'assit sur un banc du square, face au canal ombragé, sentant poindre le dangereux attendrissement, premier symptôme d'une crise de cafard. Il pensa au seul remède efficace en pareil cas : une bonne saoulerie. S'il se laissait fondre dans la tiède tendresse de l'air, s'il se laissait prendre au piège du souvenir, dans ce coin de Paris où il avait joué étant gosse, il allait soudain comprendre le pourquoi de la grande faillite, il allait devenir lucide, et se juger, et ce serait affreux. Mais il n'avait pas de quoi se payer une cuite. Il répétait : « L'art aujourd'hui ne paie pas, le public ne reconnaît pas le talent, faut être lancé, donc avoir de l'argent pour faire sa publicité. » Derrière ces vieilles excuses, il cachait les vraies raisons, dont la première était qu'il n'avait jamais eu de talent. Le Conservatoire l'avait « corrompu » disait-il, en lui faisant croire à la musique... puis le music-hall, la vie du petit orchestre au Casino de X. Il aimait trop les femmes. Elles le lui rendaient d'ailleurs. Casino était costaud, beau gars en son genre... La femme... il en était obsédé jusqu'à la folie ; c'est ça qui avait tout gâché : le music-hall, la femme. Puis le vin. Il avait cru à la conception traditionnelle et imbécile de la vie d'artiste : médiocre exécutant, il s'était fait compositeur, il avait longtemps espéré écrire une opérette, mais après quatre chansons, il avait cessé de composer, sans renoncer à sa qualité d'artiste... Les femmes lui avaient si souvent répété qu'il avait du génie. Dans de petites tournées en province, il avait tenu le piano, tant bien que mal. La guerre. Après, il ne se sentait plus « dans le coup », il prit la musique en horreur. Aujourd'hui devant le piano du patron, il s'était rendu compte de l'échec définitif.

Il cracha dans l'eau pour se libérer de l'angoisse alluma une cigarette et ouvrit le journal, parcourut les annonces. Rien pour lui. Il revint vers la place de la République, se replongea dans le purgatoire de la cité impitoyable.

La nuit était tombée quand Marcelle posa l'assiette et le quart de vin sur la table de la chambre :

– Je ne sais pas ce qu'il a contre toi, dit-elle, mais il a parlé de téléphoner à la police si tu ne le réglais pas avant demain à midi.

Casino ne répondit pas, il la regarda d'un regard hostile, lourd de reproches et impératif. Elle comprit l'ordre muet et se troubla.

– J'essayerai de me débrouiller encore, murmura-t-elle... C'est bien parce que c'est pour toi.

Ayant mangé, il se coucha et déplia l'illustré que la petite avait laissé sur le lit. Beaucoup d'images, peu de texte. Ne pas se casser la tête. Deux pages entières de dessins comiques qu'il parcourut d'un œil froid. Ce qui l'intéressait, c'étaient les photos des petites femmes : le journal n'en manquait pas. En page trois : « Miss Mélasse », une belle fille américaine en costume de bain que des quinquagénaires distingués enduisaient de confiture et de plumes. En page quatre : une troupe de danseuses de french-cancan, levant la jambe aux côtés d'un ancien boxeur noir devenu vedette de music-hall. En page huit : la « Comtesse Atomique », fille de la noblesse, devenue chef de gang. Et des mannequins présentant la mode d'été, et des vedettes de cinéma... et des « Miss Ci et Ça » reines de plages en vogue en légers maillots.

Soudain, une photo de curé : un curé en cape noire. Entre la photo d'une girafe avec son petit qui venait de naître au zoo et un reportage sur un nouvel avion supersonique, apparut, insolite et troublant, le visage barbu, maigre, d'un curé debout sur un tas de détritus, en pèlerine, avec une canne, l'air à la fois malicieux et douloureux, qui vous regardait droit dans les yeux... Le texte : *Emmaüs... le salut des hommes perdus.*

Le regard de Casino glissa au bas de la page, vers une suggestive réclame de soutien-gorge, puis il revint au sous-titre de la photo : *Le salut des hommes perdus.*

« Quand il n'y aura rien d'autre », se dit-il.

Trois jours après, Casino passait le portail d'Emmaüs.

28

Vols.

– Pas mal, pas mal, Mastic, mais moi à ta place...

– Toujours plus malin que les autres, hein, Casino ?

Plus malin que les autres. Il ne les aimait pas, les autres, il méprisait leur bonne volonté, leur dévouement, leur idéalisme naïf, leur confiance absurde en l'avenir de la communauté. Lui, Casino, ne croyait pas à l'avenir de l'affaire des biffins-bâtisseurs. Cela durerait un temps, puis croulerait. En profiter jusque-là. On ne sauve pas les hommes malgré eux, et, pour Casino le fond de l'homme était lâcheté, paresse et je-m'en-fichisme. Le Père serait écrasé par la tâche. C'était miracle qu'il eût pu tenir le coup jusqu'ici. Casino ne croyait pas au symbole du panneau que décorait Mastic, le peintre de la maison.

Mastic, la quarantaine, était grand, maigre, chauve, vêtu d'une blouse blanche maculée de taches multicolores. C'était un personnage à Emmaüs, le spécialiste peintre de la communauté, toujours occupé, jovial et serviable. Auprès des compagnons, il avait acquis de la considération et pouvait tirer fierté de ses travaux, depuis les vieilles autos rafistolées par Djibouti, dont il choisissait la couleur, jusqu'au jouet que Filot lui demandait de rénover.

Mais l'œuvre dont il retirait le plus de gloire, c'était le grand panneau qui se dresserait à l'entrée de la Hêtraie. Sur une plaque de contreplaqué d'un mètre cinquante sur un mètre, il avait peint le plan de la future cité : trente maisonnettes blanches aux toits rouges, en vue plongeante dans les jardinets verdoyants séparés par les rues jaunes. Le Père était ravi par cette représentation fidèle de son rêve. Quand les journalistes iront visiter le chantier de construction de la Hêtraie, ils feraient allusion, dans leurs articles, à ce plan qui, d'une façon émouvante, préfigurait les réalisations futures.

Quel beau jour que celui où les trente pavillons seraient devenus réalités de bois et de pierre solide. Cela sera ! Avant un an cela sera, Mastic y croit... et tous y croient à Emmaüs, et à la Hêtraie, tous..., sauf Casino.

Depuis son arrivée, en septembre, celui-ci avait exercé diverses fonctions dans la maison et n'avait pu s'adapter à aucune, parce qu'il était trop malin. En dernier lieu, il fut planton du bureau. Il dormait dans la même chambre que Mastic, près de la menuiserie. Il était resté en rapport avec Marcelle qu'il rejoignait le samedi. Elle souhaitait qu'il quittât ses clochards, qu'il trouvât un travail à Paris afin de pouvoir vivre ensemble. Mais Casino calmait son impatience, il attendait l'heure favorable.

Avec les pluies d'octobre, il y eut un nouvel afflux de volontaires, surtout des vieux demandant au foyer plus un refuge que du travail. Voilà un mauvais service que les journaux avaient rendu à Emmaüs en répandant son nom dans le grand public. Le Père répétait que ce n'était pas un asile, mais une communauté d'ouvriers. Cependant, si l'on insistait, il ne renvoyait pas. Ainsi, le vieux Tienne put s'incruster.

Il s'était installé dans la chambre de Casino et de Mastic. Plus de place ailleurs. Tienne et Mastic s'étaient déjà connus à Nanterre. De temps à autre, le soir, dans la chambre, pendant que la pluie chantonnait sur les tôles du toit, ils débouchaient une bouteille et évoquaient les souvenirs communs de leur séjour à l'asile de Nanterre, cet immense caravansérail de malheureux, de relégables, de déclassés, de ratés, de pattes molles, de cause-tout-seul.

Casino les écoutait, en fumant la pipe et, avec une moue, disait que « la chose qui comptait dans la vie, c'était la dignité ». Papa Tienne et Mastic étaient d'accord. De la dignité.

– On mange, on dort à Nanterre, on ne nous demande pas d'où on vient, où on va, mais voilà : on y pourrit.

Pourtant le père Tienne avait gardé une sorte de nostalgie que le vin avivait, de leur séjour dans cette extraordinaire ville de cinq mille habitants, citoyens pittoresques, pitoyables ou inquiétants, chanteurs de charme, mendiants, barbeaux de la belle époque, vieux combattants du Rif, rapatriés de Cayenne, légionnaires, enfants perdus, déchets de l'aventure exotique ou de la jungle parisienne, relégués de partout, effacés des listes du destin. Tout en buvant une seconde bouteille, les deux hommes s'attendrissaient sur le souvenir de Joséphine, le chanteur hermaphrodite, de « Maurice la Grenade », célèbre pour avoir jeté de sa fenêtre dans la rue une grenade sur un groupe d'Arabes oui l'empêchaient de dormir, de Guyot le Jockey, disqualifié pour avoir battu un cheval, de Oudinot, le clochard assassin du Bois de Boulogne, et des autres célébrités équivoques du triste lieu.

– Non, je n'y retournerai pas, dit Mastic, je vais te dire pourquoi : pour le Père et les copains, je travaille et *ce que je fais ça reste.*

Papa Tienne réfléchit à ce mot-là : le plus triste à Nanterre, c'était l'oisiveté. Ce qui manque le plus dans la vie, c'est un travail qu'on aimerait faire. Ça suffit pas de trier des haricots. Il est vrai qu'il ne sait au juste quel travail il aimerait faire. Ici il bricole à la menuiserie, ça l'occupe sans le fatiguer.

« Moi, pense Casino, je suis aussi artiste, et je n'ai plus ma place nulle part. » Il sent monter une sourde rancune envers tous, envers la vie.

Le père Tienne était un capitaliste, c'est-à-dire qu'il avait une belle retraite de postier et il ouvrait devant ses deux copains son portefeuille bourré de billets : ces 25 000 francs mensuels auraient pu lui permettre de vivoter en ville, médiocrement, mais en liberté. Mais il avait peur de la solitude. Sans famille, sans occupation, livré à lui-même, il devenait neurasthénique. Il lut fallait des copains, les parlotes, l'encadrement d'une communauté.

– Voilà pourquoi j'ai été à Nanterre. Voilà pourquoi me voilà ici. Et ici, il y a le Père.

– Ah, c'est quelqu'un, répondit Mastic, je ferais tout pour lui.

– Moi aussi dit Étienne. À ta santé Casino. Tu dis rien ?

– À la vôtre...

– Mais comment, toi, un spécialiste, demande Tienne à Mastic, avec un bon métier dans les pattes, tu as atterri à Nanterre ?

– C'est à ma sortie de prison.

De 1946 à 1949, il avait travaillé pour une entreprise de décoration, qui lui faisait barbouiller au pistolet des « kilomètres carrés de surface », pour des panneaux de cinéma.

– Je savais même plus ce que ça représentait c'était trop grand... Moi j'aime fignoler, j'y perdais la main... et mal payé.

En compensation, il avait volé des kilos de peinture revendus à des copains... Six mois de prison.

– Oui, six mois... et j'en ai pas honte... quand je pense comme ils m'exploitaient. On ne deviendrait pas voleur, si on n'était pas soi-même volé, s'il y avait de la justice entre patrons et ouvriers...

Les premiers vols se produisirent à Emmaüs pendant une absence du Père, parti en tournée de conférences dans l'Est. M. Luc constata incidemment la disparition de cinq couvertures entreposées dans un coin de bureau.

– Ils ont eu froid, dit le Père à son retour, et se sont servis eux-mêmes. Évidemment, ils auraient dû nous prévenir.

L'incident en resta là.

Et lorsque Filot s'aperçut qu'il manquait deux paires de bottes en caoutchouc dans un lot reçu la veille, le Père dit encore que les camarades qui les avaient prises d'autorité avaient eu tort, mais puisqu'ils s'en étaient emparés, c'était par nécessité, par ce temps de pluie. André, l'ingénieur, responsable de l'équipe de biffe, proposa une fouille générale.

– Inutile de faire un drame à propos de ces bottes, dit le Père.

Mais quand, trois jours plus tard, le petit Danou vint timidement se plaindre que quelqu'un avait enlevé la veille, dans son atelier de réparation, un fer à souder électrique tout neuf, le Père tendit l'oreille et tout en répondant que le camarade qui l'avait emprunté allait sans doute le lui rapporter, il décida d'en parler à la réunion le dimanche suivant.

– Il faut parfois savoir être dupe, mais non accepter que la communauté en souffre.

Chaque dimanche a lieu, au réfectoire, après la messe, la réunion de la communauté.

Des lointains champs d'épandage sur lesquels ils campent dans les tentes ou les roulottes ; des terrains récemment acquis où, avant de bâtir, ils déboisent et défrichent ; des chantiers de construction, de la Hêtraie et de Clos-Fleuri, de l'entrepôt de la réserve, responsables et compagnons viennent au foyer, en vélo, ou en camion. Ils retrouvent les compagnons permanents vivant au foyer, ceux de la chine, des équipes de casse, de réparation et d'entretien. Les copains se rassemblent chaque dimanche matin pour recevoir du Père les consignes, pour être informés de la marche de l'entreprise. Ainsi la communauté prend conscience de son unité, de ses buts, de l'esprit qui la cimente, ainsi les enfants dispersés se regroupent autour du Père qui, une fois de plus, leur révèle l'âme de la grande famille, et initie les nouveaux venus à leurs droits et à leurs devoirs.

Quelle découverte pour certains ! Voici qu'il est dit qu'ils ne sont plus des assistés, des employés, des salariés, mais des travailleurs libres et que la vie et la mort de cette entreprise dépendent de leur adhésion volontaire, de leur compétence, de leur courage ; qu'en outre par leur travail, ils aident plus pauvres qu'eux, donnent un abri à des familles, sauvent des gosses, permettent à de jeunes couples « sans rien » de se raccrocher à la vie.

Les camarades arrivés la veille de tous les horizons du malheur après leur première nuit au foyer, écoutent cette voix nouvelle, regardent de leurs yeux encore brûlants de fatigue, de fièvre et de peur, l'homme qui les a pris en charge, corps et âmes, et leur remet cette clé de salut et de dignité. Il ne leur parle pas de haut. Assis sur un banc à côté d'eux dans le réfectoire, il leur expose, plaisantant parfois, les multiples problèmes de la communauté, de camarade à camarade, demande leur avis, les traite en hommes et en amis.

Ce dimanche-là, le Père leur lut des lettres d'anciens compagnons qui, après leur halte à Emmaüs, avaient repris la route, avaient trouvé du travail. L'un leur envoyait mille francs, l'autre demandait à revenir, parce que, disait-il, « il ne savait plus, dans le magasin ou il était vendeur, pour qui, pour quoi il travaillait ».

Puis il avait ouvert le cahier de comptabilité et exposé la situation déficitaire de la maison, avait parlé de la nécessité pour chacun d'un travail rapide ; des dépenses de plus en plus grandes entraînées par les secours d'hiver. De l'achat d'une roulotte dans le cirque « où j'ai été faire le clown ». Puis, de la discipline de la maison, de l'extinction des feux à 10 heures, de la propreté du dortoir, des corvées d'entretien, auxquelles il leur avait demandé de se prêter chiquement, pour que la maison fasse bon accueil aux visiteurs ; du tapage nocturne dans les tentes, sur le chantier de Clos-Fleuri, aux abords des logements.

– Nous avons construit ces maisons pour y installer des familles, ce n'est pas pour empoisonner leur existence : respecter les enfants, les femmes, ne pas compromettre ce que nous avons réalisé avec tant de peine. Nous ne pourrons garder ceux qui font du scandale, nous serons sévères pour les ivrognes. Et le gaspillage ! Du réfectoire, vous emportez quatre, cinq morceaux de pain comme si vous craigniez d'en manquer. Pendant des années vous avez été privés de nourriture, il vous en reste la peur et puis vous jetez ce pain devenu rassis. Vous mangez à discrétion, vous plaignez-vous d'être rationnés ?

– Non, non !

Ils protestaient, ils mangeaient suffisamment, ils se souvenaient qu'ils se nourrissaient, avant Emmaüs, des rognures de légumes et de fruits gâtés ramassés sur le carreau du marché de la Mouffe, et de temps à autre la soupe de la « Mie de Pain ». Ils se souvenaient de l'horreur des queues de mendiants affamés aux portes des asiles.

Puis la voix se fit plus grave :

– Autre chose : l'essence. On a constaté que pour des courses d'une heure on avait épuisé un réservoir. Je ne dis pas de quelle voiture. Si le réservoir fuit, qu'on le signale : mais si c'est pour échanger dans un café cette essence contre du vin, c'est un vol inadmissible.

Il ne força pas la voix, il baissa les yeux pour ne pas voir des visages se troubler. Il dit lentement, plus tassé, plus voûté, comme écrasé par ce reniement de quelques-uns, cette trahison de la confiance que la communauté accordait d'office, sans la peser, à chaque homme passant le seuil :

– Il y a des voleurs parmi nous. Des vols se sont produits ces jours-ci. On n'a pas seulement volé la communauté, mais des camarades. Si cela se reproduit, nous laisserons faire la police. Nous n'aimons pas la police lorsqu'elle se mêle de ce qui ne la regarde pas, mais nous ne voulons pas à Emmaüs de brebis galeuse.

Il évita encore de regarder les visages. Il demanda que les objets volés fussent restitués.

Mais rien ne fut restitué. Et la méfiance entra à Emmaüs. Djibouti dut forger des clés pour les ateliers et les chambres, et chacun en partant au travail rangeait dans des coffres à cadenas son peu de bien ; on ne laissait plus traîner son portefeuille ou sa montre, et dans les ateliers on dressa une liste des outils. En recevant la visite d'un camarade, chaque ouvrier pensait : « Pourquoi pas lui ? » Et de son voisin de lit ou de table, chaque compagnon pensait : « Pourquoi pas lui ? »

Le soir, en l'absence de Mastic, Tienne et Casino discutaient dans la chambrée de l'événement de la journée :

– C'est fatal, dit Casino, avec les raclures de prison qui sont ici.

Deux jours après, une querelle éclata entre Casino et Mastic qui avait traité l'autre de flemmard.

– En tous cas, j'ai jamais fait de la prison pour vol, dit Casino...

Mastic avait blêmi, serré ses poings en balbutiant.

– Salaud...

– Ici faut jamais parler du passé, dit Tienne en s'interposant, le passé, on l'a laissé à la porte en entrant.

Le petit Henry, l'ancien pilleur des péniches de Rouen, avait perdu la paix qu'il avait trouvée à Emmaüs, depuis huit mois, depuis ce soir où il avait été recueilli, avec son copain Marco.

Il songeait : « C'est peut-être de moi que le Père parlait, à propos de brebis galeuse. Peut-être sait-il ? » Il ne dormait pas, et avait peur. Il revoyait le visage de la petite vieille que dix jours auparavant il avait volée.

Cela s'était passé ainsi : l'équipe de chine de Philippe dont faisaient partie Henry et son ami Marco s'était dirigée, ce matin-là, en camionnette vers un magasin de jouets qui proposait un lot de « rossignols » invendables : chevaux de bois, poupées cassées, ours en peluche dévorés par les mites, délaissés dans un coin de la réserve depuis cinq ans, jeux d'échecs auxquels il manquait un pion, petite auto mécanique au ressort cassé... On réparerait tout cela à Emmaüs pour l'offrir à Noël aux gosses des copains de Clos-Fleuri. Pendant que Philippe et les autres transportaient la marchandise de l'arrière-boutique à la camionnette, Henry alla sonner aux immeubles voisins :

– Rien à chiner ?

D'abord méfiant, l'un des concierges, au nom de l'Abbé (ah oui... le curé du « Quitte ou double ») avait ouvert sa porte, avait accepté le tract et avait promis de l'afficher près des boîtes aux lettres. Il avait ajouté :

– Précisément, je crois bien que la couturière du troisième m'a parlé d'une armoire.

Henry était monté au troisième. Une très petite vieille dame lui avait ouvert, les yeux effarés derrière les lunettes de fer.

– Oh, monsieur, chuchota-t-elle, cette couturière habite en face, et précisément elle n'est pas là, je l'ai entendue descendre, voici une demi-heure.

Henry allait repartir.

– Oh mais, attendez, dit la petite vieille, j'ai bien entendu parler de M. l'abbé, je ne veux pas vous laisser repartir comme cela, je vais vous donner quelque chose, que je gardais en réserve pour lui, attendez.

L'objet n'était pas bien gros, mais pesait lourd, un mystérieux petit cylindre de métal enveloppé de papier.

– Voici pour l'Abbé et...

Elle avait hésité, la petite vieille aux yeux effarés, aussi bleus et innocents que ceux d'un enfant :

– Qu'il pense à moi, demain dans le mémento des Vivants. Dites-lui, monsieur.

« Mémento des Vivants », s'était répété Henry en descendant, je ferai la commission au Père, mais qu'est-ce que ça veut bien dire ? Et ce rouleau... Qu'est-ce que ce petit objet lourd dans ce bout de papier ? Dans le vestibule d'entrée, il avait défait discrètement le rouleau... Dix pièces, dix pièces de 20 francs, en or...

Si facile, si tentant de garder pour soi un trésor qu'on vient de recevoir de la main à la main, sans témoin, et que les copains ignorent. Jamais la vieille n'en parlerait. Il avait soupesé les pièces. Ah, qu'il serait facile de dire à Philippe :

– Dis donc, rentrez sans moi.

Il ne laissait rien à Emmaüs. Ce soir-là, un autre aurait couché dans son lit, et lui, il aurait rôdé à nouveau dans Paris, libre : avant que la somme se fût épuisée, il aurait le temps de voir venir.

Le poing serré sur « ses » pièces, Henry s'était avancé vers la camionnette que les copains finissaient de charger.

À ce moment, son ami Marco était sorti du magasin, chargé d'un cheval de bois, d'un petit cheval de bois jaune à l'œil peint en noir, un œil altier et courroucé. « Marrant, avait pensé Henry, j'avais un cheval pareil quand j'étais gosse. À Clos-Fleuri, un gamin l'aura à Noël. » Mais il s'en fout de ce cheval, il s'en fout des gosses de Clos-Fleuri. Il a une fortune dans son poing : la liberté.

Il s'était approché de Philippe qui rangeait les jouets dans la camionnette. Il allait lui dire qu'il ne reviendrait pas avec eux à Emmaüs. Mais, il avait hésité : Marco... Marco, il ne peut pas le laisser tomber. Marco, son pauvre copain qui l'appellera de sa voix geignarde lorsqu'il sentira approcher la crise. « Henry, Henry, je sens que ça va venir... Ne me laisse pas tomber ! » Il ne peut pas le laisser tomber.

Ils étaient revenus ensemble à Emmaüs, et Henry avait donné à Philippe les pièces de la vieille. Moins une, qu'il avait gardée pour lui.

Cette dixième pièce, il la rendit au Père, ce dimanche soir. Et le Père écouta sa confession en silence, le front incliné dans ses mains, secoué de frissons, de quintes de toux. Et quand il eut fini, le Père releva la tête, le regarda comme s'il ne le reconnaissait pas et Henry prit peur. Mais soudain un sourire apparut sur le visage fiévreux et le Père murmura :

– Je te remercie, Henry, le Seigneur a donné une belle fin à une triste journée.

Puis, il se remit à tousser à fendre le cœur.

Dix jours de paix s'écoulèrent sans aucun fait nouveau. Sur les instances réitérées du docteur, le Père s'était alité, mais de son lit, il continuait à veiller sur la marche de la communauté. Le dixième jour, le père Tienne vint se plaindre que 17 000 francs avaient disparu de son portefeuille. Or, il notait toujours le numéro des billets...

Le Père se leva avec 39 de fièvre pour recevoir la police.

Là-bas, à l'hôtel, dans la chambre de Marcelle, on put récupérer quelques restes du pillage d'Emmaüs.

Quinze jours après l'arrestation de Casino, Henry rencontrait à Paris, roulant en voiture sport grand luxe, l'un des copains de Rouen qui lui dit que l'affaire des vols de péniches semblait s'être tassée. Pourquoi ne revenait-il pas, en Normandie, rejoindre la bande ?

– Non, merci dit Henry, *je ne peux plus vivre comme avant.*

De retour à Emmaüs, il demanda à quitter la chine et à travailler sur les champs d'épandage ou sur l'un des plus lointains chantiers de construction. Marco le suivit à la Hêtraie où ils rejoignirent Denis le séminariste.

29

À la Hêtraie. Départ de Denis.

Henry alluma la lampe tempête.

– Le camion ne viendra plus te chercher ce soir, il neige trop, dit-il à Denis qui finissait de boucler sa valise. Tu coucheras encore ici cette nuit.

Denis vint coller le nez à la petite fenêtre du wagon transformé en chambrée et regarda pensivement la Hêtraie sombrer dans la bourrasque de neige et dans le crépuscule. Du tourbillonnant naufrage émergeaient, comme des faîtes d'arbres et des toits au-dessus d'une crue écumeuse, les bosquets noirs et les grandes tentes qui abritaient le stock de la biffe. Les autres tentes et les roulottes n'étaient plus visibles. Pas une lumière.

Le wagon « hommes 40 – chevaux 8 » leur servait de cuisine, de réfectoire et de dortoir. Au fond, le père Tardi faisait cuire leur repas sur une petite cuisinière, et à l'autre extrémité, entre les lits et les paillasses posées à même le plancher, un autre petit fourneau brûlait. Ces deux foyers ne parvenaient pas à réchauffer le précaire abri, secoué et pénétré par le vent. La lampe oscillait au plafond, comme celle d'une cabine de navire.

Tardi à la cuisine, Marco, Henry, l'étudiant fiévreux couché, Kurt le violoniste et Denis, attendaient le retour des quatre camarades partis au bourg voisin, à deux kilomètres, chercher du vin pour fêter le départ de Denis, qui, après un « stage » de huit mois à Emmaüs, devait rejoindre le séminaire pour son ordination de sous-diacre. Il avait voulu, avant le pas décisif, connaître cette épreuve de souffrance et de vie. Kurt, le réfugié autrichien, assis sur son lit de coin, grattait du doigt son violon pour l'accorder. Chaque soir, il jouait au moins un quart d'heure pour ne « pas perdre la main ». Sa main d'artiste, dans le dur travail sur la décharge, dans le froid, perdait de jour en jour de sa souplesse, de sa vélocité, il la voyait avec désespoir s'endormir sous la gangue rugueuse d'une main d'ouvrier aux doigts gourds.

Mais l'ancien professeur du gymnasium de Vienne ne prenait pas son parti de la transformation progressive de ses doigts, et chaque soir, il sortait son violon, la seule chose qu'il avait pu emporter avec lui en exil. Il jouait du Brahms, du Liszt, du Mozart, mais les copains réclamaient des valses, des chansons à la mode, alors Marco empoignait son accordéon et le violon s'adaptait bientôt au rythme facile. Ils avaient passé ainsi de bonnes soirées dans le wagon-dortoir, et penché sur sa valise, Denis pensait qu'il avait vécu là peut-être les meilleurs moments de sa vie.

Étendu sur le lit voisin du sien, l'étudiant, raide comme un gisant, rêvait les yeux ouverts, souvent secoué par la toux.

– Qu'est-ce qu'ils foutent, le légionnaire et les autres ? murmura-t-il. Remets du charbon dans le fourneau.

Le charbon : ce qu'ils avaient pu recueillir parmi les scories et le mâchefer, sur la route.

– Passe-moi tes couvertures, dit l'étudiant.

Le pauvre garçon ne pourrait rester longtemps à la Hêtraie : malade, on ne pouvait l'y soigner, Il partirait dans quelques jours pour l'hôpital, puis un sana.

Quinze jours auparavant, Denis, revenant en camion

de livrer la biffe, l'avait trouvé tassé contre l'encoignure d'une porte à Neuilly. L'étudiant lui avait dit :

– Vous en avez de la chance : vous avez un toit, je couche au Bois. Vous avez des couvertures, je n'ai que mes vêtements. Vous avez un poêle, je n'ai que la route. Je marche la nuit pour ne pas prendre mal.

Comment se plaindre après cela si le froid traverse les parois de planches du vieux wagon qui frémit de ses vitres mal jointes, et tangue sur les poutres qui remplacent les roues ?

Une branche morte heurtait le toit à petits coups précipités. Des rigoles s'écoulaient sur le plancher sous les lits de camp et les paillasses. Une odeur de tabac froid et de charbon, de laine mouillée, de cuir, de peau sale, de vase des marécages, serrait la gorge, et les hommes croyaient sentir sous leurs pieds la voiture s'enliser lentement dans la boue.

Denis regarda le misérable abri, et son cœur se serra : qu'allaient-ils devenir, ses compagnons qu'il abandonnait dans le désastreux désert ? Il n'avait d'autre autorité que celle de sa foi mais, croyants ou pas, ils la reconnaissaient. Il n'avait converti personne, il avait pas cherché à les convertir, mais ils avaient toujours respecté en lui la qualité de futur prêtre, ce reflet de leur affection dévouée pour le Père dont Denis était comme le délégué. Il n'avait converti personne. Qui sait ? Le père Tardi avait découvert un crucifix sur la décharge, il l'avait nettoyé, réparé et accroché au mur dans le wagon. Il avait dit que ça faisait bien, et que le Père serait content quand il viendrait leur faire visite et personne ne s'y était opposé. Et le crucifix attendait au mur la visite du Père, depuis un mois, et Denis lui confiait en partant l'équipe des isolés.

– Tu verras qu'ils passeront la nuit à se saouler au village, dit l'étudiant.

C'était possible. Ils avaient projeté de fêter ensemble le départ de Denis, mais une fois là-bas, au bistrot, ils avaient dû s'attabler, se mettre à boire, oublier l'heure, et ne reviendraient qu'au petit jour, quand Denis serait parti. Le légionnaire ne supportait pas le vin et devenait fou quand commençait sa crise de paludisme.

Mais soudain, leurs voix, leurs pas ; ils entrèrent couverts de neige collante qu'ils secouèrent en jurant et posèrent six bouteilles sur la table.

Une heure après, elles étaient vides, mais le père Tardi avait fini par céder et il avait tiré du tonneau deux litres, pris sur leur ration du lendemain.

– Neuf heures, pensait Denis, la voiture ne viendra plus, je coucherai encore ici ce soir.

Autour de lui, les camarades entraînés par le violon et l'accordéon chantaient « Les Cigognes sont de retour ». Le vieux Tardi balançait en cadence sa grosse tête fruste, le légionnaire, le plus excité, tapait du verre sur la table, l'étudiant s'était recouché et dormait dans ce chahut. À peine la chanson terminée, Marco en commençait une autre, et le violon de Kurt, après quelques tâtonnements, se liait à la mélodie simple, et les voix repartaient : *« Sous les ponts de Paris... »*

La voix d'Henry avec des glissements mièvres, un peu canailles, celle du légionnaire, irrégulière, rauque, coupée d'éclats brutaux. La lampe à pétrole, au plafond, plaquait des ombres dures sur ces visages, qui s'étaient détendus en un vague sourire d'émerveillement : ils avaient oublié la Hêtraie, la magie de la musique jetait un pont, de la solitude hivernale vers un monde vivable de liberté et de chaleur et d'insouciance. La mémoire de chacun gardait ses secrets particuliers, mais l'accordéon et le violon parlaient à tous de fêtes d'été, de bals par les beaux dimanches, d'idylles dans les bois ensoleillés, de retours tardifs en barque sur la Seine, avec des filles belles et rieuses, les feux des faubourgs rejoints à la nuit, dans l'odeur d'essence et de tilleuls en fleur des quais de la Seine. Penché sur son violon, Kurt parlait à sa femme et à sa petite fille restées en zone soviétique, et Denis voyait devant sa route solitaire droite et dure s'écarter les images du facile bonheur humain.

Il éprouvait un grand besoin de solitude et de silence, il désirait sortir dans la nuit. Soudain l'harmonie vola en éclat, le légionnaire l'avait empoigné par l'épaule et criait :

– Écoute ça, écoute celle-là, petit curé.

Et lui soufflant son haleine avinée au visage, les yeux injectés de sang, il se mit à chanter :

– *Les filles de Camaret se disent toutes vierges.*

L'accordéon et le violon s'étaient tus, Denis pensa :

– Le voilà encore avec ses chansons idiotes.

– *Mais quand elles sont dans mon lit...*

– Ferme ça, dit Henry. Tu l'as déjà sortie l'autre jour.

Le légionnaire ne supportait pas le vin quand commençait sa crise de paludisme. Les yeux brûlaient d'un défi haineux et sa bouche était tordue par une rage méchante. Denis ne fit pas un mouvement pour se dégager de la main crispée qui lui broyait l'épaule. Il hocha la tête calmement, pour ne pas exciter le furieux et dit :

– Ça va... change de disque.

L'autre cria plus fort :

– *Les filles de Camaret sont plus belles que sages...*

Kurt dit de sa voix profonde, teintée d'accent :

– Ferme ça, grande gueule, va te coucher.

Le légionnaire s'arrêta net, se tourna lentement vers l'Autrichien, plissa ses yeux rouges.

– Toi le Boche... siffla-t-il.

Le silence se fit d'un coup.

– Non, dirent ensemble Henry et Denis, ne dis pas ça.

– Ça va, ça va.

Son excitation tombée d'un coup, l'homme se tassa sur le banc et prit sa tête dans ses mains qui tremblaient. L'accordéon se remit à jouer en sourdine.

Kurt, tout pâle, s'en fut ranger son violon.
– Je vais faire un tour, dit Denis.

En refermant la porte, il tendit le visage vers la rafale de neige, ses poumons aspirèrent le vent froid et délectable comme de l'eau très pure d'un torrent de glacier après l'atmosphère enfumée de la chambrée. Il partit dans la bourrasque pour dite un dernier adieu à la Hêtraie. Trébuchant dans les ornières du chemin recouvert d'une petite couche de neige fondante qui collait aux semelles, il se dirigea à demi aveuglé vers le « hangar » dont les six bornes de ciment coulées avant le froid se dressaient en lignes comme des sentinelles accroupies. Il les toucha au passage : « Adieu, les copains termineront le travail commencé. »

Sur la gauche, derrière un bosquet de hêtres, la roulotte de Richaux où une lumière brillait. Denis trébucha contre les piquets de clôture qui entouraient l'enclos. Le chien, logé dans un tonneau, sous les roues, se mit à aboyer.

– Paix, Diane, murmura Denis.

Il pensa un moment entrer dans la roulotte, dire encore au revoir à la famille. Mais, à cette heure, les enfants devaient dormir, et le camion d'Emmaüs pouvait arriver d'un moment à l'autre. Il toucha de la main les piquets.

– Adieu.

Il passa sous le grand tilleul, au centre du terrain, dont les rameaux morts grésillaient doucement sous les doigts de la neige et du vent, caressa le tronc mouillé.

– Adieu.

Il suivit l'allée au milieu des enclos entourés de cordes, de fils de fer, de palissades de bois, derrière lesquels se dressaient deux autres roulottes, une carcasse d'autobus, et deux tentes. Çà et là, de faibles lumières brillaient d'un doux éclat à travers la toile recouverte de neige, comme des pyramides de cristal phosphorescent et des voix, des chuchotements lui parvenaient des vies enfermées dans les abris de toile et de neige :

– Adieu. Vous serez libérés.

La tente la plus grande contenait la marchandise. Là, Denis avait trié, lavé, ensaché chiffons et papiers recueillis sur le champ d'épandage. Sur les fils de fer pendaient encore les loques que l'on avait mises à sécher, et qui se balançaient à demi durcies de gel avec des mouvements d'ailes d'oiseaux blessés et pendus par les pattes :

– Adieu.

Il toucha la margelle du puits que les compagnons avaient cimentée eux-mêmes, et le mur de torchis de l'ancienne cabane de chasse où ils entreposaient les outils et les bidons d'essence du Berliet ; il traversa les bosquets de sapins de la lisière et atteignit la route. Il s'adossa au tronc d'un hêtre, sur lequel était cloué le fameux plan de la cité future, peint par Mastic.

La rafale de neige accourait droit sur lui, du fond de la plaine et faisait gémir au-dessus de sa tête, l'écusson de planche qui portait l'espérance de la Hêtraie.

Quand ce panneau avait été cloué par le Père, au printemps, cette terre, ni banlieue, ni campagne, ni champ, ni forêt, était une brousse à bêtes sauvages, au bout d'un chemin exténué. Une famille était venue chercher asile à Emmaüs. On ne pouvait la loger à Clos-Fleuri. Alors le Père avait acquis ce terrain lointain.

Ancien employé à la voirie de Drancy, chômeur expulsé avec sa femme et ses deux enfants, Richaux avait erré dans la ville d'hôtel en hôtel à neuf cents francs la nuit, comme la famille Vatier. Ils avaient poussé deux voiturettes de bébé, laissant la valise en consigne à la gare, ils avaient marché des nuits entières, avec la peur de la police, qui, pensait la femme, enlève les enfants des pauvres pour les mettre à l'Assistance. Ils avaient couché à terre sur le quai de l'Oise pendant trois jours, et vendu au marché aux puces leur pauvre bien : linge, vêtements, menus bibelots. Ils s'étaient adressés à un centre de la Croix-Rouge qui les avait hébergés quelques jours, puis leur avait donné l'adresse du Père.

Quand ils avaient commencé à raconter leur histoire au Père, celui-ci ne les avait pas laissé continuer :

– Nous vous logerons, avait-il dit.

Le soir même, ils couchaient ici, sous une tente. Le lendemain, le Père leur proposait d'exploiter la décharge voisine. Quelques jours plus tard, un groupe de chiffonniers arrivait d'Emmaüs ; ils s'installèrent dans le wagon « hommes 40 – chevaux 8 », et d'autres familles logèrent autour, dans des tentes, et d'autres roulottes. Richaux avait été nommé responsable de la coopérative qui devait vivre indépendante par la récupération, la vente aux puces et aux demi-grossistes.

Les constructions commenceront au printemps prochain.

Ce panneau soutenait l'espérance et le courage *des hommes à l'écart*, aussi séparés de la vie civilisée que les premiers colons défricheurs du Far-West.

Appuyé au tronc, Denis souffrait de devoir les quitter tous, lui qui allait entrer dans une autre vie d'exil. Il avait connu là les heures les plus précieuses de sa vie.

Et qu'en pourrait-il dire au supérieur du séminaire qui l'interrogerait sur son stage ?

– Là, je me suis appliqué à vivre du mieux possible mon idéal en m'incorporant à ce milieu d'hommes vrais, vivre à fond avec les gars, voir certaines injustices, sans les juger, en me taisant (le plus difficile) devant elles. En combattre d'autres violemment. Aimer Dieu pour ceux qui ne l'aiment pas. Ils ont toujours respecté mes convictions profondes : violents, ivrognes, désespérés, cyniques, bagarreurs, ils m'ont appris l'innocence des pauvres, la solidarité des malheureux (avant-hier cette collecte spontanée pour Guy à l'hôpital). Et mes déceptions, je les ai remises aussi aux mains du Christ. Je me suis enfoncé dans l'épaisseur humaine comme un grain de blé qui meurt dans la terre maternelle. J'en sors plus vivant. J'y ai découvert le sens de la prière, qui est acte ; qui est nécessité si l'on vit en acte.

La neige lui fermait les yeux, lui coupait le souffle, s'insinuait dans son cou, il répétait « vivant-vivant ». De sa poitrine, des ondes de joie s'élançaient vers les confins de la nuit noire, dépeuplée, tourmentée par la rafale.

Il entendit le bruit lointain du camion.

En entrant dans le wagon, il vit d'un coup le désastre... Il semblait qu'une bourrasque y eut tout dévasté : la table renversée que le vieux Tardi essayait de remettre sur pied, le sol jonché de débris de bouteilles, taché de vin et de sang, un banc cassé. Marco lavait dans une cuvette le sang qui coulait de la lèvre d'Henry. Les copains arrangeaient les lits, qui n'avaient pas été épargnés par la bagarre.

– J'en ai marre du légionnaire, dit Tardi. Tu diras au Père qu'on le veut plus ici.

– Où est-il ? dit Denis.

– Il est parti dehors, je ne sais pas où.

Denis prit sa valise, en silence, et serra les mains des hommes mornes, jeta un dernier regard au crucifix : « Tout finira-t-il par la défaite ? »

Sur le seuil, le père Tardi lui posa la main sur l'épaule et murmura avec gêne :

– Tu sais ce que nous disions tout à l'heure : que nous demanderons au Père de nous envoyer un type comme toi... un...

Un afflux de joie emplit le cœur de Denis. L'autre continua :

– Oui, personnellement je suis pas croyant, tu le sais, mais les gars sentent que tu représentes quelque chose qui nous dépasse tous. On a besoin de ça.

– Mon Dieu, pensa Denis avec un frisson... Ils ont senti le sacré à travers moi.

Baissant la tête, il partit seul vers le camion qui attendait sur la route.

Une forme le rejoignit près de la lisière.

– Salut, Denis, dit le légionnaire.

Denis ne répondit pas... L'autre se mit à marcher près de lui, puis grogna...

– Si tu étais resté avec nous, ça ne serait pas arrivé.

À nouveau, en Denis, le flux de la joie : être non seulement le pacifique, mais un *pacifiant.*

– N'en parle pas au Père, reprit le légionnaire, inutile de lui faire du tracas avec cette histoire. Dis-lui de bien se soigner. Moi..., je m'en vais. Salut.

Il lui tendit la main, s'éloigna dans la nuit.

30

Le dur hiver. Essaimer.

Le Père passa deux mois au lit cet hiver-là qui fut dur et menaça l'existence d'Emmaüs.

L'intempérie ralentissait le travail, et l'oisiveté partielle désorganisait les équipes sur les chantiers et les champs de gadoue. Les hommes, emprisonnés sous les tentes, les baraques et les roulottes, désœuvrés, s'enivraient, se querellaient, et des batailles éclataient et les vols se renouvelaient.

L'argent manquait une fois de plus, et immobilisé par la maladie et le surmenage, le Père sentait que malgré le dévouement de Mademoiselle et l'autorité du notaire, le corps de sa communauté pourrissait.

Un coup de téléphone d'un poste de police : un camion de chine abandonné flambait au bord de la route. Les hommes de l'équipe ivres se battaient au café à trois cents mètres de là.

Un autre coup de fil de Clos-Fleuri : dans la nuit, un ménage était parti en emportant dans une camionnette tout le mobilier, fourneau, batterie de cuisine, draps, vêtements qu'on leur avait donnés lorsqu'ils étaient venus « sans rien », deux mois auparavant. Tout cela sans doute déjà revendu, pour boire.

Une nuit, à Emmaüs même, le dépôt d'essence explosa pour une cause inconnue, et des baraquements flambèrent, et douze hommes se trouvèrent sans abri... (Le perroquet bleu pendu au mur de l'atelier de casse prit enfin sa liberté cette nuit-là et s'envola dans un grand tourbillon d'or.) Des accidents immobilisèrent les vieilles voitures épuisées ; des hommes tombèrent malades, partirent pour l'hôpital. Les constructions arrêtées ne permettaient plus d'accueillir les familles qui se présentaient.

Et le Père, cloué sur la croix de l'immobilité, luttait contre le désespoir, mais quand le notaire entrait dans la petite cellule et lui disait : « On n'en sortira jamais »... Il répondait :

– J'ai déjà entendu plusieurs fois cette phrase, et chaque fois le salut est venu.

– Comment pouvez-vous garder confiance ?

Le Père lui montrait alors une caravelle de bois et de métal que les hommes de l'entrepôt avaient fabriquée en commun et lui avaient offerte avec « leur profonde gratitude ». Et il citait ce mot de l'un d'eux :

« Père, vous n'avez pas le droit de faire des imprudences ; si vous nous manquiez, nous ne pourrions plus vivre. »

– C'est vrai, nous n'avons que vous, murmura le notaire.

Et le Père lui cita encore le geste de l'équipe des biffins du champ d'épandage de B. : vivant en économie indépendante, ils avaient réussi, en se privant pendant l'hiver, à mettre de côté 80 000 francs qui devaient servir à payer à chacun un congé d'une dizaine de jours. Ils avaient offert cette somme si durement gagnée, pour aider à l'achat d'un nouveau terrain.

– Oui, tout dépend des responsables du chantier, mais livrés à eux-mêmes, certains sont irrémédiablement pervers. Pourquoi essayer de sauver des ingrats ?

– Non, protestait le Père, aucun n'est irrémédiablement condamné.

– Rappelez-vous Casino...

Le Père baissa la tête. Quelques semaines plus tard, comme il commençait à se lever, un libéré de la prison de Pontoise se présenta à Emmaüs.

– Qui t'a donné notre adresse ?

– Un copain de prison, Casino. Il m'a dit : « Va à Emmaüs, et ne fais pas le salaud comme moi. Dis au Père que je regrette. »

Et le Père recevait d'autres témoignages proches et lointains prouvant qu'Emmaüs, carrefour de détresses morales, était aussi un carrefour de rédemption. Et aussi un exemple, un acte dont la signification commençait à être comprise, en France comme à l'étranger. On lui écrivait de Londres, de Bruxelles, d'Alger, du Liban, pour le prier de créer des communautés semblables, mais il répondait :

– Que puis-je ? Essayez d'abord vous-mêmes.

Et, par ces confiances lointaines, il se sentait porté, mais plus souvent il murmurait au fond tes dures insomnies :

– Je suis une voix seule.

À travers les murs de sa cellule, la « voix seule » appelait à l'aide, appelait d'autres hommes actifs jeunes, fervents, compétents, humains, qui prendraient en charge le destin de la maison, pour qu'il puisse enfin, souffrir en paix.

Et un homme répondit à son appel, un homme d'affaires de grande envergure, autrefois riche à millions venu chercher à Emmaüs un sens à sa vie, une réponse à son exigence spirituelle. Un soir, il se confia au Père :

– Ces exigences qu'on tue autour de soi, Père, ces crimes que, sans savoir, allégrement, on commet en passant, *parce qu'on est riche.* On a une splendide auto et des loisirs pour flâner l'après-midi aux Champs-Élysées, des habits impeccables, de l'argent qui rend possibles toutes les aventures. C'était il y a cinq ans. Il faisait beau. Elle flânait aussi, et je l'ai accostée. Les filles des Champs-Élysées ont parfois aussi cette allure ce petit chic discret de bourgeoise sage. Pour elle c'était sa première aventure ; elle devait durer deux jours et, en ces deux jours, je l'ai détruite, j'ai détruit sa vie, celle de son mari, de ses enfants, par mon argent. Son mari, employé, gagnait en un mois ce que j'ai dépensé pour elle le premier soir. Et elle a découvert le monde de l'argent. Du jour au lendemain, son mari, qu'elle aimait, est devenu pour elle un pauvre type. Comme c'est simple : après cette révélation du luxe, elle n'a pu continuer à vivre dans leurs deux pièces, à faire son ménage, et à s'occuper des deux enfants. Je l'ai revue deux ans après : séparée du mari, les gosses en pension, elle, femme entretenue, écœurée d'elle-même et incapable de revenir en arrière. Je ne peux oublier le mal que j'ai fait là. Elle m'avait dit le nom de son mari. Il est venu, il y a huit jours à Emmaüs. Nous couchons sous la même tente, et hier soir, il m'a raconté son histoire sans savoir que c'est à cause de moi qu'il est devenu un sans-foyer désespéré. le vous demande de m'envoyer ailleurs, sur le chantier le plus dur, le plus lointain.

– Ne veux-tu pas continuer à travailler avec lui, côte à côte, et l'aider à reprendre courage ?

– J'essayerai...

Il ajouta : « Ce n'est pas la ruine, qui m'a fait faire un retour sur moi-même, c'est Emmaüs. C'est ici que je commence à entrevoir le sens vrai de la vie. »

Et cet homme resta, mettant au service de la communauté son autorité et son expérience de chef d'entreprise ; il aida Emmaüs à vaincre la passe difficile.

La nuit, ne pouvant dormir, le Père griffonnait les réflexions qui lui venaient à l'esprit, des notes jetées au hasard, peut-être l'ébauche d'une règle pour ces frères – chiffonniers – bâtisseurs, qu'il rêvait de voir un jour se grouper dans les communautés et se lancer à travers le monde, vers les banlieues douloureuses des capitales surpeuplées, là « où Dieu est le plus menacé dans son humanité ».

Dans l'espérance, non seulement de l'extension d'Emmaüs, mais d'un essaimage futur, il jetait hâtivement ces pensées, coupées, çà et là, par les calculs des comptes de la maison, des brouillons de lettres, des notes d'ordre pratique : « le toit des Chabon. Étudier la construction en pisé. Répondre à la préfecture au sujet de N. D. Surface du terrain du Coteau », etc.

« La vie n'est pas un rêve, ni un plan de l'homme ; elle est un acquiescement. Dieu nous guide, par les événements : à nous de dire oui ou non. »

« Ce n'est pas en tirant sur l'herbe qu'on fait pousser le blé plus vite. Savoir avec amour patienter, regarder au jour le jour, le petit effort, la lente montée de chacun. »

« Si nous-mêmes avions été placés dans les mêmes circonstances : hérédité, éducation, difficultés de travail, de logement, ne serions-nous pas aussi des épaves, voleurs, assassins ? Peut-être plus indignes qu'eux ? »

« On n'est pas des anges, certes, chez nous. Mais qui sait si, ici, plus d'un n'est pas en train de devenir saint. »

« L'homme a une âme ; mais avant de lui en parler, qu'on mette une chemise et un toit au-dessus de cette âme. Après on lui explique ce qu'il y a dedans. »

« Pas de paternalisme. Il ne s'agit pas uniquement de donner de quoi vivre, mais de rendre aux malheureux des raisons de vivre. »

« Se sauver par le travail librement consenti, le travail en communauté, dont on voit le résultat. »

« La même soupe pour tout le monde, croyant ou non. »

« L'un est là, parce que trop rouge : à Madrid, on le fusillerait ; l'autre, parce que trop blanc : à Prague, on le pendrait. Partout ailleurs qu'ici ils s'entr'égorgeraient, consciemment, cordialement ; ici, devant une famille aux abois, ils disent : Père, où y a-t-il des briques ? et d'un seul cœur, ils bâtissent ! Après, quand la discussion reprend, ils sont d'autres hommes, la discussion est devenue autre.

Ils sont revenus en deçà, à la source des problèmes, la faim, la soif, le toit, le froid, à la source d'une meilleure lumière... »

« Ce mot d'un camarade : ici on vit dans l'infaillible. Si on veut militer, qu'on soit de droite ou de gauche, c'est forcé qu'on se dise (à moins d'être un idiot) : « Sur ça et ça, je me trompe. »Mais quand on bâtit des maisons pour des mamans qui couchaient dehors, on sait qu'on ne peut pas se tromper ! Ici tout est vrai. »

« La vie éternelle n'est pas "vie future", elle se vit dès aujourd'hui. »

« La charité dans les rapports sociaux. Aimer le prochain tel qu'il est, c'est-à-dire faisant partie de vastes vies collectives. Importance des structures : familiales, professionnelles, économiques, politiques. Présence des chrétiens dans les structures mondiales économiques, présences qui vont décider de plusieurs siècles de civilisation. »

« Le monde n'est pas tout fait. Il est en construction. La création se poursuit chaque jour. Dieu travaille dans le monde quotidien. Collaborer avec lui. La charité, c'est la loi de construction du monde. »

« Nous naissons dans un monde d'illusions : et nous fabriquons toujours de nouvelles illusions. La désillusion est le commencement de la vraie vie ; on devient un homme quand on sort des illusions pour entrer dans le réel. C'est vrai en toutes circonstances, éducation, mariage, charité. Il faut avoir été non pas déçu, mais des-illusionné pour savoir ce qu'est l'amour. »

« Pas d'idéalisme ; Dieu n'est pas dans le ciel, il est dans le pauvre type qui te parle en ce moment. Le Christ est incarné dans ce voyou, ce voleur, ce menteur. La gloire de Dieu est incarnée en toi qui lis, en moi qui parle. »

« L'indépendance royale du Pauvre qui a besoin de tout le monde, mais n'a besoin de personne. »

« La lassitude d'un temps où il faut travailler uniquement pour se loger, et manger. Retrouver un sens de la vie. »

« Sincérité. La valeur que le pauvre attache à ce mot, une valeur absolue, sacrée, “c’est un sincère”. C’est du même accent que ces hommes, dans leur extrême misère prononcent ce mot, que le Seigneur parlera de chacun au jugement dernier : J’ai eu faim et tu m’as nourri, tu as été sincère. Tout le reste n’est que moyen, là est le but. »

« Le moine véritable, c’est celui qui, en communauté, vit au cœur de la masse. C’est de cette institution monastique productive, quasi disparue, que nos mondes ont de nouveau terriblement besoin. »

« Ne pas s’en tirer au rabais. »

« La seule expérience communautaire proposée, imposée à toute la jeunesse, est l’expérience militaire. Ne serait-il pas intelligent de fonder davantage la nation sur une autre expérience communautaire, celle-là tout entière constructrice, d’un service civique. »

« C’est la vie qui doit créer la loi. Et non pas la loi, figer la vie. »

« La vie est plus un consentement qu’un choix. »

« On choisit si peu ! On dit oui ou non au possible qui nous est donné. La seule liberté de l’homme, c’est de tenir la voile tendue, ou de la laisser choir, lassé. Le vent n’est pas de nous. »

« Les seuls vrais plans sont ceux qu’on décalque après coup sur les événements. »

« Les blasphèmes, en multitude, qui montent de la terre... et si rares ceux qui sont lancés contre le Dieu vrai, contre Dieu faim et soif, contre Dieu amour. C’est à la face des faux dieux, façonnés par les égoïsmes ; les hypocrisies, les insouciances que sont jetés tous ces blasphèmes : il dépend de nous qu’ils se révèlent cris, appels, au Dieu vrai, chant de gloire au Dieu vrai. »

« Respecter l’homme malheureux. »

« Lui inspirer confiance, la mériter. »

« Respecter son secret, sa pudeur : son passé ne nous appartient pas. »

« Respecter sa liberté religieuse : ne lui fais pas chanter des psaumes pour lui offrir en échange de la soupe. Ce serait le dégrader. »

« Restituer à l'homme sa dignité : voilà le grand secret, sans lequel aucun de ces chiffonniers ne ferait ce qu'il fait, ne vivrait dans les conditions préhistoriques des champs de gadoue : ainsi Dieu sera dans son travail, et un jour ou l'autre, sans que nous y intervenions par le dehors, entrera dans son cœur réconcilié. »

« Arracher les hommes à la honte : qu'ici ils deviennent sobres, propres, honnêtes, travailleurs et pacifiques. »

« Notre devise : libres et justes. »

« Avec tout l'argent du monde, on ne fera jamais des hommes ; mais avec des hommes vrais, on fait tout, y compris l'argent nécessaire.

– Mon Dieu, nous n'en pouvons plus ; donnez-nous du renfort, des volontaires, des vocations capables, pas des romanesques. Mon Dieu, donnez-nous du renfort. »

31

Baptême de Noëlle.
Dans un coin sombre de la chapelle...

Lorsque au printemps le Père fut rétabli, Emmaüs avait tenu et continuait à croître. Sa première sortie fut pour Clos-Fleuri. Quatorze pavillons de bois et de briques y remplaçaient les tentes et les roulottes ; elles avaient émigré vers La Hêtraie et ce nouveau terrain du coteau acquis pendant l'hiver.

Sur chaque lot, isolé par une palissade, poussaient des légumes et des fleurs. De jeunes plants de lilas, de bouleaux, de tilleuls, amenés de la forêt, avaient repris racine. Les anciens pommiers en fleurs ombrageaient les façades de planches, de briques et les toits de tôle. Dans les enclos gazonnés, erraient des poules, quelques chevrettes ; il y avait des clapiers au fond des petites propriétés. Depuis l'usine à gaz et la voie du chemin de fer, la ligne électrique avait été dérivée, des caniveaux et des puisards creusés. Des enfants et des chiens jouaient au soleil du printemps dans les allées des jardinets ou dans la rue tranquille. Du linge séchait au vent ; par les fenêtres ouvertes, aux rideaux propres, on entendait la radio, les pleurs d'un bébé, la chanson d'une jeune femme. Le facteur, les voitures des commerçants y venaient faire maintenant des tournées régulières. Le village avait pris vie.

Il avait, dans sa pauvreté, dans son aspect hétéroclite, une beauté qui venait de l'accord tranquille entre ces humbles choses (un toit de tôle, un mur de brique, un fourneau, un berceau, achetés au marché aux puces) et ces humbles gens à qui tout cela était précieux, parce que c'était leur œuvre et leur bien, à eux qui ne possédaient rien avant. Les jeunes femmes nettoyaient, soignaient, ornaient leurs maisonnettes dehors et dedans. Et ce qu'elles astiquaient avec le plus de soin, c'était la petite plaque portant le nom de la famille à la grille de l'enclos. Le sentiment de sécurité, symbolisé par cette plaque, était légitime et noble ; pour en jouir enfin, bien des larmes avaient été versées. Ainsi s'effaçaient, dans la maison protégée, des heures de peur, de détresse physique et morale, vécues à Paris dans les chambres d'hôtels anonymes, dans les rues, les squares, les coins de lit mendiés chez des copains, des parents hostiles, dans les refuges, dans tous ces lieux où rien ne vous appartenait, où l'on vous menaçait d'expulsion. Maintenant, derrière cette petite plaque, tout votre nécessaire, votre vie, celle du mari, et des enfants, se trouvaient à l'abri, l'air respiré entre ces murs apportait une sécurité légale, physique, et morale en préservant l'intimité de la famille, et les gosses grandissaient, grossissaient, et les maris s'enivraient moins, ayant hâte de revenir le soir, en vélo, de l'usine, pour bêcher au jardin, bricoler à la maison, aménager et embellir leur modeste propriété.

Mais plus que ces murs, et cette barrière, ce qui donnait à ces familles le sentiment de la sécurité, c'était la conscience de faire partie d'une communauté. Elles n'étaient plus seules. La maison pouvait brûler, la maladie pouvait les frapper, la communauté leur assurerait un nouvel abri et leur subsistance. La communauté défendrait leur droit à la vie. Et réfléchissant à cela, le Père songeait :

– Cela est important. Ne pas seulement les aider à devenir des propriétaires, isolés chacun dans son coin, mais des hommes unis dans un groupement dont chacun se sentirait responsable. Et ne pas les rendre satisfaits à trop bon compte de leur sécurité tant qu'il y a autour d'eux des familles en détresse. Les aider tous à parvenir à un niveau de vie supérieur selon nos possibilités, à une dignité supérieure.

Après qu'elle eut versé le café au Père, Mme Vatier lui dit en rougissant :

– Père, je vous l'ai déjà demandé : voulez-vous baptiser les deux enfants ?

Le Père dit que ce serait pour lui une grande joie.

– Et quand ferons-nous le double baptême ?

– Pour Pâques, Maman Vatier doit venir nous rendre visite de la Creuse.

– Et qui seront les parrains ?

– Un camarade de mon mari pour Jeanne, Djibouti pour Noëlle.

Par un beau soleil, le baptême se fit, avec l'autorisation épiscopale, à la chapelle que les compagnons avaient décorée de bouquets des champs et de branches en fleurs.

Quand le prêtre versa l'eau sur le front de Noëlle, la petite, surprise et inquiète, se blottit contre son parrain et c'est alors que Djibouti prit vraiment conscience de sa dignité nouvelle.

« Cette petite fille est un petit peu à moi », pensa-t-il. Il regarda Marcel qui lui sourit. « Marcel et Germaine me l'ont un peu confiée, ils m'ont donné cette responsabilité, ils m'ont jugé digne d'être un second père pour Noëlle. Je suis lié à eux par cette petite fille, jusqu'ici j'étais pour eux un ami, maintenant je suis de leur famille, j'ai une famille. »

Cette pensée l'emplit d'une sorte de tremblement. C'est terrible, un amour, quand on a compris les responsabilités auxquelles il engage. Et Djibouti fut toute la journée encore plus silencieux que d'habitude, si bien qu'il eut honte de paraître si maussade dans la joie de ce jour de fête.

Le repas fut présidé par le Père à Clos-Fleuri.

Mais pour faire participer toute la communauté à la fête, Marcel avait posé sur chaque table du réfectoire d'Emmaüs des dragées et une bouteille de bon vin que les compagnons boiraient à la santé des citoyens de Clos-Fleuri.

La maison était trop petite pour accueillir une tablée de douze personnes ; on s'installa dans le jardinet. Toute menue et alerte, la vieille maman Vatier, arrivée la veille de Bourganeuf, s'activait au fourneau et veillait à tout. Le Père, convalescent, détendu, souriait pensivement en songeant que ce baptême comme ces maisons était la consécration du long effort des compagnons. Et comme il y faisait allusion :

– Je sais, dit Marcel, c'est aussi à Djibouti que nous devons la maison.

– Mais non, grognait celui-ci, tu l'aurais bien construite sans moi.

– Pas assez vite pour la naissance de Jeanne.

Et ils évoquèrent toute l'histoire d'Emmaüs, qui trouvait ici l'un de ses aboutissements : l'accueil des premiers sans-travail ; le premier chantier à la Barrière ; la rencontre du Père et des Vatier sous la bâche ; le début de Clos-Fleuri où le Père s'était promis de faire pousser des maisons, des enfants et des fleurs ; les difficultés, la solution apportée par la chiffonnerie, la possibilité d'entreprendre de nouveaux chantiers.

– J'ai pu secourir des hommes comme Djibouti, mais sans eux je n'aurais rien pu faire.

L'après-midi était avancée quand Marcel déboucha le champagne et se leva pour porter un toast :

– Je bois, dit-il, à la santé de nos amis, et je peux dire, de nos sauveurs : À celle du Père, et... à celle de Djibouti.

Celui-ci se mit à pâlir, et marmonna quelque chose en hachant la tête, Si bien que la maman Vatier sourit avec malice en pensant que le parrain ne supportait pas le bon vin. Mais Djibouti n'était pas ivre. Très lucide, au contraire. Il se souvenait de ce vieux fou de Sébastien qui répétait à Nanterre : « La vraie vie, c'est pas ça, tout ne peut pas se terminer comme ça, sinon, sinon... au secours ! » Que de chemin parcouru depuis, pensait Djibouti. La vraie vie c'est un peu cela, *c'est cela* ; tenir la petite Noëlle endormie sur mes genoux, écouter parler le Père, au milieu des copains.

Et il s'enfonçait davantage dans sa rêverie taciturne. Contre sa joue, le frisson des cheveux de la petite, le souffle de sa respiration contre sa poitrine, les petits doigts refermés sur son gros pouce, et il n'osait pas bouger pour ne pas la réveiller, pour prolonger la joie de sentir le poids léger de cette vie abandonnée contre lui avec tant de confiance...

Le Père prit congé et la compagnie partit faire un tour au bord de la rivière.

Au retour, Djibouti ne s'attarda pas. On le priait de rester pour passer la soirée, mais il s'excusa, embrassa les enfants de sa nouvelle famille et décida de rentrer à pied au foyer.

Marcel lui demanda de l'accompagner un bout de chemin.

Les deux amis marchèrent en silence le long du talus de chemin de fer. Les étoiles brillaient, la nuit était parfumée de senteurs des floraisons et des verdures nouvelles.

Marcel dit :

– Écoute, Djibouti, je vais te demander ton avis. Je pense partir.

– Partir ?

– Oui, quitter Clos-Fleuri.

Le cœur de Djibouti se serra. Il pensa : « Alors, tout est fichu. »

Marcel lui expliqua que dans son pays, près de Bourganeuf, et dans le voisinage de la maison natale, une ferme était à louer, avec champs, prairies, huit vaches.

– Ça me tente, parce qu'au fond je suis toujours resté un paysan. Et là-bas je serai près de ma mère. J'ai trouvé acquéreur pour notre maisonnette, au prix double de celui auquel je l'ai bâtie.

– En as-tu parlé au Père ?

– Oui, il m'approuve. Il pense que pour moi c'est mieux. J'ai jamais été un ouvrier, je suis de la terre.

– Alors tu fais bien, dit Djibouti la gorge nouée.

Marcel lui demanda s'il accepterait de les suivre là-bas. Djibouti bouleversé, n'a pas su répondre... Il verrait... Marcel insistait :

– Viens, qu'est-ce qui te retient ?

Et maintenant, Djibouti avait besoin de solitude, pour laisser s'apaiser le trop-plein de toutes les émotions de la journée. Il lui fallait d'abord réfléchir, comprendre, peser la proposition de Marcel ; surtout assimiler ce mot, ce mot si lourd que Marcel avait prononcé pendant le repas : « Sauveur... »

Son trouble ne s'était pas calmé, sa gorge ne s'était pas dénouée lorsqu'il entendit au bas de l'avenue tinter la cloche d'Emmaüs qui appelait les fidèles vers la chapelle pour les complies. Djibouti sentit le violent désir de revoir le Père, de lui parler seul à seul, tout de suite, de lui dire enfin ce qu'il n'avait jamais eu le courage de lui confier : toute cette reconnaissance amassée depuis deux ans et demi, et qui l'oppressait.

Il hâta le pas.

Le dimanche était le jour où les compagnons demandaient un entretien au Père. Ce jour-là, le soir, ils recommençaient à souffrir.

En revenant à Emmaüs, après leur sortie en ville, ils étaient parfois quatre ou cinq qui le guettaient, l'esprit engourdi, et le cœur trop plein de leur peine remise à vif par le vin, par leur sortie à Paris où ils avaient songé à leur famille et leurs gosses, à leur solitude, repris contact avec l'ancienne vie. Ils rentraient oppressés d'un tel désarroi que seule une parole du Père pouvait les soulager : pour vaincre leur silence pudique, il fallait ce désespoir du dimanche soir.

– Père, je voudrais vous parler...

Ils l'attendaient dans la cour, près du perron, dans l'ombre ; ou bien au réfectoire, où ils guettaient la fin de son repas ; alors ils venaient timidement s'asseoir à la table voisine, mendiant un encouragement, ou encore, dans le parc sombre, après les complies, à la sortie de la chapelle.

– Père, si vous avez une minute...

Parfois, quand la source jaillit, la confidence dure longtemps. Et le Père écoutait, et souvent l'homme ne demandait pas autre chose : qu'on l'écoutât, qu'on le prît au sérieux. Et certains lui avouaient leur déchéance, et cherchaient à la justifier, en accusant leur père, leur mère, leur femme, les patrons, les propriétaires, la guerre, la société, la vie... L'Abbé laissait dire, jusqu'au moment où, vaincu par sa propre parole, l'homme découvrait le noir noyau secret, avec une sincérité douloureuse et bienfaisante, la plaie profonde :

– Je suis un lâche, c'est vrai, je suis un pauvre type... Jamais je ne serai un type bien... Je me dégoûte...

Alors, refusant toute pitié, il devenait vrai, il se nettoyait de toute indulgence, de tout mensonge protecteur, il avouait peccadille ou crime ; mais, dans cet aveu même, il y avait une espérance : à partir de cet aveu, de ce refus de son propre être écœurant, l'espérance commençait.

L'Abbé écoutait en silence. Il pensait à tant de confessions pour la forme, entendues ailleurs.

Pour d'autres, les grands orphelins qui n'avaient connu qu'humiliation et rencontré que dureté, tromperie et échecs, le Père était le seul être qui ne les avait pas repoussés et sur qui s'était cristallisé leur besoin d'affection. Il en était aussi que la grâce tourmentait...

Jusqu'à ce jour, Djibouti n'avait jamais encore osé solliciter un entretien, pour lui dire : « Je sais, Père, ce que je vous dois. »

Un soir de l'automne précédent, il fut sur le point de se décider, ils étaient seuls dans le garage. À la lumière du projecteur, le Père bricolait avec lui à la vieille Renault. Déjà Djibouti ouvrait la bouche pour lui dire : « Écoutez Père. »

Mais un copain s'était approché, qui titubait, ivre, un divorcé dont les enfants vivaient avec son ancienne femme. Il était allé les revoir à Paris. Il s'arrêta à quelques pas, et balbutiant un larmoyant appel :

– Père... Père...

Le Père n'avait pas relevé la tête, comme s'il ne l'avait pas entendu. Le pauvre bougre alors avait gémi, d'un humble petit gémissement de bête malade :

– Père, faites-moi un sourire.

Puis, déçu, il s'était éloigné en répétant : « Je sais bien... je sais bien. » Alors, le Père avait relevé la tête, rappelé l'homme, lui avait posé en souriant la main sur l'épaule... Mais Djibouti, ce soir-là, n'avait plus osé parler.

Les complies étaient commencées quand Djibouti se glissa dans cette chapelle qu'il avait construite deux ans et demi plus tôt, où il n'était plus jamais entré avant le baptême du matin. Ce n'était pas par un refus délibéré qu'il ne participait pas au mystère religieux. Depuis longtemps, depuis les premières semaines à Emmaüs, il avait abandonné ses rancunes contre la cruauté de Dieu, qui peut tout et ne fait rien pour les pauvres, oublié ses théories sur l'Église fabriquée de toutes pièces par les exploiteurs du peuple. Il pressentait que tout le problème confus était simple au fond et il avait sa solution devant les yeux : dans l'action du Père. L'existence du Père portait témoignage de la vérité. Parfois, quand Djibouti était tenté de suivre l'appel de la cloche qui attirait quelques camarades, il résistait par simple honte : il n'était pas digne de participer à la fête, il y serait maladroit, il ne saurait pas prier ; entendre chanter du latin incompréhensible l'irritait. Il ignorait tout de l'office. Alors, il s'éloignait en marmottant : « Plus tard... » Et deux ans avaient ainsi passé sans qu'il franchît la porte si proche au fond du parc.

« Qu'il est seul ! » pensa Djibouti dans le coin le plus obscur de la chapelle où il s'était glissé. Là-bas, dans la faible lumière du chœur, Mademoiselle, à sa place habituelle un peu à l'écart, et seulement cinq compagnons : le petit moine dominicain préposé aux cuisines, Raoul, l'homme à la médaille tatouée, le nouveau séminariste qui avait remplacé Denis, le petit Dédé et Patoche, l'ancien noyé, récemment converti.

Qu'il est misérable, ce noyau de privilégiés qui entourait de leur réconfort la terrible solitude du Père. Comme celui-ci était heureux, pensa Djibouti, il y a deux ans, quand nous construisions cette chapelle dont il disait que chaque pierre priait, et dont il craignait qu'un jour elle fût trop étroite. Hélas, qu'était-elle pour la plupart des compagnons ? Un lieu à l'écart, une annexe presque insolite, alors que, pour le Père, elle était le centre d'Emmaüs, là où l'arbre prend sa racine. Là, dans la veilleuse rouge pendue près de l'autel, battait le cœur qui animait de son sang la communauté.

Il pensait avec remords qu'il aurait dû s'approcher de cette lumière pour que le Père se sentît moins perdu dans sa solitude, parmi les seules pierres qui priaient avec lui, et ses cinq compagnons.

Dehors, les abois des chiens lâchés dans le parc, les appels des camarades qui rentraient échauffés par leur sortie.

... Dieu juste dans l'épreuve vous avez dilaté mon cœur...

... Enfants des hommes, jusques à quand aurez-vous le cœur appesanti...

Les voix rauques et hésitantes de Patoche et de Raoul essayaient de suivre celles des autres, elles trébuchaient sur les mots mystérieux du petit livre, s'attardaient et déconcertées, s'arrêtaient, puis repartaient :

« Celui-là est aimable qui donne et prête au pauvre, il ne sera jamais ébranlé. »

Le Père s'était levé. Aidé du séminariste, il revêtit les habits sacerdotaux blanc et or, il monta à l'autel. Djibouti regardait, et se répétait qu'il aurait dû, depuis longtemps prendre part à la fête à l'écart, s'initier au beau rite apaisant, purifiant, sanctifiant, mais comme pour le reste, il n'avait pas osé, là encore il s'était montré maladroit, par timidité.

L'officiant prit l'ostensoir, et, s'étant lentement retourné, le présenta à la chapelle quasi vide. Les cinq camarades agenouillés baissèrent la tête, comme éblouis par l'éclat de l'objet sacré porté par l'homme sacré, par le rayonnement de l'hostie entre ses mains. Djibouti vit, au cœur des rayons, le disque pâle, pareil à un regard, pareil à un phare, dont la lumière lentement passait sur lui, au passage découvrait sa forme indigne tapie dans le recoin le plus sombre de la chapelle. Et la lumière de ce phare mouvant traversait les murs, s'en allait dans la nuit caresser les hommes, les bêtes, les pierres, les arbres, les outils, les autos, les tas de ferraille d'Emmaüs, et par-delà, aux quatre coins de l'horizon, les chantiers, les champs d'épandage, tous les lieux où souffraient et travaillaient les hommes d'Emmaüs. Errant de visage en visage dans un camp endormi, le rayon invisible du phare fouillait les ténèbres, et touchait, sans qu'ils puissent le savoir, les copains sous la tente, dans la roulotte, les ivres, les désespérés, les fatigués, les fiévreux et ceux qui sentent se réveiller les haines et les obsessions, ceux qui se détestent et ceux qui ont trouvé enfin la paix.

Le rayon passait et repassait sur Djibouti, dont le visage se couvrait de sueur. Il éprouvait soudain une peur étrange. En tremblant il se tassait davantage contre le mur de brique. Il murmurait pour se rassurer, pour retrouver l'objet familier de son amour, il appelait :

– Père, Père...

Le visage du Père était caché derrière le grand soleil d'or, derrière le disque blanc, le corps du Père était voilé sous la chape sacerdotale. Seules ses mains étaient visibles, et Djibouti regardait ses mains bien connues qui tenaient fortement l'instrument sacré, ses grandes mains aux longs doigts nerveux d'homme de pensée, devenues de rudes mains d'ouvrier aux ongles cassés.

Et l'ostensoir s'étant écarté, le visage aussi parut et le regard du Père vint rassurer l'homme dans l'ombre et sembla dire ! « Qui est là ? Qui se cache dans l'obscurité ? Est-ce toi, Djibouti ? »

Djibouti, le parle-tout-seul, murmura dans son coin :

– Oui, Père je suis venu vous dire... Père, laissez-moi vite vous dire ceci : aujourd'hui on m'appelé « sauveur ». Le papa de Noëlle m'a appelé sauveur. J'étais un inutile, un assisté, et, avec vous, je suis devenu un bienfaiteur. Je n'étais rien, j'étais sans rien, et je vivais pour rien, vous m'avez rendu utile, vous m'avez rendu ma dignité, vous m'avez rendu le sens de la vie... des raisons de vivre. »

– Dieu soit béni, prononça à haute voix le Père.

– Dieu soit béni, répétèrent les camarades de Djibouti.

– Béni soit son Saint Nom, répétèrent pour Djibouti les pierres qui furent cimentées par les mains de l'homme douloureux.

Dépouillé de ses vêtements de prêtre officiant, le Père maintenant, agenouillé au pied de l'autel, dit la prière d'Emmaüs, ce ne fut qu'à la fin, passant la main sur son visage, que Djibouti éprouva l'humidité de ses larmes :

« Pour confier à la Sainte Vierge tout notre travail,

Pour tous ceux et celles qui sont dans la maison,

Pour tous nos frères qui sont dans les communautés et dans les chantiers au-dehors,

Pour ceux de la “Réserve” de N., à la décharge de N., à la “Hêtraie”, au Coteau...

Pour ceux qui sont malades à l'hôpital,

Pour nos frères, Joseph et Pierre, retournés près du Bon Dieu,

Pour tous ceux qui ont vécu à Emmaüs et qui sont repartis sur le chemin,

Pour toutes les familles que nous avons pu aider à se loger jusqu'ici, – en particulier pour la famille X dont le bébé est si malade,

Pour toutes les familles qui attendent encore et qui demandent de l'aide dans le monde entier,

Pour tous ceux qui nous aident de leur prière, de leur amitié, de leur temps ou de leurs biens,

Pour que nous soyons assez nombreux, compagnons volontaires, capables, pour pouvoir répondre à toutes les détresses qui demandent secours,

Pour Monseigneur, notre évêque,

Notre-Dame de la Paix

Notre-Dame d'Emmaüs

Notre-Dame des sans-logis

Notre-Dame des pauvres

Saint François d'Assise.

– Priez pour nous », répondaient les compagnons.... Pour nous, tous les souffrants de la terre.

Baptême de Noëlle. Dans un coin sombre de la chapelle.

Les Vatier partirent pour la Creuse, et écrivirent plusieurs fois à Djibouti de venir les rejoindre. Il leur répondit qu'il irait en été, quand le nouveau chantier du Coteau serait lancé, et que le Père aurait moins besoin de lui à Emmaüs.

32

Le dernier mot de Djibouti.

Djibouti ne partit pas rejoindre les Vatier dans la Creuse. Djibouti ne quitta pas son service à Emmaüs.

Il mourut par une belle journée de juin écrasé sous les débris de la vieille Renault, dont les freins lâchèrent au bas d'une côte. C'était la première fois qu'il conduisait depuis son accident d'Étampes. Il avait accepté de remplacer au volant un camarade souffrant, Pour transporter des matériaux de construction sur le nouveau terrain du Coteau.

Il mourut au service de tous..., durement, le visage défiguré, haché par les éclats de vitre... les reins écrasés sous la voiture renversée dans un champ de blé, au bas du fossé, au milieu de la campagne vide. Il mourut douloureusement, la tête dans le jeune blé, le corps dans la ferraille noire et rouge. Et pendant les longues minutes que dura son agonie solitaire sous le beau, sous l'horrible soleil, il appela le Père et ses copains. Il appela à son secours le Père, il l'appela aussi pour lui dire son secret, qui se résumait en un mot.

Au dernier instant, la bouche déchirée balbutiait ce mot qu'il n'avait pas osé prononcer, et qui s'échappa enfin, mêlé de larmes et de sang : « Merci. » Puis, la paix vint sur lui.

Cette nuit-là, dans la chapelle, veillant le corps du vieux compagnon, le Père pensa : « Pour la première fois, il a l'air de sourire. »

Une aube nouvelle se lèverait bientôt. Là-bas, la petite Noëlle sourirait à la vie...

Mais comme les autres matins, de jeunes couples poussant une voiturette d'enfant, et des solitaires désemparés, monteraient vers le foyer. Les compagnons repartiraient vers les champs de gadoue et les chantiers de construction. La mort de Djibouti n'interrompait rien. Ce jour-là comme les jours à venir s'accomplirait la mission d'Emmaüs, aussi longtemps que dureraient la misère des hommes et le courage, plus fort que la misère.

Emmaüs en quelques dates

1949

L'abbé Pierre constitue une première communauté aléatoire avec quelques exclus, accueillis dans sa maison, baptisée Emmaüs, à Neuilly-Plaisance. Elle fonctionne sur un principe simple de solidarité : improvisés chiffonniers-bâtisseurs, les « compagnons » construisent dans l'urgence des logements provisoires destinés aux sans-abri, financés par la revente d'objets de récupération. Les communautés Emmaüs commencent à essaimer.

Janvier 1954

Un bébé meurt de froid dans une carcasse de bus la nuit où le Sénat rejette l'amendement proposé par Léo Hamon à la demande de l'abbé Pierre, portant sur un crédit d'un milliard d'ancien francs pour la création de cités d'urgence pour les défavorisés. Dans une lettre ouverte publiée par *Le Figaro*, l'abbé Pierre lance alors un « J'accuse ». Le ministre du Logement viendra à l'enterrement du nourrisson : « Je vous demande pardon, je ne savais pas. »

La popularité de l'abbé Pierre date de cet événement.

Février 1954

Une femme meurt de froid dans la rue. L'abbé Pierre lance alors à Radio Luxembourg son célèbre appel : « Mes amis, au secours ! » qui provoque aussitôt l'« insurrection de la bonté ». Il obtient enfin du Parlement un crédit de 10 milliards de francs pour réaliser 12 000 logements d'urgence.

Les compagnons, 200 en janvier, sont 800 à la fin de l'hiver.

Depuis, les communautés, créées sporadiquement par des bénévoles, se multiplient et une quantité de groupes, membres ou associés, rejoignent Emmaüs sous diverses formes et appellations. Toutes adoptent en 1969 son Manifeste universel comme référence.

Les communautés Emmaüs deviennent le Mouvement Emmaüs ; différentes structures se créent au fil des années : HLM Emmaüs, l'Association Emmaüs, la Confédération générale du logement (1954), SOS Familles Emmaüs (1967), Emmaüs Liberté (1971), Emmaüs Fraternité (1982), la Fondation Abbé Pierre pour le logement des défavorisés (1988), Emmaüs Alternative (1991).

1971

Création à Montréal d'Emmaüs international, organisme laïc de liaison entre 95 associations réparties dans 20 pays, dont la France.

1985

Création d'Emmaüs France qui fédère l'ensemble des associations du Mouvement et représente les valeurs Emmaüs.

2003

Emmaüs international regroupe 309 associations membres, réparties dans 32 pays, auxquelles s'ajoutent les groupes « associés » (non-membres), 442 groupes au total dans 49 pays d'Europe, d'Afrique, d'Amérique et d'Asie.

Emmaüs France mobilise 5 500 personnes (salariés, amis et bénévoles) qui œuvrent au sein de trois ramifications :

– la branche communautaire (113 communautés et la maison de l'Aube, 777 emplois, quelque 3 000 bénévoles et 6 300 adhérents) accueille les marginalisés et est axée sur les activités de récupération ;

– la branche Action sociale et logement (297 salariés, 185 adhérents, 79 compagnons, 312 bénévoles) s'adresse, à travers onze organismes, aux personnes en difficulté et les accompagne de la rue au logement durable ;

– la branche Économie, solidarité et insertion (37 comités d'amis, 12 relais, 10 structures d'insertion, 1 697 salariés et environ 2 700 bénévoles adhérents) est centrée sur l'activité économique comme support d'insertion et vecteur de solidarité.

Le mouvement Emmaüs continue régulièrement à prendre, par la voix de l'abbé Pierre, des engagements politiques forts. Il s'agit, encore et toujours, cinquante ans après l'appel de février 1954, d'interpeller les responsables politiques sur toute forme d'exclusion, de proposer l'action d'Emmaüs, fondée sur l'entraide, comme une alternative possible pour lutter contre le scandale de la pauvreté.

Au cours de l'hiver 2002, en Île-de-France, 100 personnes sont encore mortes de froid dans la rue ; il n'existe pas de statistiques nationales.

En 2003, 86 000 personnes étaient sans abri en France.

Table

III

L'ESPÉRANCE EST LA PLUS FORTE

Composé et mis en pages par DV Arts Graphiques à Chartres,
cet ouvrage a été achevé d'imprimer en janvier 2004
sur système Variquik
par l'Imprimerie Sagim-Canale à Courtry
pour les Éditions Michalon

Imprimé en France
Dépôt légal : janvier 2004
N° d'édition : 221
N° d'impression : 7046